文春文庫

いわいごと

畠中恵

目次

登場人物相関図

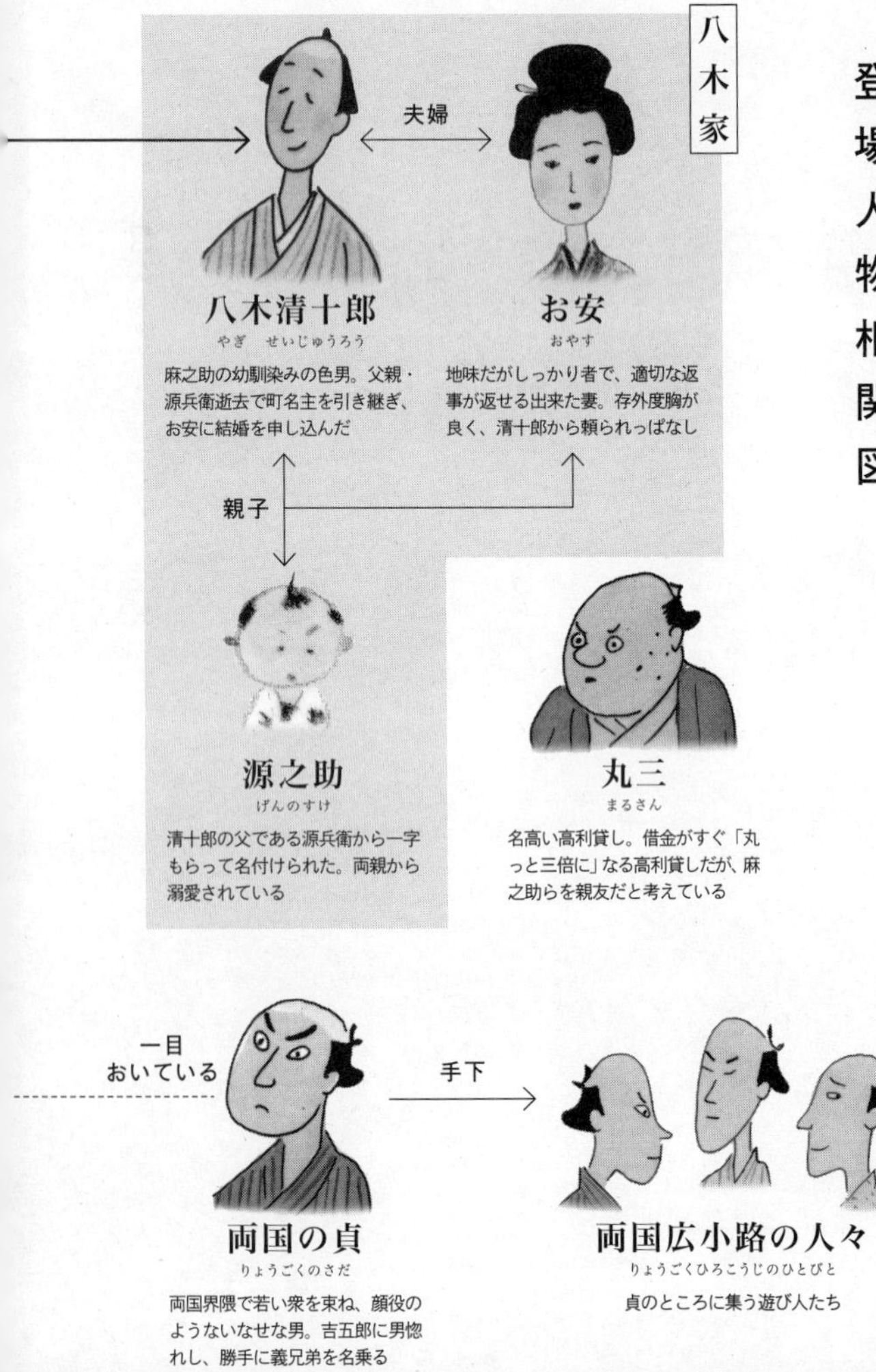

八木家

夫婦

八木清十郎
やぎ せいじゅうろう

麻之助の幼馴染みの色男。父親・源兵衛逝去で町名主を引き継ぎ、お安に結婚を申し込んだ

お安
おやす

地味だがしっかり者で、適切な返事が返せる出来た妻。存外度胸が良く、清十郎から頼られっぱなし

親子

源之助
げんのすけ

清十郎の父である源兵衛から一字もらって名付けられた。両親から溺愛されている

丸三
まるさん

名高い高利貸し。借金がすぐ「丸っと三倍に」なる高利貸しだが、麻之助を親友だと考えている

一目おいている

手下

両国の貞
りょうごくのさだ

両国界隈で若い衆を束ね、顔役のようないなせな男。吉五郎に男惚れし、勝手に義兄弟を名乗る

両国広小路の人々
りょうごくひろこうじのひとびと

貞のところに集う遊び人たち

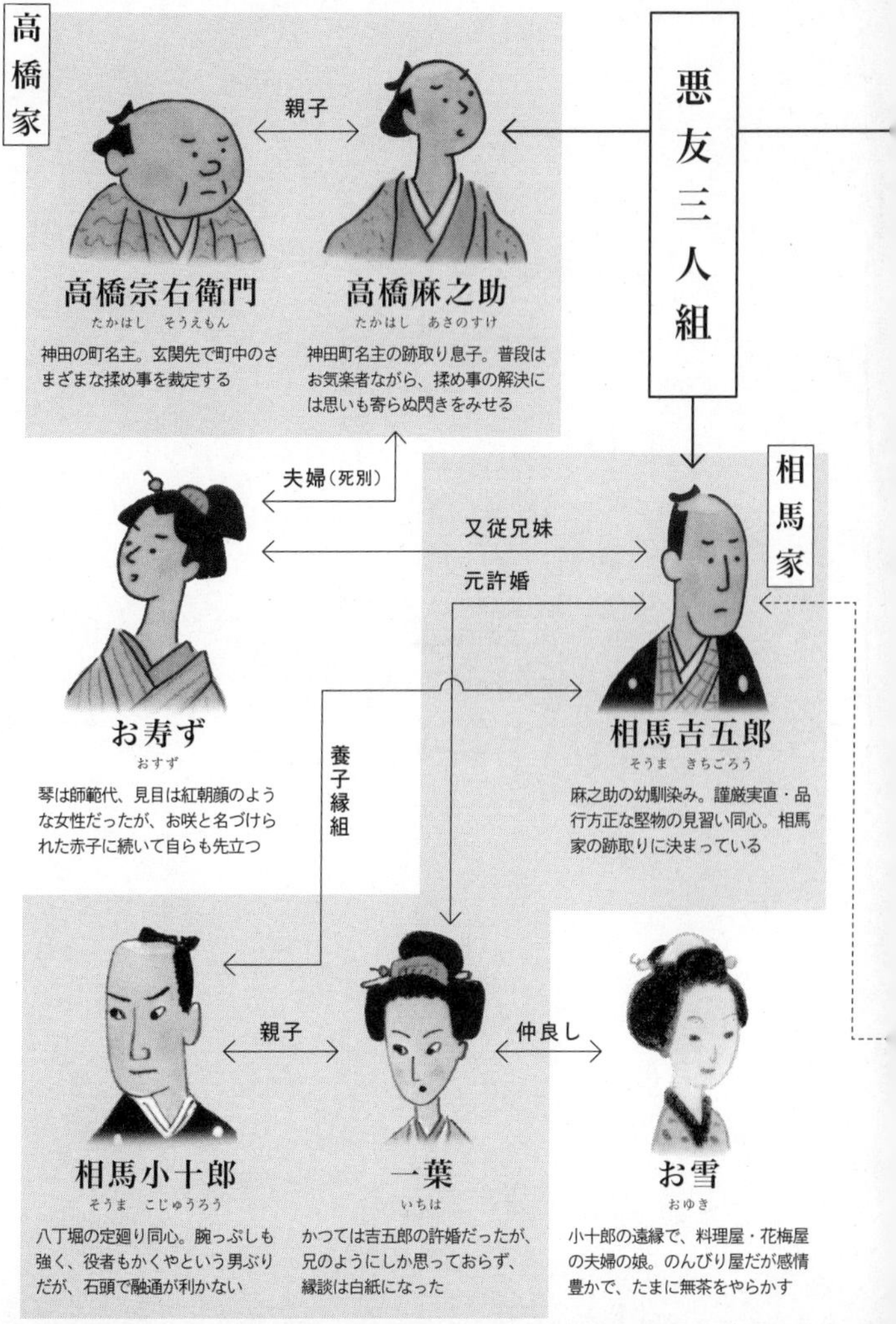
高橋家
悪友三人組
親子
高橋宗右衛門《たかはし　そうえもん》
神田の町名主。玄関先で町中のさまざまな揉め事を裁定する
高橋麻之助《たかはし　あさのすけ》
神田町名主の跡取り息子。普段はお気楽者ながら、揉め事の解決には思いも寄らぬ閃きをみせる
夫婦（死別）
相馬家
又従兄妹
元許婚
お寿ず《おすず》
琴は師範代、見目は紅朝顔のような女性だったが、お咲と名づけられた赤子に続いて自らも先立つ
養子縁組
相馬吉五郎《そうま　きちごろう》
麻之助の幼馴染み。謹厳実直・品行方正な堅物の見習い同心。相馬家の跡取りに決まっている
親子
仲良し
相馬小十郎《そうま　こじゅうろう》
八丁堀の定廻り同心。腕っぷしも強く、役者もかくやという男ぶりだが、石頭で融通が利かない
一葉《いちは》
かつては吉五郎の許婚だったが、兄のようにしか思っておらず、縁談は白紙になった
お雪《おゆき》
小十郎の遠縁で、料理屋・花梅屋の夫婦の娘。のんびり屋だが感情豊かで、たまに無茶をやらかす

イラストレーション　南伸坊

いわいごと

こたえなし

1

江戸の古町名主《ふるまちなぬし》、高橋《たかはし》家の跡取り息子麻之助《あさのすけ》は、ここ何日か、気合いを入れて、だらけていた。

遊びに行くことすらせず、飼い猫のふにに踏んづけられても構わず、ただ蒲団《ふとん》に寝転がっていたのだ。

先に起きた、深川《ふかがわ》の出水の始末で、江戸の町名主達は、それは忙しい時を過ごしていた。その上……いささか気になっていることもあったから、父親の宗右衛門《そうえもん》はしばし目をつぶって、息子の好きにさせていたのだ。

「いずれ、畳へ張り付いているのにも飽きて、起きだしてくるだろう」

親だから、宗右衛門は真っ当に考えていた。

ところが。

部屋で息子に蹴躓《けつまず》くことが増えて、宗右衛門は眉間《みけん》に皺《しわ》を刻み始めた。おまけに麻之助へ裁定を言いつけても、たった一つの仕事すら、嫌がって途中で放り出す始末であった。

「麻之助！　どうやったら猫や蛸《たこ》より、だらけられるんだい。おとっつぁんには分からないよ」

酢蛸にするぞと脅され、麻之助は寝床の内から渋々、親へ返事をする。

「おとっつぁん、私は蛸みたいに美味《おい》しくないですよ。それに、私にやれと言った変揉《も》め事、どう考えても答えなんてないです」

ならば、息子より威厳のある町名主自身が、裁定の場で、びしりと言うべきであった。

「揉めてるあの三人へ、いい加減にしろって説教して下さい。それが裁定の答えです」

答えは出ているので、麻之助は今日もゆっくり、休むしかないのだ。息子が、また蒲団の内で丸くなったものだから、宗右衛門は溜息を漏らし、息子の傍《かたわ》らへ座る。そしてこれだけは聞かないようにしようと、気をつかっていたことを、いよいよ問うた。

「麻之助、お前、お雪《ゆき》さんとの縁談が上手くいかなかったから、気落ちしてるのかい？」

もしやと思うから、最近麻之助が仕事を放り出していても、周りは大目に見ていたのだ。

「なら親として、早々に次の縁を考えるから。そろそろ起き上がりなさい」

「あれま、おとっつぁん。お雪さんとの縁談、駄目だったんですか」

断りの返事が来ていたなら、教えてくれればいいのにと、麻之助が、蒲団から首だけ出して言った。すると宗右衛門は、まだ返事は受け取っていないと言い、息子の頭をぺしりと叩く。

「ただね、縁談を持ち込んでから、もう大分経ってる。まとまる縁ならとっくに、何とかなってる気がしてるよ」

蛸ならば、卵から孵《かえ》っている時期だろうと言われ、麻之助は首を傾《かし》げた。

「さっきから、なんで蛸の話ばかり、するんですかね。そうかぁ、駄目ですか」

淡々と返事をしたつもりであったが、麻之助は、己が言った駄目という言葉に、肩を落としてしまった。

するとだ、その時庭先から親子へ、声が掛かったのだ。

「あの、縁談をお断りしたつもりは、ありませんが」

二人が揃って庭へ目を向けると、そこに、思わぬお人の姿があった。

「おや、お雪さんだ。お久しぶりです」

「珍しいね。体の調子はどうだね」

とりあえずそう挨拶をしたものの、麻之助も宗右衛門も、その後、どう話を継いだら良いのか分からず、言葉を途切らせる。縁談相手のお雪は、一人で高橋家へ来ていたのだ。

お雪の家、料理屋花梅屋《はなうめや》のある日本橋から、高橋家のある神田までは、そう遠くはない。しかし縁談を受けるにしろ、断るにしろ、お雪が今、一人で町名主屋敷へ来るのは、どうも妙な話であった。親か仲人《なこうど》が来るか、せめて一緒に顔を見せるべき時なのだ。

麻之助はここで笑みを浮かべると、身軽にひょいと立ち上がり、縁側へ行ってお雪と向き合う。そして、柔らかく笑った。

「それで、今日のご用は何かな？　まあ、まずは上がって下さいな」

軽く言うと、お雪は少しほっとした顔で、草履《ぞうり》を沓脱《くつぬ》ぎに脱いだ。宗右衛門はその間に慌てて、息子の蒲団を隣の部屋へ片付ける。

一方麻之助は悠々と茶など淹《い》れ、お雪へ差し出した。お雪は、少し間を開けてから、麻之助達の顔を見てきた。

「あの……縁談の事なんですけど」

（おや、一人で返事をしにきたのかな？）

そこで黙ってしまったので、麻之助はゆっくり、お雪の言葉を待つことにする。するとじき、連れのいない訳が語られ始めた。

「あの、麻之助さんから縁談が来たとき、うちの両親やおばあさまは、驚いてました」

訳は、はっきりしていた。深川で大水に巻き込まれた後、お雪はここ何年かの出来事を、忘れてしまっている。麻之助のことも、誰だか分かっていないのだ。

お雪は親や祖母が、今度の縁についてどう話したか、正直に口にした。

「町名主の跡取りとの御縁を、喜ぶ家は多いんだそうです」

麻之助はやもめだし、役者ばりの見目《みめ》ではないが、優しく明るい男だ。いささか軽いものの、良き婿《むこ》だろうというのが、花梅屋夫婦が評した麻之助であった。

そして麻之助は、お雪が自分を忘れていると承知で、話を花梅屋へ持ち込んでいた。

「父は、この縁には不安なところも、良いと思えるところもあると言いました。だからあたしの考えで、返事を決めることにするそうです」

物忘れが絡んでいる話だから、お雪の正直な気持ちがどちらに傾いても、高橋家はそれで納得してくれるだろうという。

すると、だ。気が楽になるはずのお雪は、何故だか困ってしまった。それで、しばらくの間、返事が出来ずにいたのだ。

お雪は、おずおずと麻之助を見た。

「このまま、こちらとのご縁を受けるのは、違う気がしました」

でもと、小声が続く。

「断りの言葉を親へ託すことも、何故だか出来なくて」

　何が引っかかって、断れないのだろう。お雪は祖母のお浜《はま》に、一つ聞いてみたのだ。

「あたし、物忘れをする前、麻之助さんのこと、何と言ってましたかって」

　少しは気にしていたのか。それとも縁などないと、あっさりしたものだったのか。大水が出る前だったら、自分は縁談にどう答えたのか。お雪はそれを知りたかったのだ。

　すると祖母の返事は、思わぬものであった。お雪は麻之助のことを、好きとは言っていなかった。だが嫌っていたわけでもない。お雪は麻之助について、少し変わった言葉を繰り返していたという。

「あの、あたし、麻之助さんのこと、〝おじさん〟などと、言っていたそうで」

　済みませんとお雪から謝られて、麻之助は宗右衛門と、目を見合わせてしまった。

「あの、お雪さんは、割と何度も私のことを〝おじさん〟と呼んでいたように思います。慣れていたんで、そうやって頭を下げられますと、却《かえ》って戸惑《とまど》うと言いましょうか」

「でも、麻之助さんはまだ、おじさんと言われるような、お歳ではないと思いますが」

　確かにお雪と同じ年頃ではない。だが、これから嫁御《よめご》を迎えようという、町役人の家の、若い殿御であった。今のお雪なら間違っても〝おじさん〟などと、言うことはないのだ。

「へえ、そうなんだ」

「あたしはどうして麻之助さんへ、〝おじさん〟などと、失礼なことを申し上げたのでしょう」

真剣な顔で問われたが、当人のお雪が分からないことが、麻之助に分かる訳もない。そもそも麻之助は、単に歳が上だから、若いお雪には〝おじさん〟に思えるのだろうと、簡単に考えていたのだ。

お雪は、真っ直《ます》ぐに麻之助の目を見て、そして両の眉尻を下げた。

「縁談の返事をする前に、その訳を知りたかったのですが。麻之助さんにも、分からないみたいですね」

傍目《はため》には、大きな引っかかりには、思えないことかもしれない。だがお雪は、自分が言ったとは思えない呼び名が、どうにも気になってしまったという。

「済みません。縁談の返事が遅れたあげく、こんな妙なことを伺いまして」

お雪が、身をすぼめてしまったので、麻之助は気にしないでいいと言ってみた。そして少し笑うと、そういう謎のような話は、存外転がっているものだと口にしたのだ。

「今、おとっつぁんが私に、町名主の裁定をやれと言ってる、揉め事があるんですけど」

それも、真っ当な答えなど、出そうもない話であった。

「あ、あら。そんなお話が、町名主へ持ち込まれてくるんですか？」

お雪が目を見開くと、麻之助が、大いに困っていると語りだす。

「支配町に住む三人の若い男が、一緒に富くじを買ってたそうなんです」

たまのことだし、三人で割って買っていたから、大きな散財ではなかった。そして三人は、もし富くじが当たったら、嫁や子が出来て、身軽に動けなくなる前に、その金で一度、旅に出ようと約束をしていたのだ。

「そうしたら先日、本当に富くじが当たったんです。いえ、何百両ってお金じゃありません。当たりくじの額には、色々ありまして。三人が当てたのは、二十両の富だった」

富くじに当たった者は、手間賃を払ったり、祝いで一席設けねばならないという決まりがある。だからその当たりくじで三人の手に残るのは、十五両ばかりだった。

「つまり一人五両だ。長屋住まいだと、一度に手にすることのない、大きな額です。けど、お店を居抜きで一軒買えるような、大金ではないんですよ」

だから富のまとめ役七助《しちすけ》は、約束どおり、その金で旅に出ようと言ったらしい。

「あら……それ、揉め事なんですか？」

お雪は、目をしばたたかせている。麻之助と宗右衛門は、苦笑を浮かべるしかなかった。

「実は旅先をどこにするかで、揉めてるんです。伊勢と、大山《おおやま》と、箱根。三人はそれぞれ、行きたい先が違うんですよ」

旅の話が決まらないまま時が経ち、これでは決まり事の、祝いをする話にならない。困った七助が町名主の屋敷へ、相談を持ち込んできたのだ。

「あらまあ。でもそれ、裁定することなんですか？　町名主さんが行き先を決めても、いいのかしら？」

「そうですよねえ。三つの内、私がどこへ行けと裁定しても、三人の内二人はきっと、納得なんかしやしない。揉め続けると思うんですよ」

つまり、正しい答えはどこにもない。だから麻之助は宗右衛門に、年配者の威厳で、事を治めて欲しいと願っているのだ。

すると、その時だ。裁定を押しつけられそうになった宗右衛門が、突然、ぽんと手を打った。そして息子とお雪へ、思いも掛けない話を持ちかけてきたのだ。

「麻之助、あの富くじの話は、やっぱりお前が裁定した方がいい。そしてだね、今回はお雪さんと一緒に、揉めた事情を調べたらどうだろう」

「は？　何でそういう話になるんです？」

「お雪さんは前にも、お前の調べ事に、手を貸してくれてたじゃないか」

「あら。あたし、そんなこと、してたんですか」

「麻之助とお雪さんは、花梅屋の調べ事を仲立ちに、知り合ったはずですよ」

ならば麻之助の調べに添っていれば、お雪が〝おじさん〟と言っていた訳も、分かるかもしれない。宗右衛門が、そう言い出したので、麻之助の眉間に皺が寄った。

「おとっつぁん、私へ裁定を押っつける為、無理矢理、お雪さんを巻き込みましたね」

「麻之助、縁談はね、ずっと宙に浮かせとくわけには、いかないもんなんだよ」

周りが無理な縁だと判じて、すっぱり終わらせてしまう前に、一度、お雪さんと共に動いてみたらいい。宗右衛門は、期待を込めた目で二人に言ったが、麻之助は渋い顔のままだ。

だがここで、お雪が思わぬ返事をした。

「そうですね。ではしばらく麻之助さんとご一緒して、お仕事を拝見させて頂きます」

「えっ？　あの、お雪さん、いいんですか。伊勢と大山と箱根、どこがいいかなんて、どう考えても、答えなんてないですよ」

お雪はゆっくりと頷《うなず》いた。

「あたしが麻之助さんを、〝おじさん〟と言ったことも、これといった事情は思いつきません」

ならば、どうして今回三人が、答えのないことで、町名主の手を煩《わずら》わせているのか。お雪はそこを、知りたいと思ったのだ。

「あたしの悩みも、それを糸口として、解けてくれるかもしれませんから」

「……そうですか？　でも縁談もまとまってないのに、お雪さんが私と出かけたら、花梅屋の皆さんがどう思うか。無茶ですよ」

その言葉には、宗右衛門とお雪も頷く。しかしお雪は、あっさり続けた。

「では親に話してから、後日また、こちらへ参ります。宗右衛門さん、よろしいですか」

「ああ、お雪さん、そうして下さいな」

「あ、あれ？」

思いがけない話に、狼狽《うろた》える麻之助を余所《よそ》に、宗右衛門とお雪は話を決めてしまった。

「私とお雪さんが歩いたら、お雪さんの悩みと旅の行き先に、答えが出るのかしらん。いやそもそも、お浜さんがお雪さんの外出を、許すものかな？」

麻之助は、そっと己に問うてみる。だが、大丈夫だという気は、さっぱりしなかった。

2

麻之助は二日後の昼餉《ひるげ》も済んだ刻限、お雪と連れ立ち、出かけることになった。驚いたことに、お浜が許してくれたからと、お雪は本当に一人で高橋家へ顔を見せたのだ。

麻之助は二日の間に、七助達三人が、どこへ旅立つべきか答えを出していた。

「あら、どちらにお決めになったんですか？」

明るく問うお雪は、一見前と変わらない。なのに、麻之助を忘れる前より丁寧に話している気がして、いささか戸惑ってしまう。

（なるほど、身に染みるねえ。お雪さんにとって、私は馴染みのない人なんだ）

しかし、そんな思いはおくびにも出さず、麻之助はお雪の問いに答えた。

「伊勢に決めました。伊勢神宮は、一生に一度は行きたい所だと聞きますし」

それに伊勢が一番江戸から遠く、旅に金が掛かるに違いない。

「つまり富くじの金がなければ、行けるかどうか分からない場所なので」

「あら、そうですねえ」

納得出来る話だし、存外あっさり伊勢で決まるかもと、お雪は言ってくる。麻之助はとりあえず三人と、別々に会って話すことにしていた。一旦《いったん》揉めた後なので、三人集まった場で伊勢を推すと、また話がこじれそうに思えたからだ。

「富くじを当てた三人ですが、左官の七助、小間物売りの六蔵《ろくぞう》、一膳飯屋の奉公人五郎《ごろう》太《た》と言います」

三人は富突きの日、湯島天神《ゆしまてんじん》で知り合った仲間だ。五、六、七と名が並んでいたのを面白がり、仲良くなったと聞いている。

「しかし、富くじに当たった後、揉めるなんてねえ。旅に出る気だったんなら、行き先も決めておけば良かったのに」

隣を歩むお雪が、柔らかく笑った。

「あら麻之助さん、それは無理ですわ。幾らの富くじが当たるか、分からないんですもの」

三人とて、もし一番富を当てていたら、悩まなかっただろうとお雪は言う。

「一番遠い伊勢神宮へ行って、その後、大山参りをして、箱根で湯治《とうじ》をしても、沢山《たくさん》のお金が余るでしょうから」

「それは、そうか」

一人五両という金は大枚だが、人を金持ちにはしないのだ。

そして二人はじき、今日、家にいる筈《はず》の七助を訪ねたが、長屋は空であった。井戸端《いどばた》で町名主の跡取りと名のると、おかみ達が、七助は今、近くの茶屋にいると教えてくれる。

「同じ長屋のおいちさんが、働いてるからね。長屋の男達は、時々行ってるよ」

何でも、亡くなった親が商いに失敗し、おいちはその借金を背負って、働いているらしい。それで近所の者達は、たまに茶屋で茶を飲み、おいちを励ましているのだという。

「こちらの長屋の皆さんは、優しいんですね」

「いやだぁ、町名主さんてば、口が上手いんだから」

おかみの一人に、笑ってばしりと背中を叩かれ、麻之助は咳き込んだ。

「町名主さん、おいちさんの借金は、十両もあるって話なんだ。大変だからね」

それでもおいちは、女郎に売り飛ばされなかっただけましだといい、若い娘を雇ってもらえる、茶屋に出ているという。年はまだ、十六だそうだ。

「そんな歳若い娘さんが、親御さんの残した借金を、払っているんですね」

きゅっと口を引き結んだお雪と共に、茶屋へ向かうことになった。少し先にあった寺の境内《けいだい》で、綺麗な娘が茶を運んでおり、別の茶屋娘から、おいちと呼ばれていた。

「ああ、この茶屋だ。七助さんはどこかな」

その時、直ぐに居場所が分かった。茶屋娘の一人が突然、七助の馬鹿と言った。そして盆で、客の頭をべこんと打ったのだ。

麻之助とお雪は、顔を見合わせた。


「なあ娘さん、どんな訳があっても、お盆で人を打っちゃあいけない。痛いんだよ、それ。私は身をもって、その痛さを分かってるから言うけど」

「済みません。でも、七助さんの話に、もううんざりしてて」

麻之助は町役人として、七助、おいち、茶屋娘達を座らせ、一応話を聞くことになった。事情を話し出したのは、七助を盆で打った娘、みつはだ。茶屋に出ているだけあって、おいちも、みつはも、それは綺麗だった。

「町名主さんだったら、七助さんが富くじに当たったことは、承知されてますよね。えっ、まだ跡取りだから、麻之助と呼んでほしいんですか。じゃあ麻之助さん」

七助は、自分の働いた金で富くじを買い、当てたのだ。真っ当な話で、おいちはちゃんと、同じ長屋の七助へ祝いを言っていた。当たった者の決まりで、その内一席設けると言うので、その祝いへも顔を出すと聞いた。

ところが、だ。

「七助さんは、おいちさんが借金を抱えていること、承知してます。なのに茶屋で、五両の使い道を相談してくるんですよ」

どこへ旅するべきかと問われ、おいちは返事をしにくそうであった。

「行き先に迷ってるなら、旅は止めて、お金を利息無しで、おいちさんへ貸してあげればいいのに」

利の高い分の借金を返せたら、おいちはほっとするだろう。みつはも女一人で暮らしているから、金の苦労は分かるのだ。

「でもおいちさんは、七助さんへ、そんなこと頼んだりしなかったわ」

金の話を聞くたび、目の色を変える者がいては、同じ長屋の皆は、住みづらく思うに違いない。つまりおいちも、今の長屋で暮らしていけなくなるのだ。

「借金が十両あるって、長屋の人が話してたな」

「おいちさん、一両返してるのよ」

しかし、まだ九両返さねばならない。

「あたしもおいちさんも、分かってるんです。七助さんの五両は、関係ない話だって」

だが七助から何度も、大枚を使う旅の話を聞くのは、みつはでも辛かった。それで。

「今日はお盆で、七助さんの頭を打ったの。そうしないと、黙らないんだもの」

七助が怒って、もう茶屋へ来ないというなら、それでいい。みつはは麻之助達の前で、そう言い切った。

「そうしたら、あたし達、毎回旅の話を聞かずに済みますから」

ぷいとそっぽを向くと、話は終わったとばかりに、みつはは立ち上がり、おいちを引っ張って、他の客の方へ行ってしまった。

七助は、話を聞いている間、黙り込んでいたが、終わると突然、麻之助の方を向いてきた。そして、むしゃくしゃすると言い出した。

「きっと、今日の空が曇っているのも、朝飯が不味《まず》かったのも、麻之助さんのせいだな。旅先がさっさと決まらず、おいちさんに何度も旅の話をしたのも……全部町名主さんの、跡取りのせいに違いないや」

「えっ、私が悪いんですか？」

魂消《たまげ》ている間に、七助は小銭を床几《しょうぎ》に置き、茶屋を去ろうとする。麻之助が慌ててその背へ、今日は旅先をどこにするか、決めに来たのだと声を掛けた。

「あの、私は三つの行き先の内、七助さんが言ったように、伊勢が良いのではと思ったんだけど」

するとと七助は振り返って麻之助を見ると、口をへの字にした。そして、きっぱり言い切ってくる。

「伊勢は嫌だ。そこだけは絶対行かねえ」

「えっ、お前さんが、是非伊勢へ行きたいって、言ったんですよ。気が変わったって？　じゃあ大山と箱根の内、どちらがいいんですか？」

「麻之助さんが良いという場所へは、おれは行かねえ」

七助は、おいちから冷たくあしらわれたのに、麻之助は今日、綺麗な娘御を連れている。それがかんに障《さわ》ると、七助は言ってきたのだ。

「はぁっ？　何ですか、それ」

呆然とする麻之助を置き去りに、七助は立ち去ってしまう。その足音がする方を、茶屋の内にいる娘二人は、決して見たりしなかった。

3

　麻之助は気を取り直すと、次にお雪と、小間物を売り歩く六蔵の所へ、向かうことになった。

　もっとも六蔵は、品物を売り歩いているから、捕まえにくい。大風呂敷に、小間物が入った浅い箱を沢山積み重ねて包み、得意先などを回る商いなのだ。

　麻之助は、六蔵が出入りしている小間物問屋へ行ってみると、お雪へ語った。

「昨日、知り合いの岡っ引きに聞いたんです。六蔵さんは昼を一時《いっとき》程過ぎた頃に、よく小間物問屋へ顔を見せるそうです」

　店を持たない小商いなので、小まめに少しずつ、品物を仕入れてゆくのだ。

「六蔵さんとは旅の事を、ちゃんと話せるといいんですが。七助さんとの話は、妙な方へ逸《そ》れてしまったから」

　麻之助はどうやら七助に、嫌われたようなのだ。溜息をつくと、横からお雪が優しい声で言ってきた。

「七助さんは、怒ってらしたようです。でも相手は、麻之助さんじゃなさそうです。ご自分に、腹を立ててたんじゃないでしょうか」

　訳は、はっきりしている。

「おいちさんに、疎《うと》まれたからですね」

「七助さんはあの娘さんを、本心、好いておいでですよね」

お雪の問いに、麻之助が頷く。そして……一つ息を吐いた。

「となると、これからも七助さんの悩みは、続きそうだな」

例えば七助が、借金を背負ったおいちと、添う腹をくったとしても、だ。五両返しても、おいちの借金は四両残る。利が高いと、借金はなかなか減ってくれない。二人で子を育てたり、左官として弟子を抱えることは、この先、難しくなるかもしれないのだ。おまけに、三人で旅するという友との約束を、七助は破ることになる。そして伊勢へは、二度と行けないかもしれない。

「そういう事情だと、七助さんからも、おいちさんからも、五両を借金返済に使いたいとは、言いづらいですよねえ」

お雪から言われ、麻之助は頷くしかなかった。このままだと、旅の話をまとめるのは難しい。うなだれてしまうと、お雪はここで、とんでもない言葉を向けてきた。

「なら麻之助さんが、手妻《てづま》みたいに素晴らしい考えを出して、七助さん達を助けてあげて下さい」

借金を返して、恋しい気持ちも繋《つな》げ、七助達を添わせるのだ。

「旅は、七助さん以外のお二人で、好きな所へ行って頂けばいいと思います」

余りにあっさり言われたので、麻之助は思わず笑いを浮かべた。

「お雪さん、私は五両の金で、残っている九両の借金を返すことなど、出来ませんよ」

「でも町名主さんて、今回の件と似たような困り事を、何とかしてと頼まれることも、多いんじゃないですか？」

「無理なことは無理だと、言ってます。お雪さん、町名主は手妻使いじゃないんですよ」

「まあ、そうなんですか。残念です」

二人で話しつつ、小間物問屋へ向かっていた。だが、麻之助は道の途中で突然足を止め、お雪を驚かせた。

「どうなすったんです？　あら、あちらの店の前においでなのが、これから会うおつもりだった六蔵さんなんですか。たまたま早く会えて、良かったですね」

お雪が明るく言ったが、麻之助は、実はちっとも嬉しくなかった。六蔵はなかなかの男前で、外出をすれば、娘達から見つめられることも多いと聞いている。

ところが、だ。周りには今日も娘達がいるのに、六蔵は目もくれていない。その上、富くじを当てたばかりだというのに、暗い顔で足下を睨《にら》んでいた。

(何かあったのかなぁ。ううむ、嫌な虫の知らせがするぞ)

とにかく声を掛けたところ、六蔵はきちんと挨拶を返してきた。

「麻之助さん、先だって以来ですね。ああ、おれ達がどこへ旅にゆくべきか、考えついたんで、話に来られたんですか」

六蔵は、小間物問屋へ行く所だと言い、三人は話しつつ歩き出した。するとお雪が、六蔵の顔色が悪いことを心配したので、六蔵が苦笑を浮かべる。

「ええと、そちらはお知り合いの、お雪さんですか。ご心配、どうも」

だが六蔵は、どこも悪くないと言い切った。

「ちょいと、気落ちしているだけなんですよ」

「気落ち、ですか。富くじに、当たったばかりですのに？」

「あの富に当たったんで、嫌でも見えてきたことが、あるんですよ」

大きな小間物の荷を背負った六蔵は、口元を歪《ゆが》めている。

「実は、友と旅に出る約束をしてましたが……小判が手に入ると、欲が出ましてね。あの五両、先々の商いのために、使えないかと思っちまったんです」

小さな店でいい、どこかに借りて、店主になりたいと思った。六蔵は、得意先回りの小間物商いから抜け出したいと、そう思うようになったのだ。

「済みません、実はそれで、七助さんが言い出した伊勢に、賛成出来なかったんです」

「そうでしたか。でも、店を持つのもいいですね」

麻之助が直ぐにそう返したので、六蔵は頷いた。ところが早速店を探しに行って、六蔵には分かったことがあるのだ。

「五両で借り、小間物屋を始められる小体《こてい》な店が、このお江戸の神田に、一軒もなかったわけじゃありません。けれどね」

新たに商売を始めるなら、組合や、町名主や、色々な所へ、挨拶に行かねばならなかった。商売を始めると決めた者は、店を開ける前に、様々な用で金を払うことになるのだ。

「仕入れにも、金がかかります。そして銭箱から直ぐに金が尽きるようでは、商いは続かない。幾らか手元に金を残さなくては。ええ、育った町で小間物屋を開きたくても、五両じゃ無理のようだった」

夢が、ただの夢ではなく、手が届くかもと思った時、実は無理だと思い知らされた。六蔵は今、酷《ひど》く気を落としているのだ。

麻之助が問う。

「足りない金を、借りられなかったんですか？　店を持つほどは、無理だったのか。なら、最初の考えどおり、大山へ行きませんか？」

しかし、六蔵は首を横に振った。

「麻之助さん、おれはもう……旅へ行く気には、なれないんです」

「では、富くじで当たった五両、どうなさるおつもりかな？」

すると六蔵は、細々と支払いをしている内に、金は消えるだろうと言い、益々《ますます》暗い顔つきになった。実は六蔵は、借りる店を探した時、何度も言われたことがあったらしい。

「残念だねえって。六蔵さんなら、店を切り回せそうなのにって」

世辞かもしれないとは思っても、そう言われると、諦めきれない気持ちが募った。しかし六蔵が店主になる機会は、何としても巡ってきてはくれそうにないのだ。

「何でだろう」

つぶやくような声が、細い。そして麻之助は二人目の六蔵とも、旅の話をまとめられないまま、別れることになってしまった。

六蔵が去った後、麻之助はお雪を見て、またまた溜息を漏らした。三人の内二人が、旅へ出かけないと言ったからだ。

「伊勢や大山まで、一人で旅したりしないですよね。参った。こりゃ、行き先をどうするかということより、旅に出るか出ないかって話に、なったみたいだ」

こうなったら早めに、三人目の五郎太と、会わねばならなかった。しかし、だ。一旦空へ目をやった麻之助は、お雪の顔を見る。

「五郎太さんは、ちょいと離れた支配町にある一膳飯屋で働いてます。これからそっちへ回るとなると、時が掛かりそうなんですよ。遅くなります」

麻之助達は、既に七助と六蔵の下を訪れ、大分歩いている。午後も遅めになっており、これ以上、お雪を連れまわすことは出来ないのだ。

お浜が出かけて良いと言ったにしろ、遅くなると、心配をかけてしまう。

「日本橋まで送って行きます。お雪さん、今日はこれまでとして、花梅屋へ帰って下さい」

「あら、あたし、まだ歩けます」

間髪入れずに返ってきた返事が、以前のお雪そのままの無鉄砲さであったので、麻之助は一寸《ちょっと》、昔が戻って来たかのように感じた。その間にお雪は、今日は最後まで旅の話に添いたいと言い張ってくる。事へ半端に関わるのは、お雪の性《しょう》に合わないらしい。

「宗右衛門さんだって、一緒に行ってもいいとおっしゃいました。連れて行って下さい」

それにだ。これから一旦日本橋まで行き、また戻って、神田の一膳飯屋へ向かうとなると、随分遅くなるのではないか。早めにしまう店だと、暖簾《のれん》を下ろしかねない。

「だからあたしはこのまま、一膳飯屋へご一緒した方がいいと思います」

「いやお雪さん、でもね……ええい、何で今回の話、こうも困ったことが続くんだろう」

旅先が決まらない。裁定を放り出したくとも、父も、他の誰かも、引き受けてはくれない。おまけにお雪ときたら、帰る気は全く無さそうであった。娘御一人、まさか日本橋まで引きずって行くことも出来ない。

「参ったねえ。三人目、五郎太さんとの話も、揉める気がしてきたぞ」

全てが暗雲に包まれてきたように思えて、麻之助は頭を抱えた。そして、これからどうするか、今、決めなくてはならない。

「仕方ない、お雪さん、駕籠《かご》を呼びますから、一膳飯屋まで乗って下さい。断ったら、連れて行きませんよ」

そうやって少しでも早く五郎太の下へ行き、大急ぎで日本橋へ帰そうと心に決めた。

ただ、多分考えたようには行かない気がして、麻之助は眉尻を下げてしまった。

4

「お待たせしました。豆腐の田楽《でんがく》と芋の煮転ばし、名物の雪花菜汁《からじる》です」

それに飯を添えた膳を、五郎太が、麻之助とお雪の座る床几へ運んでくる。五郎太は大男で、いささか強面《こわもて》だ。お盆を手にしていると、椀や皿が小さく見えた。

「田楽も芋も、おれが作ったもんです。後で味がどうだったか、教えて下さい」

五郎太は注文の品を置くと、床几から早々に離れてゆく。一膳飯屋根古屋《ねこや》は、小さな店ではあったが、なかなか繁盛していた。

夕刻、灯りがついた後もやっているとのことで、そこは助かった。だが麻之助達が少しの間、話を望んでも、忙しいのか、五郎太はなかなか時を作れずにいるのだ。それで麻之助は腹をくると、お雪を一休みさせるため、一緒に飯屋で食べることにした。

「あたし、一膳飯屋でご飯を頂くのは、初めてです」

お雪は何故だか楽しげに、あちこちへ目を向けている。箸を手に取ると、麻之助は五郎太が作ったという芋を食べ、笑った。

「おや、この煮転ばし、良い味ですよ」

「麻之助さん、田楽も美味しいです。少し濃いめの味付けは、酒の肴《さかな》にするからでしょうか」

男達の出入りが多く、まず来ることのない店の味を、料理屋の娘は興味深げに味わっている。

「あ、お味噌汁の雪花菜《おから》、沢山入ってますね」

「お雪さん、雪花菜汁は二日酔いに効くと言います。だから酒を出すこの飯屋じゃ、力を入れてる品なんでしょう」

そう言っていると、褒めた話が聞こえたのか、嬉しげな顔の五郎太が、飯の盆を抱えて、近くの床几に座ってきた。そして、これから己も飯を食べるので、その間なら話が出来ると言ってきた。

「済みませんね、ちょうど忙しくて、長くは話せないんですよ」

「いいえ、突然来たのは、こっちですから」

それで麻之助は、お雪を知り合いの娘だと告げた後、さっそく旅で向かう先を、伊勢にしてはどうかと切り出した。訳も付け加えると、五郎太は頷いている。

だが、しかし。一旦箸を置くと、伊勢へは行けないと、五郎太は頭を下げてきたのだ。

「麻之助さん、せっかく店まで来て下さったのに、済みません」

「伊勢より、他の場所がいいのでしょうか」

「他の二人と富くじを買った時、箱根に行きたいと言ったのは、本当です。あの時は、行けたら嬉しいなと思ってました」

だが、いざ富くじに当たってみると、五郎太は、伊勢へは行けないと分かったのだ。

「大山へも、箱根へも行けません。おれは奉公人です。店を休んで旅に出ることは、無理なんですよ」

でも、今更そんな話を、仲間二人へしにくかった。それでつい、伊勢は駄目だと逃げてしまい、旅の話を仕切っていた七助を、困らせてしまったのだ。

「済みませんでした」

すると、その話が聞こえたのか、店奥から年配の男が、麻之助達の方へ寄ってくる。男は根古屋の主《あるじ》と名のると、五郎太が旅へ出られない訳を、あれこれ口にし始めた。

「世間じゃぬけ参りと称して、奉公人が往来手形なしで、伊勢神宮に参ることもあります。もちろんあたしも、そいつは承知してます」

その折は伊勢から帰ってきた者を、叱責しないのが習わしだ。根古屋も重々、それは分かっていた。

「でも、です。うちの根古屋は、小さいんですよ。伊勢参りへ出かけた奉公人を、悠長に待っていられる余裕は、ないんです」

店主と奉公人二人、合わせて三人で店を切り回している。奉公人が寝泊まりする部屋は、二人で使うのが精一杯なのだ。

「一人病で抜けたときは、二、三日なら、身内や知り合いに助けてもらえます」

だがそれを過ぎたら、口入れ屋に頼み、大急ぎで他の者に入ってもらわないと、やっていけない。

「五郎太が旅に出た場合、うちの店は、戻ってくるのを待ってはいられません」

つまり新しい奉公人を雇うが、そうなったら、五郎太が暮らす部屋がなくなる。店を辞めてもらうことになるという。店主からはっきり言われて、五郎太は店の床へ目を落としてしまった。

「そんな訳だから、伊勢へは七助さんと六蔵さんの二人で、行ってもらえませんか」

五郎太はそう言うと、もう一度頭を下げ、頷いた店主が奥へと戻った。

すると。この時、近くの床几に座っている、半纏《はんてん》を着た男が、酔っているのか少し赤い顔で、五郎太へ声をかけてきた。

「兄さん、お前さんは富くじに当たった人だろ？　なんだい、せっかく金を手に入れたっていうのに、使わないのかい？」

ならば自分に貸してくれと、酔った男が言い始めた。

「なあ、いいだろ？　金は使ってやらねえと、可哀想なんだよ」

麻之助が直ぐ止めたのに、酔っ払いは言うことをきかない。何度も繰り返してきたので、麻之助は眉間に皺を寄せると、男の床几にあった酒を手に取った。

「半纏を着た兄さん、ちょいとしつこいよ」

酒に飲まれ、周りへ迷惑を掛けるようになったら、もういけない。

「馬鹿を止めないと、残りの酒は私が飲んじまうよ。そうなってもいいのかい？」

麻之助が酒を飲み干すふりをすると、ようよう半纏姿の男が引き下がる。お雪が、五郎太へ目を向けた。

「五郎太さん、この先も借金の申し込みに、悩むかもしれませんね」

たとえ一番富ではなくとも、五郎太が富くじに当たったことは、大勢が承知しているからだ。

「うへえ」

五郎太はうんざりとした顔になった。

「やれ、大変だ」

麻之助がつぶやいた時、客が増えてきたらしく、五郎太が主から呼ばれた。残りの飯と芋をかっ込むと、五郎太は麻之助へ、ゆっくりしていってくれと言い置き、慌てて台所へ帰っていく。

するとお雪が、声をぐっとひそめつつ、麻之助へ話しかけてきた。

「こちらの根古屋さん、わりと繁盛してるようで、結構なことです。けれど店は小さいですから、入れるお客の数は限られますよね」

お雪は料理屋の娘だからか、量や使っている食材から、料理の元値が見えてくる様子であった。値段を考えると、客にとってはお得な一膳飯屋だと言う。

「そして一軒店を構えると、店賃《たなちん》や薪代、夜の灯り代、結構かかります。根古屋さんは、もの凄く儲かっている、という感じでもないと思います」

根古屋が三人目を雇い、働き手に余裕を持たせられないのは、もう一人雇う余裕がないからだろう。となると。

「五郎太さんがこのまま、根古屋で真面目に、ずっと働いたとしても、です。大店《おおだな》の奉公人のように、暖簾分けなどで、店一軒もらうことは難しいでしょうね」

根古屋にその力があるとは、とても思えないというお雪の話を聞き、麻之助は頷く。

「そう考えると、あの五両は五郎太さんにとって、大層大事なお金になるね」

多分、五郎太の先々を思うのなら、ここで旅に使ってしまっては、いけないのだ。しかし。

「六蔵さんの時にも思ったけど、五両って、半端な額なんだよなぁ」

三十両ほどあれば、麻之助の支配町の内でも、職につくための株を、買うことが出来る。五郎太は、もう先々のことを心配せず、働いていけるわけだ。だが。

「五両じゃねえ」

思わず溜息がもれると、最後の芋を食べたお雪が、麻之助へ言ってきた。

「麻之助さん、三十両も持ってる人には、誰でも、仕事の世話くらい出来ます」

それだけあれば買える株は様々あるからだ。何かの商いも始められる。でも、だ。

「麻之助さんは、五両しか持たない人の明日も、切り開いてあげなくちゃ。町名主になるお人なんですから」

「お雪さん、何度でも言います。町名主は、手妻使いじゃないんですよ」

「今、そうでないと言うなら、これから急いで手妻使いになって下さい。七助さん、六蔵さん、五郎太さんには、麻之助さんだけが頼りなんです」

「私は三人から、頼られてましたっけ？　今回、町名主が行う裁定は、旅の行き先を決めることだったはずですが」

「元はそうでしたね。どうして変わっちゃったんでしょうか」

お雪はあっけらかんと言い、食事を終わらせる。

「か、変わってたんですか？」

麻之助は呆然としつつも、とにかく伊勢行きは駄目になったと、己で得心した。

「さて、この後、どうしたらいいんだ？」

とにかくお雪を、そろそろ花梅屋へ送っていくと言い、立ち上がる。

少し多めに置いて根古屋を後にし、表へ出ると、通りは早、暮れてきていた。遅くなってしまったと言い、麻之助はお雪の為、また駕籠を探した。

5

花梅屋へ着いたとき、玄関に現れたお浜が、怖い顔で麻之助達を見てきた。そして奉公人は、お雪が見つかったと店奥へ駆けてゆく。

「えっ？　見つかったっていうのは、どういうことですか？」

まるでお雪が家出でもしたか、行方知れずになっていたような言い様ではないか。麻之助は魂消、横にいたお雪へ目を向ける。するとお雪は、済みませんと言ってきた。

「きっとあたし、怒られてしまうと思います」

「お雪さん？」

「今日、高橋家へ行ったとき、あたし、嘘をつきました。おばあさまから、外出の許しを頂いてはおりません。実は勝手に出かけました」

花梅屋の両親は、お雪が表を歩き回ることを、まだ快く思っていない。深川で大水にながされ、死にかけた後、お雪は物忘れをしたままだからだ。

だから。そこで黙ってしまったお雪に代わり、麻之助が語ることになった。

「それで、こっそり出かけたんですね。で、父の宗右衛門を納得させるために、祖母であるお浜さんの名を使ったんだ」

「済みません、一緒に麻之助さんも、叱られてしまうでしょうか。麻之助さんは知らないことだったって、ちゃんと言いますから」

すると、二人の話を聞いていたお浜が、まずは花梅屋へ入れと、ぴしりと言ってくる。

お浜の背が、すぐに店の奥へと消えると、麻之助がうめいた。

「一緒に叱られるというより、今まで連れ回した私が、まず謝ることになると思います」

お雪の、こういう無鉄砲な所が、亡き妻、お寿《す》ずに似ていたと、麻之助は突然思い出した。麻之助はお寿ずにも、かなり振り回されていたのだ。

「参った。私はお雪さんの、どういう所に惚れたっていうんだろ」

「あら、麻之助さん、あたしに惚れておいでなんですか？」

とにかく二人は花梅屋の、奥の間へ向かった。そして心配をかけたお浜と二親へ、深く頭を下げることになったのだ。

お浜が二人へ、遅くなった事情を問うと、お雪が、もう一度頭を下げてから語り出す。そして今日誰と会って何を話したか、過不足なく告げた。

自分が勝手に事を運び、花梅屋が他出を許したと、麻之助が思っていたことを話したのだ。花梅屋は娘へ渋い顔を向けつつ、とにかく頷いた。

ところがお浜の方は、歳老いても見目良い顔を、閻魔様《えんまさま》のように険《けわ》しくしたまま、麻之助を睨んでくる。

「麻之助さん、お雪の言葉を聞いて、何かおっしゃることは、ありますか？」

「お雪さんは、未だに思い出せないことを抱えたままで、まだ本復《ほんぷく》なすってません。そんな縁談相手を一日連れ回すなど、やって良いことではありませんでした」

しかも、縁談は決まっていないのだ。

「済みません。お雪さんが何と言おうと、私が駕籠で、早くに送ってくるべきでした」

「分かっておいでのようで、よろしい」

お浜は怖い口調のまま、町名主は支配町の者達から、様々な相談を受ける立場なのだと、話を続ける。

「ならば麻之助さんもそろそろ、やっていい馬鹿と慎むべき阿呆の違いくらい、分からなきゃね」

その厳しい口調が、お浜の血筋である同心、相馬小十郎《そうまこじゅうろう》を思い起こさせ、麻之助は頭を下げたままになる。さすがに花梅屋が、止めに入った。

「おっかさん、町名主の家の人に、そこまで言うのも……」

「これじゃ先々、町名主として役に立ちませんよ。そんな男に、お雪を託すわけにはいきません。お雪がこだわってる〝おじさん〟という呼び名の意味など、もう分からないままでよろしい！」

（おや、私はお雪さんとも、縁がなかったか）

麻之助は溜息を漏らしてしまった。

「おばあさま、勝手にお返事をなさらないで下さい。おとっつぁんは今回の縁談、あたしが決めてもいいと、言って下さったわ」

「お雪！　麻之助さんが、こうやってきつい言葉を向けられるのは、お前のせいですよ」

お雪は己の勝手な行いが、人様へ迷惑をかけることもあると、承知していなければならないのだ。

「お前は、無鉄砲な所があるから、町名主の妻には、向いていないかもしれないわ。商売人に嫁いだ方がいいでしょう。お雪は、商いには目端《めはし》が利《き》くからね」

お雪が赤くなったのを見て、麻之助は思わず庇《かば》った。

「お雪さんは優しい娘さんですよ。今日も悩み事を抱えた三人のことを、心配していました。私を励まし、役に立ってもくれました」

麻之助との縁はないかもしれないが、町役人の妻が、出来ないわけではなかろう。麻之助は無謀にも、お浜へ言い返した。

すると、だ。ここでお浜が、くいと顎《あご》を引き上げた。その様子が、怖いと高名な縁続きの同心、小十郎に似ていて、麻之助は思わず後ずさりしたくなった。

やはりというか、お浜はここで、とんでもないことを口にしてきた。

「お雪の話によると、今日、この子は七助、六蔵、五郎太というお人の悩みを、全く減らしていないわ。ただ、麻之助さんに付いていっただけ」

いや、確かに麻之助を、妙な言葉で励ましてはいる。

「麻之助さんに、手妻を使えと言ったみたいね。五両ぽっちのお金で、九両の借金を返したり、店を持ったり、先々続けていける仕事を、見つけたりして欲しい。そう言ったのよね？」

その話のどこが、役に立ったというのか。お浜の口調は益々恐ろしくなり、麻之助は思わず天井へ目を向けた。

（ここで降参して、お気楽者の麻之助として、謝るのは簡単なんだけどねえ。説教を食らうのには慣れてるし、今回の富くじの件は、誰も、前より悪いことになった訳じゃな

いし)

富くじを当てたのは、一人前の男達なのだ。金の使い道に迷った件で、麻之助がここまで叱られなくてもいいのではと思ってしまう。

しかし、だ。お浜の剣幕を目にして、横でお雪が目に涙を浮かべている。

麻之助がこのまま降参したら、己だけでなく、その後お雪も、お浜からまた叱られそうであった。そしてそれは、麻之助が少し上手く立ち回れば、避けられることなのだ。

(そんな話になるのは、ちょいと嫌かも)

だから。麻之助は無謀にも、大急ぎでまた謝ったりせず、お浜へ言葉を向けた。そんなことをすると、お浜の癇癪《かんしゃく》を大きくするかもと、分かっていてやった。

「どんな言葉が、後々どう役に立つか、分かりませんよ」

すると。やはりというか、とんでもない返事を貰《もら》うことになった。

「麻之助さん、言いましたね。そこまで言うのなら、お前様がお雪の励ましを、本当に益のあるものにしてはどうかしら」

「はて、どういうことです?」

麻之助は恐る恐る問う。

「お雪が役に立ったなら、本当に手妻を使ってみなさいと言ってるの」

富くじで手にした十五両は、増えはしない。その限られた金で、町名主として、七助達三人へ、納得する明日を運んでみろと、お浜は言い出した。

「そんな離れ業《わざ》が出来たら、お雪の励ましが効いたと認めます。今回の馬鹿は、大目にみましょう」

お浜がそう言い放つと、魂消たのは花梅屋だ。

「お、おっかさん、勝手にそんなことを決めては駄目ですよ。うちは、町役人じゃないんだから」

だがお浜に睨まれると、息子はまた、言葉を失ってしまう。一方麻之助は、落ち着いた顔で驚いていた。

（おんや、本当に、えらいことになった）

やっぱりお浜へ言い返すのは無謀だったと、麻之助は深く頷く。しかし、馬鹿を承知の上で、お浜と対峙したのだから、先に進むしかないとも思う。

よって、この後どう出るか、麻之助は静かに腹を決めていった。

（とにかく私が、三人へ十五両の使い道を、示すしかないってことだね）

一人五両で、三人が望む形に、明日を切り開かなければならないのだ。さて己が、案を出すだけでも出来るかどうか、大いに心許《こころもと》なかった。

そして、たとえ案を作れたとしても、元々、手妻がなければ成せないと思った話だ。七助達が、麻之助の考えを受け入れるかどうかも、分からない気がする。

この時、お浜がまた口を開いた。

「麻之助さん、返事をなさい。十五両の使い道、お前様が決めるんですか？　それとも降参して、ここで私の叱責を受けますか？」

「参ったなぁ。私一人じゃ、とても出来ないだろうなぁ」

麻之助が頭を掻《か》きつつ言ったので、お浜の顔つきが、一寸怖くなる。だが、直ぐに大きく頷いた。

「つまり、馬鹿の続きをやってみるのね。周りを巻き込むつもりのようだけど」

「吉と出るか、凶となるか。まだ分かりませんが。お浜さん、答えを出すのに、長くはお待たせしないようにします」

「分かりました」

麻之助は溜息を漏らした。

「こういう話になった顚末《てんまつ》を聞けば、おとっつぁん、怒るでしょうねえ。結末がどう転んでも、とにかく怒ることだけは確かです」

やれ、参ったと繰り返したので、お浜はようよう、怖い顔つきを崩した。そしてお雪は、狼狽《うろた》えつつ、とにかく麻之助へ謝ってくる。

麻之助は笑うと、まずはお浜やお雪、花梅屋達に、もう一度頭を下げた。そしてそれから、三人の男の明日を背負うべく、花梅屋から立ち去ることになった。

（伊勢、大山、箱根から、一カ所を選ぶだけの話だったのに。何でこんなことになったんだろ）

その答えは、麻之助にも分からなかった。

6

高橋家へ戻った麻之助は、夜の内からせっせと動き始めた。十五両で三人の望みを叶えるとしたら、酷く忙しくなるに違いない。しかし宗右衛門が、麻之助が受け持つ町名主の仕事を、減らしてくれるとも思えなかった。

「しっかし、男三人の望みを叶えるなんて、色気のない話だね」

とにかく、今まで扱ってきた裁定と同じく、まずは三人の望みと、今、何が出来るかを書き出してみる。麻之助は己の寝間で、文机《ふづくえ》の前に陣取った。

「一、七助さんの望みは、おいちさんを嫁にもらうことだとみた。そしておいちさんは、そう、借金を片付けたいと思ってるよね」

七助が、おいちの借金をどうにか出来たら、おいちはその働きに感激し、嫁に来てくれるかもしれない。そうなれば、二人とも幸せになるはずであった。七助は実入りのいい左官だし、おいちに惚れているから、ちゃんと大事にするだろう。

「つまり七助さんの件は、やるべき事がはっきりしてるね」

一の困った点は、九両の借金に対し、五両しか金が無いところだ。

「うーん、問題は借金だ。つまり……高利貸しの丸三《まるさん》さんに、相談するべきだ」

もっともあの老人は、根っからの高利貸しだから、安易に借金の棒引きなど、引き受けてくれないに違いない。四両の返し方は、別に考える覚悟で、助けを求めねばならないだろう。

「とにかく明日、丸三さんの所へ行こう」

さて、次は。

「二、六蔵さんの夢は、店を持つことだね」

こっちも五両では、全く歯が立たない話であった。ただ。ここで麻之助は、にやりと笑ったのだ。

「望みは、あるかもしれないよね。だって六蔵さんは、そりゃ様子の良い男だから」

つまり狙うのは。

「店への婿入り！　これだよ」

店を借りられなかったとき、周りから惜しまれていたというから、六蔵には、商いの腕があるはずだ。その証《あかし》に、小間物の得意先回りで、何年も暮らしを立てている。

「婿入り先は、表長屋なんかにある小さな店でいいんだ。婿入りしたら、自分で大きくしてもらおう」

六蔵の意向も聞かず、麻之助はさっさと頷いた。

「ならば、六蔵さんのことを相談する相手は、良い男揃いの、両国《りょうごく》の貞《さだ》さんかな。いやいや、違う。六蔵さんは店を持ちたいんだから」

貞が顔役として、幅をきかせている両国は、屋台や見世物小屋が並ぶ場所であった。

店の話なら、同じく良い男で、町名主でもある友、清十郎《せいじゅうろう》に話を持って行った方が良い
と、麻之助は見当をつけた。

「ただねえ、きっと清十郎は、渋い顔をするだろうな。店主になりたいといって、ひょいとなれるんなら、世話ないって」

しかし物事、やってみなくては始まらない。そして今回は、やらずに逃げると、お浜が怒り、お雪が叱られる。あげく、事は同心見習いの友、吉五郎《きちごろう》の義父《ちち》、小十郎にまで伝わってしまうかもしれない。お浜と小十郎は、縁者なのだ。

「駄目で元々だ。縁談を頑張って探そう」

六蔵の件の相談先も決まった。そして、最後は。

「三、五郎太さんの望みは、旅に出ることかな？　いや、旅にだって出られる立場に、なることか？　うん、こっちだ」

五郎太が働く根古屋は、真っ当な店ではあるが、このままでは先々が不安だ。奉公人

は、店で寝泊まりしている間は、嫁取りという話にならないから、五郎太は当分一人寂しく、不安を抱え続けることになる。

「そろそろ嫁御が欲しいだろうしな。となると、仕事を変えるしかないよね」

五郎太は奉公以外、どんな仕事なら出来るか。麻之助は寸の間考え、あっさり答えを出した。五郎太が作った田楽や芋の煮転ばしは、とても美味しかったからだ。

「あれを、まずは屋台店あたりで売ればどうかね？　売って歩く振り売りじゃなく、大きめの屋台を据えて、煮売りの総菜を売るんだ」

担いで売り歩くより、そういう形の方が量を売れる。だから先々、小店などを持てる望みに繋がる気がした。それに屋台店だったら、五両あれば、始められるかもしれない。

「そしてだ、屋台店のことなら、両国の顔役、貞さんを頼れるものね」

屋台店を置ける場所を、考えてくれるかもしれない。一番上手くいきそうであった。

「そうだよね？」

麻之助は大きく頷いてから……じき、眉間に皺を寄せてしまった。

「でも五郎太さんは大男で、愛想がないなぁ。私とお雪さんが店を訪ねた時、機転を利かせて、ちょいと話を聞くことも出来なかった。ありゃ、商売向きの性分じゃないね」

一膳飯屋の店奥で田楽を作り、たまに客へ膳を運ぶくらいなら、大丈夫だろう。しかし。

「話の上手さで、客を呼び込むことは出来ない気がするよ」

となると、無理に仕事を変えさせるのは拙《まず》いかもしれない。一膳飯屋を辞めたあげく、次の仕事で稼げなかったら、麻之助の見込みちがいと謝っても、済む話ではなかった。

「うーむ、色々、見通しが立たないぞ。どうしたらいいんだ？　いや、悩んでる間はない。まずは丸三さん達に相談だ！」

その内麻之助は寝てしまい、気が付いたら朝になっていた。急いで朝餉を頂くと、宗右衛門から別の仕事を押しつけられる前に、麻之助は高橋家から飛び出していった。

7

二十日後のこと。

麻之助は花梅屋のお浜へ、七助達の件で、話をする用意が出来たと、知らせを入れた。お浜に納得して貰う為、七助、六蔵、五郎太を連れ花梅屋へ行くと、文を送ったのだ。

すると花梅屋へ集う日、麻之助が思った以上に、大人数が顔を見せた。話に巻き込まれた丸三や清十郎、それに貞が、他の二人の始末やいかにと、やってきたからだ。

もちろん花梅屋の夫婦やお雪、お浜も出ている。おまけに何故だか宗右衛門と、小十郎、吉五郎までが、大部屋に顔を連ねていた。全部で十四人が集ったのだ。

「おとっつぁん、どうして来たんです？」

「麻之助、最近のお前のことが、それはそれは心配になったからだよ」

宗右衛門は、麻之助がしでかした騒ぎを、ちゃんと摑んでいたのだ。お浜がしっかり、知らせていたらしい。

「五両しかないのに、九両の借金の始末を、つける気だと聞いたぞ。麻之助、大丈夫なのか？」

吉五郎に言われ、小十郎に見据えられ、麻之助は大いに緊張する。そしてまずは皆へ、きちんと挨拶をしてから、前の畳に、一枚の紙を置いた。七助達三人が抱えた望みと問題を、書き出したものであった。

「今回の件は、伊勢、大山、箱根のどこへ旅するかという話から、始まりました。そして話は、大きくずれました。三人で手にした十五両で、どうやったら皆の明日を切り開けるか、という話になったんです」

「とんでもないことになったな」

吉五郎がつぶやき、麻之助が頷く。

麻之助は最初に、七助の件から語り始めた。七助とおいちの話は、借金がらみになっている。よって麻之助は、まず丸三に口利きを頼んだと話し出した。

「あら、人に困り事を押っつけたの？」

お浜は渋い顔になったが、丸三が違うと、手を横に振った。

「確かに麻之助さんから、おいちさんの借金について聞かれたよ。で、どこの高利貸しから幾らの利で借りてるか、調べて教えたんだ」

しかし丸三は、麻之助の代わりに、おいちの借金を無くすという荒業は、やっていないという。

「ただ、おいちさんの借金、利が凄く高かったんだよ。それで、金を貸してる高利貸しのことを、この丸三よりも阿漕《あこぎ》だと言って笑ったら、何故だか利をまけてくれた」

おいちは一両、返済を減らすことが出来たのだ。清十郎が目を見張った。

「利だけで、一両分も動いた？」

「怖いねえ、どんな高利なんですか」

貞が口を挟み、丸三はただ笑っている。つまり丸三にすがったのに、七助の幸せを阻む借金は、まだ八両残っているわけだ。

「さて、この後、麻之助がどうしたと思う？」

俄然《がぜん》面白くなってきたよねと、丸三がにたりと笑った。宗右衛門の顔が青くなる。

「さて、次に六蔵さんの悩みに、私はとっかかりました」

「麻之助、おいちさんの借金は、まだ残ったままだよ」

「おとっつぁん、後でそのことは、言いますから」

麻之助は六蔵の事へ話を移すと、今度は清十郎の力を借りたと、皆へ話した。

「六蔵さんは、店を持ちたいんです。私はそうなるには、婿入りが一番だと思いました」

「店へ婿入り？　そうきたか」

「六蔵さん、いい男ですから」

皆の顔が揃って、麻之助の横に三人並んだ内、真ん中に座った男へ向く。そして、おなご達は直ぐに頷いたのだ。

しかし男どもは揃って、渋い顔になった。

「顔はいいね。でもだからって、婿の口がかかって、店主になれるもんなのかい？」

はっきり言ったのは花梅屋で、娘を持つ商売人の考えは厳しい。すると清十郎が、花梅屋のような大店へ、婿入りするのは無理ですと笑った。

「ですが六蔵さんは、店の大きさにはこだわってなかった。それでこの清十郎が、婿入り出来る小店はないか、聞いて回ったんです」

すると、話のすりあわせが出来る店が、支配町に三つ見つかった。

「三つもあったのかい？」

「どの話も、直ぐに六蔵さんを、婿に欲しいと言った訳ではないです。でも、話し合いは出来そうな相手が、いたんですよ」

どこもかなり小さな店であった。その上、やはり相手は美人がいいとか、商売を選びたいとか、六蔵が勝手をいうのも無理だった。

そして……六蔵の婿入り話は、何と三人の望みの内で、一番に叶ったのだ。

「おやおや」

今日、花梅屋へ集った男達が、一斉に目を見開く。清十郎がその訳を語った。

「実は六蔵さん、いざ婿入りの話が真面目なものになると、望みを変えて来ましてね」

お店への婿入りが目当てであったのが、身内、つまり嫁が欲しいという考えに傾いたという。

「五郎太さんは奉公人だから、嫁取りが難しいと、麻之助が言ってました。しかし、実は六蔵さんも、嫁のあてがなかったんだそうで」

六蔵の商売で、稼ぎが落ち着いたのは、最近のことらしい。長屋住まいで貧乏では、おなごから好かれても、嫁取りには至らなかったのだ。しかも意外なことに、貧乏なくせに顔の良いことが、却っておなごを遠ざけていたという。

「とうに落ち着いていても、いい歳ですからね。既に相手がいるか、遊び好きの男だと、思われていたようで」

このままでは、あっという間に三十路《みそじ》になり、その内、身内も作れないまま、寂しい身の上になるに違いない。六蔵は巡ってきたこの機会に、是非、妻を得ようと頑張ったのだ。

「白粉《おしろい》屋の娘さんで、旦那さんを亡くしたおしかさんと、縁組みすることになりました」

おしかは三つ上で、最初の縁組みの時、子が出来なかったのを気にしていた。そこで六蔵が、子を得られなかったら、もらい子をしようと言うと、あっという間に話がまとまったという。

「六蔵さんは小間物を扱ってましたから、白粉や紅などにも詳しいです。商売も大丈夫ということで、実は既に、おしかさんの親の小店を、手伝い始めているんですよ」

「おや、めでたい」

何事もやってみるものだと、小十郎が笑っている。麻之助も頷いたが、三つ目の話は、そう上手くはいかなかったと言い出した。

「五郎太さんの望みは旅に行けたり、嫁取りが出来る立場に、なることだと思いました」

麻之助はそう言って、畳に置いた紙を指す。書き示したように、田楽や煮転ばしを屋台店で売れたら、人の店で使われているより、五郎太の先々は明るくなりそうであった。

そして今、五郎太には屋台店を開く、元手があるのだ。

「一見、七助さんや六蔵さんより、話が早いかと思いました。でも、ですね」

危惧していたことが、起きてしまったのだ。麻之助が貞に相談すると、貞の手下《てか》が、一膳飯屋で働く五郎太を知っていた。そして手下は、いくら田楽が美味《うま》くとも、五郎太が屋台店で儲けるのは、無理だろうと言ったのだ。

「愛想がない。話が上手くない。見た目がいささか怖い。だから屋台店を置く場所は、貸せないってことに、なっちまいました」

つまり、五郎太が屋台店を出すという話は、行き詰まったのだ。明日を求めた三人の内、七助は、嫁に欲しいおいちの借金を、返せずにいる。一方五郎太は、屋台店を持つのは無理だと言われてしまった。二人の明日が、怪しくなってしまったのだ。

それで、つまり！　麻之助の話が乗ってきた時、お浜が文句を言い出した。

「麻之助さん、話が長いわ。まだ大分かかるの？」

それで、麻之助はにっと笑うと、思い切り短く事の結末を告げてみる。

「七助さん、六蔵さん、五郎太さんは、皆、嫁御をもらい、望んでいた暮らしを手に入れました。めでたし、めでたし、めでたしとなったんです」

ああ良かった、お浜との約束を果たせたと言い、麻之助がほっと息を吐いた。しかし、お浜や宗右衛門は、頭の中で話が繋がらなかったのか、言葉を失っている。

そしてその間に、部屋のあちこちから麻之助へ、茶托《ちゃたく》と煙管《きせる》、それにお盆が飛ぶ事になった。

「ひいっ、お盆は怖いですよ」

「麻之助、あたしや丸三さん、貞さんに、事を手伝わせたんだ。短く、だけど分かるように話せ！」

麻之助は清十郎から睨まれ、吉五郎から軽く拳固《げんこ》を食らった。よって急ぎ、語り足りないところを補ってゆく。

「まずは、五郎太さんの件ですが。あのお人を助けたのは、みつはさんでした」

「あら、その名前、つい今し方、聞いたわよね。どなたでしたっけ」

もどかしそうな口調で、お浜が言う。ここで小十郎とお雪が、にこりと笑った。

「みつはさんは、おいちさんと一緒に働いている、茶屋娘さんですよね？」

お雪が告げると、ああといって、部屋内の皆が頷いた。

「五郎太さんには、一緒に屋台店をやってくれる、綺麗で客あしらいの上手い、嫁御が必要です。是非、おいちさんの友みつはさんを、五郎太さんへ紹介して欲しい。私はそう、七助さんへ頼んだんです」

真面目な話であったので、今度はおいちもみつはも、嫌がらなかった。そして、今は若いから良くても、先々が気になるのは、男だけではなかったのだ。

「みつはさんは、屋台店を出すという話に、興味を覚えたようです。五郎太さんと、どうやったら屋台店が儲かるかを話し、初対面の日から、そりゃ盛り上がってたんですよ」

みつはは茶屋娘だから、贈り物をくれたり、甘い話をしてくる男もいたらしい。しかし娘が目を向けたのは、もっと地に足が着いた話をする男であった。

「こちらの縁組みも、そりゃあ早くにまとまりました。それでです」

ここで麻之助が、六蔵と五郎太へ、頭を下げたのだ。

「私はお二人に、借金の申し込みをしました。いえ、私の借金じゃありません。おいちさんが借りるお金です」

「なるほど。三両を分けたね」

麻之助のその言葉だけで、高利貸しの丸三は、既に、どう手を打ったか分かったらしい。

おいちの借金は、元々十両だ。そして一両已で返し、一両分の利息をまけてもらっている。残りは八両であった。

「六蔵さんと五郎太さんの持つ、五両のお金の内、一両二分ずつ、利息無しでおいちさんに貸してくれないか、頼んでみました」

二人にとっても、一度に持ち金全部を使い切らず、先々の商いに当てられるから、悪い話ではなかろうと麻之助は思っている。

運を得ていた男二人は、その運をおいちにも分けた。そして。

「この日私は七助さんに、自分は五両全部出すと、おいちさんへ言ってもらったんです。それで計八両。おいちさんは、利息から逃れられますから」

おいちは最初、男達がせっかく富くじで得た金を、受け取れないでいた。すると、麻之助からたきつけられていた七助は、勇気を振り絞り、自分も嫁が欲しい、そしておいち以外は考えられないと、真っ赤な顔で言ったのだ。

みつはが仲立ちとなり、三組目の話も、早くにまとまっていった。

「七助さんは実入りの良い左官ですからね。おいちさん一人くらい、楽に養っていけます」

おいちはもうしばらく働き、そこで得た金をそっくり、六蔵達へ返していけばいいのだ。

「話はここで、先ほど言った、めでたし、めでたしに繋がりました」

後日、貞は、綺麗な茶屋娘みつはに会って、五郎太が屋台店を出す場所を、両国で見つけてくれると約束した。

明日に目を向けた七助達は、もう富くじを買うなど、贅沢をしないことにしたらしい。

祝言も、富くじに当たった者が開くと決まっている祝宴で、三組一緒に挙げることにしたのだ。

「おや、しっかりしてることだ」

宗右衛門が笑う。麻之助は、己を大いに褒めた。

「私ったら、実は手妻使いだったみたいですね。本当に三組の先々を、何とかできるとは、思ってもみませんでした」

「麻之助、そりゃ、丸三さんと清十郎、それに貞さんのおかげだろうが」

吉五郎から言われ、麻之助はそうだったねと、ぺろりと舌を出す。ここで七助、六蔵、五郎太の三人は、畳へ両の手を突いた。

「我らに連れ合いと、これから向かう先を与えて下さって、ありがとうございました。隠居するような歳になったとき、三組の夫婦で、近くへ旅に行けたらいいなと話をしております」

旅先を決めようという話が、こういう結末に行き着くとは、思いの外《ほか》であった。七助達はそう言ってから、集まった皆へ、改めて深く深く頭を下げる。座で、言祝《ことほ》ぎの言葉が交わされ、笑みが皆の顔に浮かんだ。

その後お雪の件で、麻之助がお浜から叱られることは、約束どおりなかった。

後日、お浜に連れられ、お雪が高橋家を訪れた。勝手な他出のことでは、お雪も叱られずに済んだが、お浜から、もう馬鹿はするなとやんわり言われたらしい。それで今日は、祖母と連れだってきたのだ。

「本当は、しばらく家で、大人しくしていなさいとも言われたんです。でも、麻之助さんへ一つ、伝えねばならないことがありまして。あたしから言い出した事ですから」

それは、何かと言うと。お雪はここで、寸の間言葉を切ってから言った。

「あの、あたしが麻之助さんを、〝おじさん〟と申し上げていたことなんですが。訳が分かったと思います」

自分のことなのに、他人の話をするかのように言うのは、妙な気がするとお雪が言い、麻之助が黙ったまま頷く。お雪は今回、三組の縁談を見聞きする間に、〝おじさん〟という言葉の訳が、思い浮かんで来たのだ。

ここで、真っ直ぐ麻之助へ目を向けてきた。

「あたし、麻之助さんが気になっていたのだと思います。お会いして、余り経っていない頃から」

「は？」

「でも麻之助さんは、おかみさんとお子さんを、亡くされておいでです。それは、ずっと心に残ることですよね」

もちろん、今まで出会った人、過ごしてきたことも含めて、麻之助なのだ。だから、麻之助に惚れるとしたら、お寿ずが思い出の中にいることも、承知していなければならない。

だが。

「その自信が、あたしにはなかったのだと思います」

だから麻之助は〝おじさん〟で、自分の相手としては歳が行きすぎているお人だと、己へ言い聞かせていたのだ。今回お雪は、好き、嫌いだけでは済まない縁談を幾つか見て、あの〝おじさん〟という言葉の意味を、得心したらしい。

「なんと、そうでしたか」

麻之助は、短く返すしかなかった。するとその時、隣からお浜が孫娘へ問う。

「あのね、お雪。〝おじさん〟に籠められた気持ちは、分かったけど。お前、麻之助さんを忘れる前に縁談の申し込みを受けたら、断ったの？　それとも〝おじさん〟からの縁を、受けたの？」

お雪はまた、しばしの間黙ると、ゆっくりと首を傾げた。

「さあ。どうだったんでしょう。そこは、思いつきませんでした」

「あら、振り出しに戻ったみたいね」

お浜は苦笑を浮かべ、麻之助は笑うしかない。ただ己の思いを語ったのに、意外な程落ち着いているお雪を見て、一つ思い至った。

（昔のお雪さんが、自分を好いていたとは驚いた。だけどそれは、今のお雪さんにとっては、関係ないことなんだ）

それだけは、分かっていなくてはと思った。そして、では己は、今、こうして己のことを忘れているお雪を、どう思っているのか。

（一生、このまま忘れられてても、承知か？）

初めて正面からそのことを考え、麻之助は少しばかり狼狽えてしまった。

吉五郎の縁談

1

江戸は神田の古町名主《ふるまちなぬし》、高橋《たかはし》家へ、料理屋花梅屋《はなうめや》の娘、お雪《ゆき》が顔を見せた。お雪は、町内の者達がよくやるように、庭から入ってくると、少し遠慮がちに、小声を掛けてきた。

「あの、麻之《あさの》助《すけ》さん、おいでですか？」

「おや、今日も庭から来ましたか」

麻之助は、膝にいた猫のふにを抱き上げると、部屋で立ち上がった。

お雪は八丁堀《はっちょうぼり》の同心、相馬《そうま》家の遠縁で、以前は遠慮なく麻之助の下を訪れていた。よく話したし、縁を重ねていたと思う。高橋家は花梅屋へ、お雪を麻之助の嫁にと申し込んでいるのだ。

（だけど話は見事に、まとまってないんだよねえ）

深川《ふかがわ》を襲った大水に巻き込まれ、お雪が何年分かの思い出を、無くしてしまったからだ。麻之助と会った頃のことは、見事に頭から吹っ飛んでしまった。

「みゃあっ」

お雪は麻之助のことを、よく知らない人として扱い、話すので、時々物忘れのことを思い起こすことになる。よって麻之助も、嫌でも考えてしまうことがあった。

（お雪さんが、以前の私を思い出すことは、もうないのかもしれないね）

だが、忘れたのは何年分かのことのみだったから、お雪は暮らしていくのに、苦労などしていない。麻之助が思い出の中にいなくとも、不便はないのだ。

（やれ、気にしているのは私だけか）

麻之助はふにと共に、自分の部屋からひょいと縁側へ出た。

「お雪さん、久しぶりです」

今日は何のご用ですかと、麻之助は丁寧に問うた。それがまた、少し寂しい気がするのだが、今のお雪と話すなら、余りくだけた調子には出来ないのだ。

ただ、今日のお雪は、珍しくも急《せ》いた様子で、麻之助へ話しかけてきた。

「あの、相馬吉五郎《きちごろう》さんの縁談が、決まったって聞きました。本当なんでしょうか」

「驚いた。吉五郎の縁談話が進んだこと、もう承知してるんですか」

麻之助は、沓脱《くつぬ》ぎの前に立つお雪へ、まずは縁側へ座って下さいなと声をかける。

「庭に立ったままじゃ、話も出来ないですから。今、お茶を淹《い》れましょうね」

お雪は、八丁堀の相馬家の娘で、吉五郎の元許嫁《いいなずけ》である一葉《いちは》と仲が良い。だから麻之助の親友、吉五郎の縁談については、いずれは話を耳にすると思ってはいた。だが。

「それにしても、早く聞きましたねえ」

吉五郎の縁談が決まった話は、町名主の屋敷や高利貸し、両国橋《りょうごくばし》の小屋まで、風のような早さで駆け抜けたらしい。吉五郎は定廻《じょうまわ》り同心見習いだから、日々見回っている町の皆もその内、噂に加わるのだろう。

お雪は、立ったまま麻之助を見てきた。

「花梅屋で、祖母が父へ話していたのを、小耳に挟みました」

相手は同じ八丁堀に住む、北山与力《きたやまよりき》の娘、お紀乃《きの》だ。かねて吉五郎と話があったお人で、吉五郎と道場で同門だった男の、妹であった。

お雪が最近では珍しくも、少し怒っているような顔を向けてきたので、麻之助は正直に答えた。

「ええ、縁談の件は聞いてます。うちと、清十郎《せいじゅうろう》のいる八木《やぎ》家へは、吉五郎が顔を見せて、直《じか》に話していきましたから」

余所《よそ》から噂を聞きつけたら、麻之助達は、八丁堀の屋敷へ押しかけてきそうだ。だから先に来たと言い、長年の友は笑っていた。その顔を見て、吉五郎が腹を決めたのを知り、麻之助は素直に、祝いを口にしたのだ。

お雪は庭に立ったまま、足下へ目を落とし、必死に言ってくる。

「でもあたし……まだ早いって思うんです。元の許嫁である一葉さんが、同じ屋敷内で暮らしているんですよ」

吉五郎へ嫁御《よめご》が来ては、一葉は酷《ひど》く気をつかうに違いない。同心の屋敷は、決して広くはないのだ。

「麻之助さんも、それは分かっておいででしょう？　なのに吉五郎さんの縁談を、止めて下さらなかったんですか」

拗《す》ねるような口ぶりで言われて、麻之助は何と返事をしたものか、少し迷った。いくらお気楽者と言われていても、麻之助は町名主の跡取りなのだ。いつもなら他家の縁談の事情を、他へ話す事など決してしない。親の拳固《げんこ》が、降ってくるからだ。

そして、八丁堀で生まれた一葉や吉五郎が、お紀乃の家、北山家の事情を話す事も、なかろうと思う。しかし。

（それじゃお雪さんは、納得しないだろう。おまけに、お雪さんが事情を知らないままだと、一葉さんの話し相手になって、気持ちをほぐして貰《もら》うことが難しくなりそうだ）

ならば、どうするべきか。麻之助はふにと向き合ったところ、にゃんと鳴かれて、親から拳固を食らう腹を決めた。そして縁側に敷物を置くと、もう一度お雪へ声をかける。

「お雪さん、おばあさまである花梅屋のお浜《はま》さんにも、語ってはいけない話があります。ここから先の話を聞きますか？　聞いた後、余所へ話さずにいられますか？」

「お話し下さい。他言しないとお約束します」

お雪は何度も頷《うなず》き、縁側へ腰を下ろした。

2

麻之助は、お雪の膝にふにを乗せると、まずは温かい茶を淹れ、お雪へ勧める。それから、丸三《まるさん》と貞《さだ》、それに何故だか、大倉屋《おおくらや》の息子冬太郎《とうたろう》から聞いた話を語り始めた。

「吉五郎とお紀乃さんに、少し前から縁談があったことは、ご承知の通りです」

ただ、正式に決まってはいなかった。やはり周りは、元許嫁の一葉が、相馬家で一緒に暮らしている事を考えていたのだ。一葉を嫁に出してから、吉五郎が嫁取りをすれば良かろうと、八丁堀では話がまとまっていたらしい。

ところが。

「そうもいかない事情が、北山家の方に出てきちまったんですよ」

北山家には、川端《かわばた》という縁戚の旗本《はたもと》がいる。川端の方は、直参《じきさん》であった。

その川端だが、親戚であることをいいことに、かつて無茶をしたことがあるという。

「何と、八丁堀の与力である北山様の身内を名のり、勝手に借金をしたんですよ」

「ま、まあ」

八丁堀の与力は御家人《ごけにん》身分だが、禄《ろく》は旗本並だ。しかも、大名などから付け届けもあり、余禄が多いことで知られていた。

「何でも百両も借りて、借金の返済や遊興に、使っちまったとか。返せなくなって騒ぎとなり、北山様の知る所となりました」

貸した相手は、八丁堀の与力の身内だから、貸したのだと言ってくる。川端は、勝手に名を使った北山へ、親戚なのだから、一時代わりに金を返済してくれと泣きついたという。

「後で返すからってことですか？　返しそうもないですけど」

「お雪さん、ご明察。川端様は、このままだと北山家の名に傷が付くと言って、北山与力に己の借金を、押しつける気だったんですよ」

相手が八丁堀の与力であることも気にしない、恐ろしく強引なやり方であった。北山与力は腹を立てたが、己の名で作られた親戚の借金を、放って置くことも出来なかったという。それで。

「北山様は、まず親戚方を大勢屋敷へ集め、川端様の所行を話されたのだとか」

親戚達は、川端の勝手な振る舞いに怒ると、厳しい対応を決めた。川端家にあった金目のものを売り払って、金を作った。最後には、北山家も大分金を出すことにはなったが、それでも北山与力は、川端の好き勝手にはさせなかったわけだ。

おまけにその後、川端家は、親戚達から睨《にら》まれることになった。北山家から、今後一切、川端家とは関わらないと身内の前で言われ、面目を失うことにもなったらしい。

お雪はにこりと笑った。

「さすがは、八丁堀の与力様。綺麗に幕を引かれたのですね」

「その時は、皆、そう思ったのですが」

「その時は、ですか？」

「みゃん」

何故だかふにが、重々しく返事をしたように思えた。

「川端様は、結局北山様が借金の始末をつけたことに、味を占めたようで。北山家との関わりを、また求めてきたんですよ」

しかし前回の騒ぎが響き、もう借金は出来ない。それで。

「何と、堂々と奉行所にまで顔を見せ、北山様と会うと、お紀乃さんに縁組みを申し入れたんです。ええ、川端様は奥様を亡くされて、独り身なんだそうで」

北山与力は直《す》ぐに断ったというが、川端は少し間を置いて、また奉行所へ来ると、話を蒸し返してくる。するとじきに北山家へ、しかめ面になってしまいそうな噂が、流れてきたのだ。

「北山家との縁談があるとのことで、川端様を接待する御仁《ごじん》が、現れてきたというのです」

「えっ？　ご馳走やお酒などで、もてなす人が出てきたんですか。まあ、贈り物まであったとは……」

北山家は、八丁堀の与力の内でも目立つ、吟味方《ぎんみかた》であった。縁を作りたいと願う者が、多い立場なのだ。

そして川端家は旗本であり、北山家と縁続きで、これは変えられない。川端が、己の姿を見せつけるように、度々《たびたび》奉行所へ姿を見せるからか、周りは本当に北山家と縁組するかもしれないと、思うようであった。

「北山様が縁談を断っても、川端様は屋敷ではなく、わざわざ奉行所まで行って、また縁談を申し込む。そのせいか、今も川端様への接待は続いているようです」

北山与力はそれを止められず、困り切ってしまったのだ。今回無法なことはしていないので、親戚も口は出せない。となると。

ここでお雪が頷いた。

「北山様は、急ぎお紀乃さんの縁談を決めて、川端家との噂を断つことにしたんですね」

　となればお紀乃の相手は、以前から話があった、吉五郎だ。麻之助が頷く。

「北山家御当主が、相馬家へ事情を話し、小十郎《こじゅうろう》様も、早めに婚礼をあげようと言われたそうです」

　同じ八丁堀に住む者同士は、並の親戚づきあいより、遥かに濃い縁を結んでいることが多い。吉五郎の縁談は一気に進み、既に、結納《ゆいのう》の日取りを話しているところであった。

「こうなったら、婚礼へ一直線です。滅多なことでは、話は壊れないんですよ」

　もちろん町役人ごときが、口を挟む余地などない。麻之助は、お雪の膝にいるふにを撫《な》でてから、真っ直ぐお雪の目を見た。

「もし、お紀乃さんと暮らす事に、一葉さんが耐えられないとしたら、です」

　そうなっても小十郎や親戚達は、もう、今回の縁談を止めたりはしない。代わりに、一葉の為の新たな縁談を、大急ぎで探すことになると思われた。

「そんな……」

「一葉さんには今、心の内を話せるお人が、必要かと思います。母御はもうおられないし。お雪さん、一葉さんを頼めませんか」

　だから麻之助は、今日、お雪へこの話をしたのだ。お雪が深く頷く。

「もちろん、お友達ですもの、話し相手になります。けれど、あたしが言いたかったのは……」

言いかけ、言葉を途切らせてしまった。そして、言うべき他の言葉を探しているのか、しばし間を置いた後、麻之助の目を見てくる。

「人との縁というのは、難しいものなんですね。いいえ、はかないというのでしょうか」

お雪は、深川の出水に巻き込まれて以来、覚えていない時期があることを、自分で承知している。つまり、一葉と吉五郎がすれ違った件の、全てを分かってはいなかった。

だが一葉が、熱に浮かされたような、生まれて初めての恋しい思いにかられ、じき、相手の殿方からも、その思いからも置いていかれたことは、聞いている。吉五郎は、その一件の時にも騒がなかったそうで、殿御として、頼りになるお人のように思えただから。

「少し時が経てば、一葉さん達はまた、許嫁の間柄に戻るかもしれない。そう、勝手に思ってたんです」

そういう話になっても、少しもおかしくはなかったと思う。一葉は、それは若いし、吉五郎は優しい大人だ。揉《も》め事を乗り越え、二人は明日へ向かったかもしれなかった。

ところが。お雪が首を横に振り、小声を漏らす。

「わずかの間に、他の縁が吉五郎さんを、さらっていってしまったように思えたんです」

それでお雪は今日、誰かに何とかして欲しくて、高橋家へ走ってきたのだ。何でこんな話になってしまったのかと、お雪がつぶやく。

「一葉さん、今、何と思っているんでしょう」

縁が失われた時、見えてきた思いが、あるのではなかろうか。お雪はそう言ったものの、そこで言葉を切るしかなかった。

「もう止まらない縁なのですね」

後は、一葉と吉五郎がそれぞれ、幸せになることを願うしかないのだ。麻之助は頷くと、小声で鳴くふにの頭を、また優しく撫でた。

3

四日後、今度は清十郎が、高橋家へ走り込んできたとき、麻之助はお雪のことを思い出した。

今日の清十郎も、四日前のお雪のように、酷く急いでいるように思えたからだ。ただ友の方は、いささか顔を引きつらせているように見えた。

「どうしたんだい、清十郎。今日はいつになく、落ち着かない様子じゃないか」

ずっと駆けてきたのか、清十郎は肩で息をしている。友が縁側に座り、強《こわ》ばった顔で話し出すと、麻之助から暢気《のんき》な考えが吹き飛んだ。

「麻之助、えらいことになった。吉五郎の縁談が、駄目になるかもしれん」

いや、それだけでは済まない話かもしれないと、清十郎は言い出したのだ。

「は？」

麻之助は一瞬、次の言葉が出てこなかった。先にお雪へ、もう滅多なことでは、吉五郎の縁談は壊れないと、言ったばかりであった。

「一体、どうしたんだ？　誰かが病にでもなったのかい？」

清十郎は首を横に振ると、ことはもっと剣呑《けんのん》だと口にした。

「一昨日のことだ。吉五郎は、朝五つに勤めに出た。昼七つには、いつものように見廻りを終え、奉行所へ帰ってきたそうだ」

奉行所付きの中間《ちゅうげん》、豊松《とよまつ》が御用箱《ごようばこ》を背負い、小者《こもの》の正平《しょうへい》と共に、見廻りに同道していた。いつもの顔ぶれで、毎日繰り返されている仕事をこなし、一日が終わっていこうとしていた。

そして。そろそろ北町《きたまち》奉行所の大門を閉めようかという刻限になって、思いも掛けないことが起きたのだ。

「奉行所内の板間には、他の同心達も残っていたそうだ。他の同心の用をしていた小者の一人が、部屋で、置いてあった御用箱に蹴《け》つまずいたんだ。その箱、吉五郎のものだったそうだ」

蓋《ふた》が外れて落ち、中身が板間へ転げ出た。ただそれだけのことで、箱へ物を戻せばいい話だったのだ。

ところが。小者はその時、大きな声を上げたのだ。

「奉行所の板間へ転げ出たのは、大ぶりの刃物だったんだ。鮪《まぐろ》なんかを切るための、包丁みたいなやつだ。しかも」

ここで清十郎が、両の手を握りしめた。

「その刃物は、血でべっとりと濡れてたそうだ。そいつを手ぬぐいで巻き、箱に入れてあった」

「血？」

麻之助は目を見開くと、とにかく落ち着こうと、自分も側《そば》に座った。吉五郎の持ち物の中に、何でそんな物が入っていたのか、見当が付かない。

「見廻りの最中、どこかで落ちてるのを見かけて、拾っておいたのか？　放っておくと、危ないものね」

魚屋か誰かが、野犬にでも噛みつかれそうになって、刃物を振るったのかもしれない。

麻之助はそう言ってみたが、清十郎のしかめ面は変わらなかった。

「まあ、吉五郎を知ってりゃ、そう思うわな。で、部屋にいた他の同心が、その場で、その日吉五郎の供をしていた豊松に、刃物について聞いたそうだ」

　すると豊松は、思わぬ返事をしたのだ。

「何と、刃物のことは、知らないと答えたとか」

　驚いた同役が、与力の所にいた吉五郎を呼び、刃物を見せてから急ぎ確かめた。すると。

「生真面目過ぎるあいつは、直ぐにきっぱり、知らない物だと答えたらしい」

「ううっ」

　麻之助は低い声を出すと、清十郎の横で、こめかみへ手を当てた。

「吉五郎は馬鹿正直な上に、石頭だからなぁ」

　後で妙な立場に立たされないよう、よく思い返してから返事をしますと言うのが、一番無難な対応だったかもしれない。だが吉五郎がそう言って、その場をごまかすとは思えず、清十郎も溜息を漏らしている。

「あいつ、本当に刃物のことを、知らなかったんだろう。だが御用箱は、吉五郎のものだ。中から妙な物が出てきたが、知りませんでは、通用しなかろう」

　ましてやそれが、血まみれの刃物とあっては、なおさらだ。吉五郎は奉行所の一員、同心見習いなのだ。

「すると騒ぎを聞きつけ、その場へ与力が、姿を見せたと聞く。吉五郎の縁談相手の父、北山与力だ」

刃物を目にし、北山は酷く驚いていたという。事情を問うたが、吉五郎は血まみれの刃物について、何も語れなかった。

「それであいつは今日、相馬家の屋敷に留め置かれているそうだ」

義父の小十郎はとりあえず、いつもと同じように勤めを行っているらしい。ただ他の同心達は、市中を見回るとき、犬猫でも人でも、斬り殺されたものを見なかったか、聞いて回っているのだ。

すると、いつにないその話を、吉五郎を兄ぃと慕う両国の顔役、貞の手下《てか》が聞きつけた。そして貞は、急ぎ話を知らせようと、近かった清十郎の屋敷へ使いをくれたのだ。

麻之助は寸の間、唇を引き結んだ。

「吉五郎は、人を斬るような阿呆はしない」

万に一つ、やむをえない事情で斬ったとしても、それを隠す男ではなかった。清十郎が頷く。

「確かにそうだ。第一、仕方なく戦うなら、あいつは己の刀を使う筈《はず》だ」

そして吉五郎は、腕が立つ。

「刀を使わず、使い慣れない大包丁のようなもので、何かを斬るなど、意味が分からないじゃないか」

「その上、血まみれの刃物を手ぬぐいで巻いて、わざわざ己の御用箱へ、入れたってていうんだからね」

「そんな酔狂、誰がするっていうんだ？」

二人でまくし立てると、起きた事の奇妙な点が、目立ってくる。麻之助と清十郎は、目を見合わせた。

「しかも、だよ。そんな剣呑な物が入っている御用箱を、どうして誰かが奉行所の内で、た、ま、た、ま、蹴飛ばしたんだろう」

まるで大騒ぎの元を、皆の目に晒《さら》したい者が、いたかのようではないか。麻之助は、眉間《みけん》に深い皺《しわ》を刻んだ。

「妙だねえ。納得いかないねえ」

清十郎も、厳しい顔になっている。

「北山与力が、吉五郎を家に留め置いた。つまりあいつは今、己からは動けないんだ」

この危機を、己でどうにかすることが出来ない。小十郎も義父である故に、却《かえ》って吉五郎の為に、働きづらいだろう。ならばだ。

「長年の友なんだ。私と清十郎が、何としても吉五郎を、救わねばならないよ」

麻之助がそう言い切ると、清十郎が頷いた。

「あたしは今日、妻のお安《やす》へ頭を下げてから、家を出てきた。吉五郎の件で当分忙しくなる。だから町名主八木家の仕事は、手代とお安で、なるだけ片付けて欲しいと、頼んできたんだ」

嬉しいことに、お安は頼りになるおかみであった。麻之助は頷くと、屋敷から出かけるため、自分は、町名主高橋家の仕事を放り出すと言い切った。

「こういうとき、親が元気だと、ありがたいねえ」

「麻之助、大丈夫かい？　元気な宗右衛門《そうえもん》さんから、拳固を食らうかもしれないよ？」

「大丈夫、今回ばかりはおとっつぁんだって、出かけてこいと言うと思う」

宗右衛門も吉五郎のことを、心配してくれるはずであった。つまりこれからの気がかりは、次にどう手を打つか、という話になる。

「御用箱や鮪包丁は今、北町奉行所の中にある。私達町名主の家の者だって、気軽に入って、見せて貰うことは出来ないからね」

ならば麻之助達はこれから、どう動くべきなのか。何をしたら、吉五郎の為になるのだろうか。

「今、必死に考えてるところだよ。清十郎、考えはあるかい？」

「それは……さて、困ったな」

話を届けてくれた貞にしても、今、話した以上のことは、知らないに違いない。いつもは活躍してくれる高利貸しの丸三や、頼れる大金持ち、札差の大倉屋も、吉五郎の話はまだ、摑《つか》んでいない気がした。

するとと。

「みゃんっ」

一人、心得た声を出したのは、飼い猫のふにであった。その、いかにも頼りになりそうな声を聞き、麻之助は笑って抱き上げる。

すると、だ。ふにの目を見て、麻之助は笑みを引っ込めた。

「あ、そうかっ。行ってみたい場所があった。奉行所内の話を、もっと摑めるかもしれないよ」

「麻之助、どこへ行こうっていうんだい？」

「町奉行所の前にある、茶屋だ。確か奉行所への用で来たお人が、待つ間使う茶屋が、あったはずだよね？」

北町奉行所前の茶屋の一軒には、猫がいたはずなのだ。それで思い出した。

「ああ、そうだった。うん、茶屋が何軒か並んでるね」

茶屋の主《あるじ》や、そこで働いている者は、奉行所の者とも馴《な》染《じ》みだ。内々の話を一番早く耳にするのは、あの茶屋の者かもしれなかった。

「決まりだな。呉服橋御門《ごふくばしごもん》内の北町奉行所前へ行こう」

奥の間で、宗右衛門に急ぎ話すと、親が魂消《たまげ》て言葉もない間に、麻之助は清十郎と共に表へ飛び出して行く。

「おとっつぁんは以前、我ら三人の内で一番頼りになるのは、吉五郎だと言ってた。そのあいつを案ずる日が来るとは、考えたこともなかったに違いないよ」

二人は駕籠《かご》も探さず、町中を駆けていった。北町奉行所は、神田からなら、さほど遠くない。日本橋から西へ堀沿いに進むと、次に架かっている橋が一石橋《いちこくばし》だ。そこを渡れば目の先に、北町奉行所前へゆける、呉服橋が見えてくるはずであった。

4

奉行所前の茶屋はどこも、葦簀《よしず》で仕切り、床几《しょうぎ》を並べただけの簡素な部屋が、幾つも並んでいる作りだ。そんな店の内、端にある店の主八助《やすけ》は、元は同心の下で働いていた、小者の一人であった。

奉行所の与力同心は、大名や大店《おおだな》などからの、挨拶の品や付け届けが多い。それゆえ町奉行所の同心は、他の同心達に比べ、懐に格段の余裕があった。

そして小者や岡っ引き達は、長年、それは安い金で同心に尽くしている。屋敷の庭仕事から、家の修理や掃除などまで引き受けてくれる、頼りになる者達であった。

よって、馴染みの小者や岡っ引きが勤めを辞め、店の一軒も持ちたいとなった時、同心が二、三十両も都合して、店を持てるよう計らうことが、時々あるのだ。

八助もそんな一人だから、並んでいる茶屋の主の中でも、一の事情通に違いない。麻之助達はそう睨んで、店へ顔を出した。

そして奉行所内の騒ぎだから、とうに知っているに違いないと、血にまみれた刃物と、吉五郎のことを問うたのだ。

「奉行所内の話を、べらべら話す八助さんじゃないってことは、分かってるんだ。でも、吉五郎を助けたい。今回は後生だから、知っていることを教えちゃくれないか」

主の八助が茶を出してきたとき、麻之助と清十郎は拝んで頼んだ。すると八助は己も床几に腰を落とし、声をひそめてくる。

「お二方が、吉五郎の旦那と親しいことは、わっちも承知しております。他の中間や小者達から、聞いておりますんでね」

そして奉行所に関わっている小者、岡っ引き達が、相馬家の災難を何とかしたいと、願っていると伝えてくる。

「小十郎の旦那も吉五郎の旦那も、馬鹿っ固いが、そりゃあ真っ当なお方ですからね。わっちが知っていることは、話しましょう」

するとここで、話が聞こえたと言い、以前相馬家で見かけた顔が、横の床几に腰を掛けてくる。細縞の着物を着た男は、小者の滝助《たきすけ》と名のった。

「おれ達小者は今、相馬家の旦那方の事を、案じてますよ。ええ、力を貸しやしょう」

相馬家の二人は、小者や岡っ引き達から、人気があるのだという。

「同心として、腕が立つ。頼れる旦那ですからね」

その上、二人とも吝嗇《けち》ではない。例えば今、相馬家にいる小者の正平のように、働き者の上、真面目な男だと、長く仕えれば八助のように、茶屋の一軒も持たせて貰える筈だという。

「奉行所へ顔を出す小者達は皆、自分もそう成りたいと言ってます」

だから皆、ここぞと、相馬家の力になりたがっているのだ。だがその小者達も、鮪包丁で斬り殺されたような者を、町でまだ見つけていない。町奉行所の同心達も、同様らしい。

「奉行所内で、御用箱から出てきた包丁は、血まみれだったってぇ言います。だから、もし誰かが斬られたんなら、生きちゃいないだろうって、話なんですが」

死人が出たなら、もう見つかっても良さそうなものであった。だが、そんな話は伝っていないのだ。

するとここで更に、もう一人、八助に挨拶をし、顔を見せてくる。岡っ引きの松吉《まつきち》だ。

「町名主さん方、奉行所の中では、そろそろ噂話が流れておりやすぜ」

「噂？」

麻之助達が、話す松吉の周りに輪を作った。

「吉五郎の旦那が、鮪包丁を扱うのはおかしいと、同心の旦那方は話してるんです」

御用箱から出てきたのは、血まみれの鮪包丁だ。だが吉五郎が、己の刀以外を使うわけがない。

「吉五郎の旦那が使っている刀は、養子に入った時、小十郎の旦那が渡したものなんですよ。家伝の業物《わざもの》とかで、大事にされてます」

「確かに」

麻之助と清十郎が、顔を見合わせ頷く。ならばなぜ、鮪包丁が御用箱に入っていたのか。松吉が、言葉を続けた。

「己の刀を血で穢《けが》したくなくて、代わりに鮪包丁を使った。誰かが、そういう話に持って行く気だったんだろうって、旦那方が話してました」

麻之助はここで、首を傾けつつ言う。

「つまり御用箱へ、その包丁を入れた者がいるってことかい？　ならばそいつは、吉五郎のことを余程、承知していることになるね」

「そうでございますね。ただ、旦那を良く知る者の数は、結構多いんですよ。相馬家のお二人は同心として、知られてますから」

奉行所に縁のある者なら、相馬家家伝の刀の話も耳にしているはずと、八助が言う。

「おや、私達の幼なじみは、そんなに高名だったのか」

麻之助達はまたまた、友の評判に驚くことになった。すると八助達が笑って、より高名なのは、小十郎の方だと口にする。

「小十郎の旦那は、目立つほど顔が良いんで、却って損をなすってるが、腕の良さも本物なんで。だからね、その内、与力になるんじゃないかって言われてます」

「同心から与力に、なれるんだ」

「そうある話じゃ、ありませんがね。与力の数は決まってやす。大体、南北に二十五人ずつだ。一方同心は、内役、外役など、色々な役を合わせると、百二十人ずつもおられやす」

八助の言葉に、他の二人が頷く。与力は、与力の家に生まれついた者でなければ、滅多になれる立場ではないのだ。

「与力になれたら、嬉しいだろうなぁ」

「そりゃあ。禄もお立場も違いますから」

町方の同心の禄は、三十俵二人扶持《ぶち》だ。だから禄全部を売り払っても、年に、十両ほどの実入りにしかならない。八丁堀の者は付け届けが多いから、同心でも暮らしには困らずやっているが、それは別の話であった。

一方与力は同じ御家人だが、上役の立場であり、禄はぐっと多い。

「百五十石から二百石ほども、あると言われております」

「おや、羨ましい禄高だ。同心の五、六人分だよ」

「旗本並だと言います。おまけに付け届けの額も、同心とは大分違うそうで」

だからか、吉五郎の御用箱の件で、今、幾つかの噂が流れている。茶屋内を流れていた松吉の声が、一段低くなった。

「つまり今回の、血まみれの鮪包丁の話には、与力の身分が、関わっているんじゃないか。そう言うお方が、奉行所内にいるんですよ」

相馬小十郎が与力になる話を潰す為、養子である吉五郎の御用箱の中に、妙な刃物を入れたのではないか。噂の一つ目は、そういう話であった。

「二つ目の噂は、吉五郎旦那の、縁談のことで」

相手は、大名家からも付け届けが届くという与力の娘で、器量良しとのことであった。娘御には他にも縁談があり、それが騒動の元になったとも考えられる。

「三つ目として、お役の上での事が、障《さわ》りになったかと言われてます。相馬家のお二方は、付け届けがあった家でも、余りに酷いことをやらかした御仁は、庇《かば》ったりしねえんで」

いつぞやなぞ、相馬家へ挨拶をしていた大名家の陪臣が、試し斬り同然に、町人を斬ったことがあった。大名家の留守居役から、斬られた町人の側を、大人しくさせて欲しいと言われたが、さすがに小十郎は、承知しなかった。

そして揉めたあげく、小十郎は、挨拶で受け取っていた金を突っ返したのだ。

「その額が、かなり少なかったんで、話が表に出て、留守居役は笑われたとか」

おまけに、小十郎が一件を握り潰さなかったと知った大名家の上役が、ことをうやむやにはせず、陪臣の処罰を決めた。小十郎の態度が、判断の元の一つになったようなのだ。

八助が、困った顔で苦笑いを浮かべた。

「つまりねえ、吉五郎の旦那が、揉め事に巻き込まれる原因は、相当ありそうなんで。それで八丁堀の旦那方も、調べる方角を定められず、困っておいでです」

茶屋内で、小者の滝助が息を吐いた。

ただ、斬られた死体すら現れていなかった。つまり今回の件は、犬猫を斬った話だったのかもしれず、おそらく表向き、吉五郎が何かの罪に問われることはない。

「しかしねえ。同心見習いの御用箱から、血まみれの見たことのねえ刃物が出ること自体、あっていい話じゃねえんで」

吉五郎はこの先、困った立場に立たされることになる。滝助が、そう言い出した。

「例えば、吉五郎旦那の縁談ですが。北山家が剣呑な噂に巻き込まれないよう、相馬家の方から、断るだろうと言われ出してます」

「ああ、ありそうだねえ」

八助が頷く。相馬小十郎は、己にも厳しい人柄であった。

「それと、小十郎の旦那が与力になるのも、難しくなるでしょう」

途端、清十郎が眉間に皺を寄せる。不機嫌の塊《かたまり》が、床几へ座っているように見えた。

「御用箱へたった一本、鮪包丁を入れるだけで、縁談も昇進も、ぶち壊せるのか。そりゃ、やってみようと思う奴が、出てきそうだな」

万一、箱へ刃物を入れた者が、見つかったとしてもだ。死人はいない。冗談でしたで押し通せば、重い罪にはならないかもしれなかった。

「少なくとも吉五郎のように、嫁も仕事も失う話には、なるまいさ」

鮪包丁を入れた者は捕まるだろうかと、麻之助が小者達へ問うてみる。すると八助が、目を足下へ落とした。

「同心の旦那方には、他にも山と仕事があります。長い間、鮪包丁の件を、調べ続けはしないです」

「このまま、うやむやってことも、ありそうなんだな。相馬家だけが、貧乏くじを引いて、終わりってわけだ」

清十郎の声が、一段低くなる。

するとこの時、麻之助は、ひょいと顔を上げた。そして二、三回首を傾《かし》げた後、八助、滝助、松吉へ、一つ問うてみる。

「あのさ、確かめておきたいんだ。吉五郎の御用箱に入ってた、鮪包丁だけど。どれくらいの大きさの物だったのかな」

答えたのは、松吉だ。

「脇差《わきざし》くらいの長さだったと思います。あっしが見たのは遠目だったんで、細かいところは、分かりませんが」

「脇差か。結構大きいね」

麻之助はもう一度首を傾げると、八助へ目を向ける。

「鮪包丁は、御用箱から転がり出た時、既に血まみれで、手ぬぐいを巻きつけてあったんだよね？ そんな品を奉行所の中で、御用箱に入れること、出来るだろうか」

それも、吉五郎が奉行所へ帰ってから、鮪包丁が見つかるまでの、短い間にだ。すると小者達三人は揃って、首を横に振った。

「そいつは無理でしょう。大門を閉める前の奉行所には、結構人がおりやす」

血まみれの刃物など、奉行所内で扱ったら、直ぐに目に付くという。麻之助は深く頷いた。

「なら、その鮪包丁は、吉五郎が奉行所へ帰ってくるまでのどこかで、御用箱へ入れられたことになるね。前日からそんなものが入ってたら、臭いで分かったろうから」

「そいつをこれから、確かめようと思う」

一体、どこで鮪包丁を入れたのか。

「麻之助、どうやる気だ？」

清十郎に問われ、麻之助は北町奉行所へ目を向けた。

「吉五郎が毎日回ってる道を、逆さまに辿《たど》ってみる気だ。朝、相馬家の屋敷を出てから、奉行所へ帰るまでのどこかで、鮪包丁は箱に入れられた筈なんだ」

その場所を、突き止めるのだ。

「場所が分かれば、その場に誰が居たのかも知れる。その内の誰が、鮪包丁を入れたか、見えてくるかもしれない」

「良い考えだ！　行こう」

麻之助が笑い、清十郎と共に立ち上がった。皆の分の茶代を八助へ渡すと、麻之助は、滝助と松吉へ声をかけた。

「吉五郎の回ってる、江戸市中の道筋を知りたい。承知の小者を誰か、知らないかい？　道案内をして欲しいんだ」

吉五郎の命運がかかっている。今日ばかりは、適当に道を取る訳にはいかないのだ。

「それと、脇差の竹光《たけみつ》を一本、借りられないかな」

滝助が、道は己が承知していると言って、床几から身を起こした。それから珍しいものでも見るような目で、麻之助を見てくる。

「ちょいと魂消ました。吉五郎旦那のお友達で、町名主の跡取り息子、麻之助さんというやあ、お気楽者との評判だ」

親から叱られてばかりな上、支配町の皆からも呆れられていると、あちこちの小者や中間達から、話が伝わっていた。

「どうしてお堅い吉五郎の旦那が、そういうお人と縁があるのか分からない。八丁堀にゃ、そう言ってる小者達もいるんですがね」

ただ。こうして話してみると、存外頼りになりそうではないか。

「いや、茶屋で竹光を欲しがるなんぞ、確かに妙なお人じゃありますがね」

今回の妙な騒ぎに、始末をつけられるのは、意外と麻之助のような者かもしれない。

滝助は、そう言ってきたのだ。

「あのさ、それ、褒め言葉だよね？」

麻之助が口を尖らせ、清十郎は久方ぶりに笑い声を上げる。麻之助は竹光と、ついでに、店にあった古い行李《こうり》も八助から借りると、滝助を連れ、表に出た。

三人は北町奉行所前から、呉服橋を渡り、町人地を目指した。

5

奉行所の前から、堀川《ほりかわ》を東へ渡ると、賑やかな町人の土地となる。

日本橋から京橋《きょうばし》へ抜ける大通りを中心に、ぐるりと堀川に囲まれた大きな地域は、江戸でも一、二を争うほどの賑わいを見せる、町人の町であった。何本もの道が交差し、大店が軒を連ね、大勢が道を行き交っているのだ。

麻之助達はその賑わいの中を、まずは日本橋から南へ向かった。足早に、各町に一つずつある自身番《じしんばん》を、訪ねていった。

町をゆく同心の歩みは、それは速いと言われている。中間が背負っている御用箱へ、歩いている間に鮪包丁を入れることなど、出来るとも思えなかった。つまり。

「鮪包丁を御用箱へ入れるなら、箱を下ろしている時だ。つまり、自身番の中じゃないかって思うんだ」

吉五郎達同心は、必ず自身番へ寄って、声を掛ける。町内で捕まえた者がいれば、自身番奥の板間へ、繫《つな》いでおくものであった。

麻之助も町役人の家の者だから、そういう決まりには詳しい。吉五郎も、町内に何事も無いかを確かめつつ、毎日歩む道筋を巡っていたはずなのだ。

「ちょいと、お尋ねしますよ」

麻之助達は自身番へ声を掛けつつ、吉五郎が中へ寄った場所を捜していった。

すると四軒目の自身番で、一昨日、吉五郎に会ったという者が現れた。いつも自身番へ詰めている、書役《かきやく》達だ。

自身番は、入った所に玉砂利《たまじゃり》が敷かれていて、あがりかまちの向こうに、黒々と〝自身番〟と書かれた障子が見える。

その向こうの畳の間から、家主や書役が顔を見せて来たので、まずは清十郎が町名主であることを告げ、事情を話した。

「ええ、吉五郎の旦那が、何やら大事に巻き込まれたってぇ話は聞いてます」

急に見廻りに来なくなったので、自身番の皆は、心配しているのだ。

「一昨日？　はい、おいでてでしたよ。ちょうど、喧嘩をした者がいたので、板間へ押し込めてて……ちょいとお前さん、何、やってんですかっ」

書役、家主、店番《たなばん》と名のった三人が、番屋の中に居たのだが、清十郎と話していた家主が、ここで顔を顰《しか》める。

麻之助が玉砂利の上で、清十郎の体に隠れるようにして、そっと行李を開けていたのだ。そして腕の長さに近い竹光を、そこへ入れようとしたのだが、さっそく見つかってしまった。

場所が酷く狭い上に、番屋には三人も人がいる。全員の目を避けつつ、大きな刃物を動かすことは、やはり無理があったらしい。

「お前様、何で脇差なんて、持ってるんですか？」

書役が、疑うような目で麻之助を見てきたので、麻之助は竹光だと言い、中身を抜いて見せた。そして眉尻を下げ、溜息を漏らす。

「駄目か。確かに自身番は、どこも狭いし、人が何人もいるし。こっそり何かやるには、向かない所だよねえ」

清十郎が、麻之助も町名主の家の者だと告げると、番屋の皆に、大仰《おおぎょう》に驚かれてしまった。ただ、今回は吉五郎を助けるため、大真面目に働いていると訳を話したところ、書役は頷き、すっと居住まいを正した。

「吉五郎旦那の御用箱へ、その竹光みたいな長さのものを、入れた奴がいるんですか。ああ、それで、どこでそいつを入れたのか、場所を見つけようとしてるんですね」

すると書役も家主も店番も、揃って顔を顰めた。番屋の内で、隠れて何かをするのは、無理だろうという。

「ここは六畳間で、狭いですからねえ。自身番と言ったって、もうちっと大きな所もあります。でも、そういう所は、五人くらい人がいるんで、目も行き届きますし」

そもそも同心と向き合うとき、自身番にいる者達は、気を張っているというのだ。だから動く者がいれば、直ぐに誰かの目が向く。

「なぜかって、聞くんですかい？　同心の旦那に、自身番へ寄って頂くってことは、何かあったってことですから。騒ぎを起こした奴を、中に留め置いているとか」

そんな時、番屋の中で怪しげなことをしている奴がいたら、見逃す筈はないという。

麻之助は、食い下がって問うてみた。

「じゃあ、話を楽しむために、自身番へ顔を出すお人はいないのかい？　それか、大喧嘩をした者同士が押しかけて来て、ここで喧嘩の続きをするとかさ」

「麻之助さんは、町名主の家の方だ。分かっておいででしょうから、正直に言いますが」

自身番に詰めている者同士が、夜、一杯飲んで、楽しむことはあった。だが。

「自身番には定廻りの旦那以外に、他役の同心の旦那なども、来られます。ああそれと、町年寄《まちどしより》の手代《てだい》さんなんかも、御用で来るんですよ」

入り口の両脇に、捕り物道具や、火消し道具の並んでいる自身番は、町役人が仕事をこなす場所でもあった。髪結い床や湯屋の二階のように、野郎のたまり場には、なりようがないのだ。

「なるほど。ここで鮪包丁を御用箱へ入れるのは、無理ってことか」

その話に、納得はした。多分この先、他の自身番を回っても、怪しい者の話は拾えない気がしてきた。だが。

麻之助はここで、口をへの字にして、畳の端に腰を下ろしてしまった。

「じゃあ、どこで鮪包丁は、吉五郎の御用箱へ突っ込まれたんだ？」

小者達は茶屋で、奉行所で入れるのは無理だと言った。家主達は、自身番でも成せないと語った。歩いている時、中間の背負う御用箱の蓋を、開けて入れるのは無理だと、麻之助は感じている。

「ならば、あんな大きな刃物を、いつ、背負っている箱へ入れたんだろ？」

しかし自身番の内には、答えを口に出来る者はいない。麻之助達はここに来て、困り果ててしまったのだ。

「いや、考えているだけじゃ、何も見えちゃこないだろう。頑張らなきゃ」

麻之助達はその後、更に幾つかの自身番を回ったが、やはりどこの家主達にも、竹光は見つかってしまった。自身番でこっそり動くのは、何度試しても無理であった。

じき、日本橋の賑わいの中、三人は道に立ち尽くしてしまった。京橋の方へ、足を踏み出せなくなったのだ。

「ああ、くたびれた。もう、先へ行く力が出てくれないよ。おまけに何だか、腹まで減ってきた」

「ああ、とっくに昼時を過ぎてる。どこかで飯を食べなきゃな」

清十郎が、周りの店へ目を向ける。麻之助は頷き、大きく息を吐いた後、ここは日本橋だから、料理屋花梅屋へ行こうと言ってみた。

「あそこなら、美味《うま》いものが食べられる。今日は私の考えで、二人を引っ張り回してるからね。昼飯代は私が出すよ」

「麻之助、珍しく、気《き》の利くことを言うじゃないか」

「珍しくは余分だ」

文句を言ってから、馴染みの料理屋を訪ねると、隠居のお浜がゆっくりして下さいと、小座敷へ通してくれた。焼き魚に、煮物や汁の付いた膳を食べると、ほっとしてくる。

すると、三人の昼餉《ひるげ》が終わった後、麻之助は花梅屋で、驚くことになった。茶を盆に載せ、思わぬ二人が現れたからだ。

「何と、一葉さん！　お雪さんの所に、みえていたんですか」

こんな所で会うとは思わなかったと言うと、一葉の方も、お雪の横で頷いた。そして一葉は、花梅屋から帰る前に、神田の高橋家へ寄ろうと思っていたと、告げてきたのだ。

「うちへ、来るつもりだったんですか？　吉五郎になにか、あったんですか？」

急ぎ問うと、一葉は麻之助と清十郎へ目を向けてから、静かに語り出す。

「実は、昨日父が決めたのです。北山家のお紀乃さんとの縁談は、なかったことにすると」

既に小十郎自身が、北山家へ話しに行ったという。

「……何と。本当に、そうなってしまったんですね」

麻之助は、一寸《ちょっと》唇を噛んだ。

つい先頃、麻之助はお雪へ、吉五郎の婚礼は、もう止まらないという旨の話をしたばかりであった。なのに。

「縁談が、こんなにあっさり流れてしまうとは」

吉五郎の御用箱に、血まみれの鮪包丁が入っていた件は、それほどの大事だと、小十郎は考えているのだろう。ここで一葉へ何と言ったらいいのか、麻之助は思いつくことが出来なかった。

6

(今日、花梅屋で小座敷に通されたのは、一葉さんが来ていたからだったんだ)

麻之助が小さく頷いた時、滝助がいささか居心地悪そうな顔で、部屋の隅に移った。八丁堀内の婚礼話が語られ出したので、困ってしまったらしい。

清十郎が滝助のことを、奉行所の同心が使っている小者だと告げると、一葉達はきちんと挨拶をした。そして小者なら、八丁堀の事情を、それは良く知っているはずだから、遠慮は要らないと言葉を向けたのだ。

滝助は苦笑と共に、ぺこりと頭を下げたが、やはり台所にでもいると言い、部屋から出ていってしまった。すると、一寸黙った一葉に代わり、お雪が縁談の件を語ってゆく。

「北山家のお紀乃さんは、破談は嫌だったみたいです」

その話を伝えたのは、小十郎が北山家へ向かった時、付いていった相馬家の小者、正平であったという。

「玄関先に控えていた時、お紀乃さんの声が、聞こえたそうです」

お紀乃も、鮪包丁のことは耳にしていたし、まだ何も分かってはいないことも承知していた。もちろん吉五郎が鮪包丁など、扱った訳がなかった。

なのにどうして早々に、縁談を取りやめると決めたのか。そう問うお紀乃の声は、いつになく大きかったようなのだ。

「お父上である北山様の声は、静かな調子だったので、正平は、全てを耳に出来なかったようです。ですが正平は、川端という名を聞いたとか」

「おや、北山家のご親戚ですね。困ったことを、色々やらかしてきた方でしたよね」

麻之助の言葉に、一葉が頷く。川端は、お紀乃に縁談を何度も申し込んだあげく、断られ続けていた。

「それでか、今回の騒動が起きると、川端様はここぞとばかりに、吉五郎さんの悪い噂を、振りまいているようなんです」

どうやら小十郎は、その噂が北山家にまで飛び火しないようにと、早めに縁談を中止としたらしい。つまり川端は悪口を、それは上手く使ったことになる。

お雪が少し口を尖らせ、顔を顰めた。

「嫌なお人だわ。競う相手の嫌な所を、言い立てるなんて、好きになれません。自分の良いところを、示せばいいのに」

そんな男だから、縁談を断られるのだと、お雪はばっさり川端の行いを斬って捨てる。

「川端様自身が、奉行所にお勤めの方でしたら、吉五郎さんを陥《おとしい》れた当人じゃないかと、疑ったところです」

どうやったのかは分からないが、奉行所に居れば、あくどいこともやれたのではと、お雪は大胆なことを口にする。麻之助は慌てて、証《あかし》のないことは、簡単に口にしてはいけないと、念を押した。

「もし、町名主の妻になるんでしたら、軽口が起こす災いには、用心しないと」

「……あら、そういえばあたし、まだ麻之助さんへ、縁談のご返事、してなかったですね」

「おや、今、しますか？」

清十郎が片眉を引き上げ、さらりと問う。しかしお雪は首を傾げただけで、口を開かなかった。麻之助は十数える間、黙って待っていた後、今日も縁談に答えが出ないと知った。

（残念というか、ほっとするというか）

麻之助がふっと息をついていると、一葉がまた、語り出した。そして麻之助と清十郎へ、思いも掛けないことを告げたのだ。

「実はわたしも、川端様のことが、気に掛かっております」

今回川端が、吉五郎の悪い噂を、言いふらした件だ。

「それは事が起きて、間もなくのことだったようで。父が屋敷で、その素早さを、不思議だと語っておりました」

川端家は旗本だが、これといったお役のない小普請《こぶしん》支配に属しており、住まいは八丁堀ではない。奉行所内で起きたことを、どうやっていち早く知ることが出来たのか、小十郎は吉五郎と、話し合っていたというのだ。

小十郎は、お紀乃との縁談を終わらせに行った時、川端と縁続きの北山へ、直にその件を問うたらしい。

「何も話してはいないと、ご返答を頂いたようです」

北山は、奉行所には他に、川端と縁のある者はいないと、付け足してきたという。麻之助は、考え込んでしまった。

「確かに妙だねえ。川端様は、どうやって鮪包丁の話を、早く摑んだのかな」

するとお雪が横から、あっさり言ってくる。

「あら、身内でなくとも、川端様へ委細を話すことは出来ますわ。奉行所内にいて、鮪包丁を見たお人なら、どなたでも」

いや、ひょっとしたら、川端自身が公事《くじ》かなにかを抱え、奉行所へ顔を出していたのかもしれないと、お雪は口にした。

「そうであれば、誰に聞かずとも、噂を流す事は出来ます」

清十郎が、顔を顰めた。

「さすがに川端様が、公事を理由に北町奉行所へ行って、鮪包丁を見たとは思えないが。旗本だからねえ」

身なりからして違うし、供も付いている。

「そんなことをすれば、恐ろしく目立って、噂になってるよ」

清十郎の言葉に、お雪はがっかりした顔になる。

ところが。ここで麻之助が、急に短く、あっと声を上げた。そして、何かに引っ張られたかのように、小座敷で立ち上がると、お雪へ目を向ける。

「お雪さん、良い所へ目を向けてくれた。それだよ、川端様だ！」

「おい、麻之助、川端様が、本当に公事の用で奉行所へ行ったと、思ってるのか？」

「清十郎、公事じゃない、縁談だ。私も忘れてたよ。川端様は、北山様へ縁組みを申し入れる為、何度か北町奉行所へ行ってたという話じゃないか」

「へっ？　そんな話、あったっけ？」

　ここでお雪が、横から言葉を挟んだ。

「麻之助さんがその話をお伝えになったのは、あたしです。あの時、清十郎さんは高橋家に、おられませんでしたよ」

　麻之助へ、川端の事情を伝えたのは、確か丸三、貞、それに大倉屋の冬太郎というお人だった筈だと、お雪は言葉を続ける。麻之助は、何で貞から事情を聞いていないのかと、清十郎の顔を見た。

「てっきり、知ってるもんだと思ってた」

　返事の代わりに、友は軽く小突いてくる。

「麻之助が、あたしへ伝えたと思ったんだろ。おい、貞さん達は、何を言ってたんだ？」

　川端は、北町奉行所へ通うことで、接待を受けていたと口にすると、清十郎が驚いていた。

「奉行所へ来られちゃ、北山様とて逃げられないからなぁ。おまけにあそこは、人目も多い。何度も北山様と会っていたから、縁談が進んでいるのかと誤解する者が出たんだよ」

川端は、美味《おい》しい思いが出来たわけだ。

「まあっ」

目を三角にした一葉の傍らで、麻之助はまた語り出した。川端が、北町奉行所へ行った折り、余分な事もしたのではないかと、ひょいと思いついたのだ。

「奉行所通いは、上手くいった。川端様としてはこれからも、北山様と縁を深めていきたいよねえ」

となると、色々奉行所の事を知らせてくれる知り合いを、作りたくなるではないか。そして、奉行所へ行っていた川端には、顔見知りも出来ていただろう。

「奉行所内の誰かに、ちょいと、小遣いなど渡していたかもしれないよね」

とすれば、吉五郎の騒ぎが起きた時、素早く話を摑めたのも分かる。いや仲間がいれば、奉行所で何かを引き起こす事すら、出来るではないか。麻之助は己の言葉に、頷いた。

「何か良からぬことを企んでも、自分はその場に、居る必要すらないもの。疑われない。そうなると、箍《たが》は外れやすくなるよ」

小座敷に居た四人が、目を見合わせる。

「北山家は、お紀乃さんと川端様の縁談を、承知しなかった。奉行所へ押しかけるほど強気な川端様なら、吉五郎がいたせいだと思っても、不思議じゃないだろう」

　自分は旗本なのだから、御家人よりもお紀乃にふさわしい。親戚ゆえ、北山与力はまず、自分との縁を考えてくれても、よいのではないか。

「川端様なら、そう考えそうだ」

　麻之助の言葉に、お雪達も頷く。

「なのに、お紀乃さんとの縁談が整ったのは、吉五郎さんの方だった。川端様は、腹を立てたんですね」

　それで、ちょいと悪さを、したくなった訳だ。清十郎が片眉を引き上げ、その先を口にした。

「麻之助は川端様に、奉行所内の仲間がいると考えてるんだな。で、その仲間に、吉五郎の御用箱へ、血にまみれた鮪包丁を入れて貰ったわけだ」

　吉五郎が奉行所へ帰ってから、鮪包丁が見つかるまでの短い間に、御用箱へ鮪包丁を入れるのは、無理ではないか。さっき、八助達はそう話していた。

「だけど、奉行所内の者が、予《あらかじ》め、人目に付かないよう工夫をしておいたら、上手くやれたかもしれないな」

　清十郎がそう言うと、お雪と一葉も、確かにと言った。

　しかし。清十郎は、首を傾げもしたのだ。

「でもなぁ、麻之助。川端様の仲間ってぇ御仁は、奉行所と縁のある者なんだよな？」

川端が、北山家と繋がるために縁を作ったのなら、奉行所内の者しかいない。ならばだ。

「御用箱に血にまみれた刃物を入れたら、ただじゃ済まないってことは、そいつにはよう く分かってるだろ」

見つかれば、事をけしかけた川端はもちろん、刃物を入れた当人とて、調べを受ける事は間違いない。血まみれの刃物が、関わっているのだ。

「小銭と引き替えに、そんな危ないことをする奴が、奉行所にいるかね？」

悪事を取り締まる与力同心が、山といる場所であった。

「それは……その通りだな。誰にせよ、小銭と引き替えに、川端様の罪を引き受けたい輩《やから》は、いないだろうさ」

麻之助も、頷くしかなかった。

「良い考えだと思ったんだけどなぁ。話のどこに、考え違いがあったのかなぁ」

しかしだ。その後、小座敷にいる皆で考えても、さっぱり、他の訳など浮かんでくれなかった。

おかげで麻之助達は、なかなか小座敷から出られず、台所にいた滝助を、大層待たせてしまったのだ。

やっと帰る事になり、麻之助達が台所へ顔を見せると、働き者の小者は、鍋やまな板が並ぶ板間で、膳に刺身を並べる役目を仰《おお》せつかっていた。

「あっ……」

麻之助は、その様子を目にして、思わず声を漏らした。

7

麻之助達が自身番を回ってから、四日ほど経った日のこと。

久方ぶりに吉五郎が、表へ出ることになった。それで麻之助と清十郎は、友が奉行所へ入る前に、奉行所前にある八助の茶屋で会えるよう算段した。

顔を見てなかったのは、長い間ではなかったのに、久方ぶりに友の肩を抱くと、ほっとして、こみ上げてくるものがある。麻之助はその後、奉行所付きの中間で、馴染みの豊松を、大門の内から呼んで貰った。中間は直ぐに顔を見せ、深く頭を下げてくる。

「吉五郎の旦那、お久しぶりでございます」

ここで、まずは麻之助が声をかけ、豊松へ、床几に座るよう勧めた。

「今日は奉行所に、お旗本が顔を出してると思うんだけど。川端様だ。以前にも何度か、奉行所へ来られている方だし、どなたか分かると思うが」

豊松が頷き、川端は今、北山与力達と会っていると口にする。

「珍しくも北山様の方から、お旗本を呼び出されたようです。ですが、話は奥の間でされているので、ご用件は承知しておりません」

麻之助は、用が何かは分かっているので、大丈夫だと伝えた。

「今日川端様は、北山様以外の与力から、厳しい問いを受ける事になってるんだ。前に、豊松さんが背負っていた御用箱から、血まみれの鮪包丁が出てきた件が、あっただろ？あの話だけど、そろそろ終わらせる時が来たんだよ」

その用で、今日は吉五郎も屋敷から呼び出されたのだと、麻之助は告げる。豊松は床几に腰掛けたまま、真っ直ぐ麻之助の顔を見つめてきた。

「こいつは、丁寧なお話、ありがとうございます。ですが、中間のおれに、どうしてそんな話を、して下さるんでしょうか」

すると。ここで麻之助よりも先に語り出したのは、吉五郎であった。いつもの声で、友は訳を語った。

「俺は、御用箱から鮪包丁が出てきて以来、屋敷に留め置かれておった。その間、麻之助達はありがたいことに、何が起きたのか確かめる為、ずっと動いてくれていたのだ」

いつ、鮪包丁が御用箱へ入れられたのか。

誰が、そのようなことをしたのか。

なぜ、吉五郎が関わることになったのか。

「幼なじみとは、ありがたいな。麻之助も清十郎も、仕事があるのに、俺の為に動き続けてくれたのだ」

だが、今回の件を終わらせるのは、それはそれは、難しい事だったらしい。麻之助達は、必死に聞き込みを行い、町を歩き回った。なのにどうしても、なぜ、血まみれの鮪包丁が御用箱に入れられたのか、訳を掴めなかったのだ。

「……あの件、答え無しと決まったのですか」

豊松が、吉五郎を見つめる。

すると吉五郎は、首を横に振った。

「いや、そうではないのだ。麻之助達は、あの日、何が起こったか、ちゃんと掴んでくれた。つまり、誰が事を成したのかも、もう分かっているのだ」

吉五郎の眼差しが、馴染みの中間へ注がれる。雨の日も大事が起きた日も、長い間、変わらず町奉行所で勤めてきた者であった。

罪を犯せば、その後、償《つぐな》いをせねばならないことを、その目で見てきたはずの者だ。

「豊松、なぜ御用箱へ、血まみれの鮪包丁を入れたのだ？」

「旦那、どうしておれの仕業だと、おっしゃるんでしょうか」

豊松は、取り乱さなかった。ただ真っ直ぐな眼差しを、吉五郎へ返している。麻之助は、葦簀張りの茶屋の床几から、天を見上げることになった。

（ああ、やっぱり豊松さんが、あの鮪包丁を入れたんだね）

疑われただけで、豊松は奉行所の中間という立場を、失うかもしれなかった。何も知らない事なら、落ち着いて床几に座っているなど、まずあり得ないと思う。

吉五郎が、静かな声で先を続けた。

「料理屋の台所で、麻之助が思いついたんだよ」

花梅屋の台所で、大きな鮪がさばかれているのを見た麻之助は、奇妙な思いに駆られたのだ。

「あの日、鮪包丁に巻かれた手ぬぐいは、血で染まっていた。何の血であったにせよ、なぜ豊松が気が付かなかったのかと、麻之助は首を傾げたのだそうだ」

御用箱を背負っていた豊松が、長い間臭いに気が付かなかったのは、おかしかった。

「吉五郎の旦那、おれは、鼻が詰まってたんですよ」

「麻之助達は、お前がそう返事をするかもと、思ったようだ。それで、鮪包丁の出所を捜すことにしたのだ」

鮪包丁は、中間が使うものではない。豊松が手に入れたとしたら、吉五郎の御用箱へ入れた品とみて、間違いなかろう。

「わざわざ注文して、新品を買うとも思えない。麻之助達は、北町奉行所からもほど近い、日本橋の魚河岸へおもむき、古い鮪包丁を買った、魚屋ではない男を捜したのだ」

存外早くに、鮪包丁を売った魚屋が見つかったと、吉五郎は告げた。麻之助は魚屋に、お役で奉行所の表へ出た豊松を見せた。そして、売った相手に間違いないと言われた。

「お前は魚河岸で、人に頼まれて、鮪包丁を買いに来たと言っていたそうだな。御用箱へ鮪包丁を入れるよう、お前に言ったのは、川端様であろう」

あの旗本が無茶をしたのは、吉五郎へ縁談が行ってしまったからだろう。そして他にも、いつ、どこで、誰が何をしたか、事のほとんどは、もう分かっていた。ただ。

「豊松が、何で川端様に力を貸したのか、そこのところだけが、分からないんだよ」

吉五郎の語る声が、少しばかり弱くなった。

「おれは、豊松を、酷く扱った覚えはないんだ。そして、結構馬の合う間柄だと、勝手に思ってた」

相馬家に出入りの小者達とも、たまに会う小十郎とすら、豊松は上手くやっていたと、吉五郎は語る。

「なのに、どうして俺の御用箱へ、血まみれの鮪包丁を入れたんだ？」

これを聞きたくて、吉五郎は今日、奉行所で話すよりも先に、豊松と会ったのだ。

だが豊松は、固い顔つきをしたまま、返事をしない。吉五郎も黙ってしまった。そして……長く続いた沈黙の後、麻之助が話を継ぐことになった。

「豊松さん、ならばここからは、私の勝手な思いつきを言うよ。あのさ、鮪包丁を御用箱へ入れろと言ったのは、川端様だと思う。だけど、その包丁を血まみれにしたのは、豊松さんじゃないかな」

鮪包丁は大きな刃物だが、侍は大小の刀と馴染んでいる。だから、鮪包丁が血にまみれていなければ、今回程の騒ぎには、ならなかったはずなのだ。

ならば豊松は、どうしてわざと、事を大きくしたのか。麻之助は、己なりの考えを口にする。

「川端様は豊松さんへ、事が露見したら、奉行所から暇を出されるようなことを、気軽に頼んだ。自分は直に手を出さず、豊松さんに、危ないことを押っつけたんだ」

しかし、事が露見した今、川端は豊松を庇《かば》わないに違いない。

「今頃川端様は、奉行所の中で、せっせと嘘をついている所ですかねえ」

その勝手が見て取れたから、豊松は鮪包丁に血を付け、事を大きくして、強引に川端を深く関わらせたのではないか。

「川端様は、こうして今日、町奉行所へ呼び出されることに、なったものね。ああ、豊松さんは、意趣返しが出来たわけだ」

ただ。麻之助はここで、近くの床几から豊松の顔を見つめた。

「何で吉五郎を巻き込んだのか、そこが分からないんだよ。奉行所勤めだもの、吉五郎の破談は、もう耳にしてるよね。豊松さん、吉五郎はお前さんに縁談を壊されるような、酷いことをしたのかい？」

真っ直ぐに問われ、ここで豊松が初めて、麻之助をまともに見てきた。そして短く一言、答えを返してくる。

「いいえ」

ここで豊松は、笑うというか、半分泣いたような顔になった。そして、一旦《いったん》口を開くと、じき、堰《せき》を切ったように語り出したのだ。

「吉五郎の旦那は、何も酷いことなんか、しちゃいませんよ。相馬家の旦那方は、人気者です。聞いた事があるでしょうか。八丁堀にいる小者達は、お二人と縁を作りたがってるんですよ」

豊松も、吉五郎と江戸市中をまわるのは、好きであった。町の皆が、自分が付き従っている同心を、好いていると分かるのは嬉しい。

だが。

「だからこそ、っていうかね」

歳を重ねるごとに、段々と、身に染みてきたことがあった。

「最近小十郎様が、本当に、与力になるかもといわれだしましてね。そうしたら、小者与力になれば、同心でいるときより、相馬家が出入りを許す小者は増える筈なのだ。その一人になりたいと、話が決まってもいない内から、小者達はせめぎ合っている。

だが、豊松は奉行所付きの中間だから、その騒ぎには関係がなかった。いや関わりたくとも、叶わない。

「小者になれば、おれ達中間よりもわずかな銭で、長年、同心の旦那の為、働くことになります。旦那の、屋敷内の細々《こまごま》した用まで、気をつかい、こなしてる知り合いも多いですね」

だがその中で、八助のように店を持たせて貰えるのは、運の良い、わずかな者だけであった。それは分かっているのだ。

けれど、それでも。

「おれは八助達小者が、羨ましいと思った。奉行所付きの中間じゃ、店を一軒貰うって話にゃ、ならないからね」

豊松は奉行所付きだから、同心の家へ、日々の用をこなすため、通ったりはしていない。都合の良いことにだけ、目を向けては駄目だと、己へ言い聞かせてもいた。

「だけどさ、歳を食っていく内に、ああ、望みのある暮らしをしてる奴は、いいなと思っちまったんだ」

今の豊松には、明日、良い事が起きるかもしれないという夢がない。やり直せる若さも無くなっていくなか、ただ己と違う者を、うらやむしか出来なかった。

だから。

「川端様が小銭で釣って、無茶をしろと言ってきたとき、何かが切れた気がしたんだよ」

元小者の八助は、同心の旦那に、一軒持たせてもらえた。なのに自分は、下手をしたら罪に問われ、仕事も失うようなことを、小銭と引き替えにやれと言われたのだ。

何でこんなに違うのかと、吐き気がした。

「だから川端様を、強引に事へ、巻き込んでやろうと思った。思い知らせてやりたくなったんだ」

多分この先も、自分には良い事などない。ならばここで、思い切り好き勝手をしてみたかったと、豊松は続ける。きっと後悔するだろうし、惨めにもなりそうだ。あの時何で踏みとどまらなかったのかと、一年後、生きていたら自分に、文句を言っているだろうと言う。

しかし、それでも止まらなかったのだ。

豊松はここで言葉を切ると、麻之助と吉五郎へ、真っ直ぐに目を向けた。

「おれは……自分一人じゃ、嘆くことも出来なかった。だから周りを巻き込んで、騒いだのかもしれねえです。今回の件、それ以上の訳は、ねえです」

　鮪包丁に付けた血は、どぶねずみのものだ。豊松はそれを、御用箱へ入れた。それが豊松の罪であり、それ以上のことはしていない。騒ぎ立て、噂を流し、吉五郎の縁談を壊したのは、川端だと思っている。

「後は、好きにしておくんなさい」

　豊松は最後に、疲れたように言った。

　皆が顔を見合わせ、しかし声はなかった。語り終わったのを承知して、麻之助達が話をくくった。

「では後は、吉五郎と奉行所に任せる。町役人が口を出す事じゃ、なさそうだ」

　吉五郎が頷き、本当に世話になったと言って、麻之助達へ深く頭を下げてきた。だが直ぐ、その口から溜息が漏れ、側で黙り込む豊松へ、黙って目を向けるのが分かった。

　そうしているとじき、奉行所の中から小者が、吉五郎を呼びに出てきた。豊松を伴い、吉五郎は大門の内へと向かう。その背は直ぐに、茶屋にいる麻之助達からは見えなくなっていった。

　後日、麻之助と清十郎は、また花梅屋を訪ねた。そして小座敷で待っていた一葉とお雪へ、血まみれの鮪包丁の件が、どう収まったかを教えた。

「小十郎様が奉行所内の話を、他に話すとは思えませんが、お二人は気になるでしょうから」

吉五郎が、麻之助達に伝えてくれた事なので、確かな話であった。

「まず豊松さんは、奉行所の中間を、辞めたとのことです。奉行所から、表向きのお叱りはなかったようですが。それが豊松さんの、けじめとなりました」

ただ、奉公の他に出来ることが、豊松にあるわけではない。吉五郎は、茶屋の八助が、話を持って行ったという形にして、知り合いの代官の身内へ、小者として雇い入れてもらったという。

「吉五郎は豊松さんへ、小者が羨ましいなら、一度なってみればいいと言ったようです」

豊松は町奉行所支配の、墨引き内の地を離れ、代官の屋敷へ向かったのだ。豊松が吉五郎へ何か言い置いたか、それは耳にしていない。

「次に、事を引き起こした川端様ですが。やはりと言いましょうか、全ては豊松さんがやったことだと、言い張ったようです。己は血まみれの鮪包丁など、知らないと」

「まあっ」

一葉とお雪、二人の冷たい声が揃い、横にいる清十郎が、わずかに苦笑を浮かべている。麻之助は、川端もまた、表向きは罪になど問われなかったことを話した。今回の件は、相馬家と北山家に関わりがあったので、表沙汰にはしないことになったのだ。

「あらま」

更に、目を三角にした二人を見て、清十郎が笑い出す。

「ご心配なく。川端様はちゃんと、やったことの責任を取ることになったんです」

勝手な男を、どうやって観念させたのか、北山と、他の親戚達が話し合い、今回、旗本川端家の当主は、若隠居と決まったのだ。まだ子もなかった為、家の跡目《あとめ》は弟が継ぐことになったという。

これからはその弟が、若隠居に目を光らせることに決まった。

「事は終わりましたが、元に戻ったとは言えません。北山家と相馬家のご縁は、既に破談と決まっております」

思わぬ出来事が、吉五郎の明日を変えてしまった。一葉は障子戸の外へ目を向け、それをお雪が見ている。そして麻之助はお雪を見て、少しばかり眉尻を下げてから、言葉を続けた。

「とにかく、ことはうやむやにならず、きちんと終わりを迎えられました。それだけは良かった」

小座敷の皆が頷く。そこへお浜が、茶菓子を運んできてくれたので、麻之助は久方ぶりに挨拶をした。温かい茶が淹れられ、座はゆっくりとほぐれていった。

八丁堀の引っ越し

1

強面《こわもて》の定廻《じょうまわ》り同心として知られている相馬小十郎《そうまこじゅうろう》が、江戸町奉行所の、吟味方与力《ぎんみかたよりき》に昇進することが決まった。

三十俵二人扶持《ぶち》、百坪ほどの土地の拝領屋敷を頂く同心の身から、二百石程の禄を貰い、三百坪の地所がある屋敷の与力となるのだ。

「あらま、大事がおきたねえ」

江戸の古町名主《ふるまちなぬし》、高橋《たかはし》家の跡取り息子麻之助《あさのすけ》など、話を聞き、居間で思わず驚きの声を上げた。そしてこの時ばかりは、いつもお堅い親も、大げさなことを言うなと言わなかったのだ。

吟味方は、町奉行所与力の役目の中でも、花形の立場だ。罪人の取り調べ、吟味を行い、奉行のお裁きに向け書類も整えておく、難しいお役目でもあった。

小十郎と、跡取りの吉五郎《きちごろう》は、腕の良い定廻り同心だが、その役目はもはや、昨日までの勤めとなった。二人は先達の与力のもとで、難儀ゆえに、代々受け継がれることが多い吟味方のお役を、大急ぎで修得することになったのだ。

そして同時に、他の仕事にも追われた。昇進の祝いを受け、住んでいる同心屋敷を片付け、ぐっと広くなる与力の屋敷へ越し、整えねばならない。その上、与力方と、新しい隣近所に挨拶をし、日々の暮らしも、きちんと回していくのだ。

相馬家では、人手が足りなくなった。よって。

引っ越しの日、八丁堀《はっちょうぼり》にある相馬家の同心屋敷では、朝から麻之助と清十郎《せいじゅうろう》が、部屋から部屋へ回り、忙しく働いていた。

「吉五郎、大丈夫だよぉ。私と清十郎が、屋敷の事は万事、仕切っておくから」

麻之助と、町名主の八木《やぎ》清十郎は、吉五郎の幼なじみであり、悪友でもあった。よって二人は同心屋敷を片付け、今日、与力の屋敷へ引っ越す役を引き受けたのだ。

吉五郎は勤めに出る前、友へ深々と頭を下げた。同心屋敷へ次に越してくる者は、もう決まっている。相馬家は、さっさとこの屋敷から、引っ越さねばならなかった。

「済まぬ。本当に……本気で助かる。二人に頼らねば、相馬家はお手上げなのだ。実は今、一葉《いちは》さんまで忙しくなっていてな」

相馬家では、小十郎の妻は亡くなっており、吉五郎にはまだ伴侶がいない。もちろん、出入りの岡っ引きや小者《こもの》が手伝いはするが、屋敷での用は、小十郎の一人娘、一葉が受け持っていたのだ。

だがその一葉までが、屋敷にいないことが増え、吉五郎達はお手上げになっていた。

「一葉さんには、避けられない大事な役目が、降ってきているのだ」

「お役目？　与力になると、おなごにも勤めが出来るのかい？」

「麻之助、実は本当に、そうなのだ」

吉五郎が溜息を漏らす。

「吟味方与力の屋敷へは、頼み事や挨拶をしに、日に二、三十人もの客が、来ることもあるそうだ」

その時、客へ応対に出るのは、与力の妻女と決まっているという。おなごだと柔らかく話せるので、客も用件を伝えやすい。進物なども、遠慮せず差し出せるというので、どの与力宅でも、そうしているのだ。

「つまり相馬家では、屋敷へ挨拶にくる客人を、一葉さんがまず、玄関でさばくことになる。大名家からの頼み事を判断するなど、いきなりやれることではない。それで今、他家の与力の奥様方から、教えを受けているのだ」

「そいつは、大変なことになったたな」

麻之助達の顔が、いささか強ばった。

（一葉さんが応対を上手くこなせないと、拙《まず》いことになるな。吟味方与力が、妙な依頼を引き受ける話になりかねん）

つまり、小十郎と吉五郎が困る事になる。一葉は今、必死に学んでいるに違いない。

「だから一葉さんも、引っ越しには関われない訳か。しばらくは皆、大変だ」

「おまけに、相馬家では人手が足りないと、知れてしまっているらしい。最近、何と二回も、うちに物取りが入った」

「物取り？　同心の屋敷へ、盗みに入った剛の者がいるのかい」

麻之助達二人は、思わず呆然としてしまった。

「うちの貸家に住む者が、おかしいと気づき、屋敷を見に来てくれてな。二度とも早々に、物取りは逃げた。何も盗られてはおらぬ」

「本当に、驚くような話が続くねえ」

今日も相馬家の二人には、やることが山のように待っている。二人は麻之助達へ、とにかく引っ越し先へ、荷を移してくれればいいからと言い置いて、急ぎ屋敷から出て行った。

その後ろ姿を見送ってから、麻之助はぱんと着物の裾をはたき、気合いを入れ直した。日々使わないような品は、両国《りょうごく》に住む友、貞《さだ》が手下《てか》を使い、既に与力屋敷の蔵へ運び込んである。

「後は大八車で、屋敷内に残ってる品を移すだけだ。新しい与力の屋敷は、同じ八丁堀の中にあるんだもの、運ぶのは楽な筈だよ。ねえ、正平《しょうへい》さん」

麻之助は、残っていた相馬家の小者正平に、声を掛けてみる。すると返事をしたのは、正平ではなく、別の声であった。

「麻之助さん、この引っ越しは、意外と大変ですよ」

声の主は、いつの間にやら屋敷へ来ていたようで、首を振っている。

「おや丸三《まるさん》さん、お早うございます」

丸三は、仲の良いもう一人の友で、年配の高利貸しだ。麻之助達は丸三にも引っ越しに、手を貸して貰うことにしていた。

迷惑を掛けても大丈夫な相手。丸三は、麻之助達から、そう扱われることが嬉しかったらしい。手間が掛かり、祝いの金品を弾むことになるのに、丸三はこの手伝いを、それは喜んでいた。

「だってさ、あたしは吉五郎さんの、友なんですから。ええ、だから引っ越しの時は、手を貸さなきゃね」

丸三はここで、同心屋敷にある家財を見てきたと言い、しかつめらしい顔を麻之助達へ向けた。そして二人へ、この引っ越しの難儀なところを話してくる。

「武家屋敷と言っても、三十俵二人扶持、八丁堀同心のお屋敷は、広くはありません」

その上同心達は家賃を稼ぐ為、長細い拝領地の内、六、七割は貸家にしてしまっている。八丁堀ではそれが並のことで、同心の屋敷が建っている土地は、三十坪ほどしかないものであった。

「ですから中身も、そうは多くないのですよ」

麻之助は、部屋にあった蒲団《ふとん》を大風呂敷に包み、大八車に載せる順番を考えつつ、首を傾げた。

「これでも、少ないんですか。ああ丸三さん、話しながらでいい、台所に残ってる茶碗などを、その小さな行李《こうり》へ詰めて下さいな」

「ほいほい。それでね、今回、相馬家が拝領した与力屋敷は、三百坪ほどの広さがある筈なんですよ。こちらと同じく、敷地の内に貸家が建ってます。ですが、それでも新しい屋敷は、かなり広い筈でして」

すると麻之助は、清十郎と一緒に、既に屋敷を見に行っていることを告げた。相馬家は前の吟味方与力から、屋敷や貸家を、間借り人ごと引き継ぐと決まっていた。

「ああ、引っ越し先のお屋敷には、三倍近い部屋があったのですか。つまり、です。相馬家にある持ち物を全部持っていっても、新しい屋敷の内は、そりゃ寂しいことに、なっちまいそうなんですよ」

「丸三さん、それは小十郎様達もご承知です。致し方ないと、言っておられましたね」

それでなくとも昇進時には、祝いの宴を開くなど、出費が伴う。家財をいきなり増やす金は、どこにもないのだ。しかし丸三は吉五郎の友として、それでは不服らしい。

「引っ越しの後、与力のお屋敷には、お客人方が沢山、お祝いにおいでdå」

その時客は、屋敷の内を見て回るに違いない。屋敷の部屋に掛け軸一本、満足に掛かってなくては、武家の体面に関わると、高利貸しは言い出した。

「もちろんある程度、借りることは出来ます。しかし吟味方与力となれば、この先も、客は多くむかえる筈ですから」

丸三は、最初に出来るだけ、屋敷の内を整えておいた方がいいと言うのだ。

「で、まずはうちの蔵にあった質流れの品を見繕《みつくろ》って、新たなお屋敷へ届けておきました。ええ、あたしからの昇進のお祝いです」

膳や椀、台所の物などが多くあったので、ちょうど良かったと丸三は笑う。ただ。

「部屋に置く調度の方は……麻之助さんや、清十郎さん、貞さん達から、必要なお祝いを頂いても、かなり足りないんですよ」

この時、行灯《あんどん》を集めてきた麻之助と、枕を風呂敷で包んでいた清十郎は、台所の板間で、腰を引いてしまった。

「あのぉ、丸三さん。八木家から、高い掛け軸なんかは贈れないですよ、きっと」

「その、高橋家も同じくです」

「ああ、心配はご無用。この後どうするかは、既に考えてあるんですよ」

丸三は、行李を麻之助へ差し出しつつ、心づもりを話し出した。

「ちょうどね、札差《ふださし》の大倉屋《おおくらや》さんが、与力就任の祝いについて、うちへ問うてこられました。品が重ならないよう、気を使われたんですな。で、大金持ちのあの方に、助けを求めることにいたしました」

大倉屋は札差、つまり御家人や旗本などから、俸禄の米の売却を受けている身だ。金貸しもしている。だから、武家の客を多く持っていた。

そして、そんな商いをしていれば、時候の贈り物を、色々受けている筈なのだ。大倉屋の蔵の中には、直ぐに売りさばいては拙い品物が、溜まっていると思われた。

「それをお祝いとして、ごっそり出してもらいたいと、大倉屋さんに言ってみたんです」

「それで……ああ、承知して下さったんですか。さすがは札差、太っ腹ですねえ」

麻之助と清十郎と正平は、重い行李を大八車に載せてから、ほっと息をついた。確かに武家屋敷の部屋が、泥棒にでも入られた後のように空では、みっともない。

しかし。ここで丸三の顔が、優しい友の顔から、高利貸しの厳しい様子に変わった。

「どうもね、ただで、という訳にはいかないようなんですよ」

「へっ？」

「世の中は、世知辛《せちがら》いですからねえ」

もちろん、金を払えという話ではない。札差には、知りたいことがあったのだ。与力の屋敷を家財道具で満たす代わりに、その答えを教えて欲しいと、大倉屋は伝えてきていた。

麻之助と清十郎は次に、積み上げた荷に蒲団を被せ、その上から縄で縛っていた。麻之助は、荷崩れと格闘しつつ丸三を見つめ、大倉屋は怖いなぁと、笑うように言った。

「小十郎様は、まだお役を始めてませんよ。そんな吟味方与力へ、札差が、何を聞こうって言うのかしらん」

そして今は、大倉屋の問いより、大八車との格闘の方が難儀であった。道の真ん中で、荷が落ちてしまっては、目も当てられない。三人はもう一本縄を持ってきて、必死に荷を縛っていった。

2

最後の掃除は、出入りの岡っ引き達に任せ、麻之助達は大八車を押し、同心屋敷から離れた。小者正平が車を引き、丸三は、割れては困る湯飲みなどを手で持って、北へ向かったのだ。

だが皆は途中で、大倉屋の望みについて、語る事にはならなかった。力仕事と縁の薄い麻之助達は、大八車を押すと、あっという間に息が上がってしまったからだ。正直に言うと、話をするどころではなかった。

そして八丁堀でも、日本橋に近い方まで進むと、与力の屋敷が多く並ぶ辺りへ出る。じきに四人は、相馬家の冠木門《かぶきもん》の前に、行き着くことが出来た。

すると。

「遅かったね。おれ達、先に運んでおいた荷を、土蔵から出してたよ」

今日も貞が、屋敷へ来てくれていたようで、門から顔を見せてくる。そして驚いたことに、その後から、馴染みの男の姿も現れてきた。

「大倉屋さん、おいでだったんですか」

「丸三さんに、言われたからね。うちの蔵にある家財を、引っ越し祝いにくれって」

何が必要なのか見るため、貞達に頼み、多めに運んできたと札差は言った。だが、麻之助達が運んできた最後の荷を見ると、大倉屋は口をひん曲げる。

「残りは、それだけなのかい？　大八車、一台分しかないじゃないか。長屋の引っ越しみたいだ」

麻之助達がおずおずと頷くと、お大尽《だいじん》として知られる札差は、品物が足りなかったかと、溜息交じりにつぶやく。丸三が笑いつつ、早く屋敷の中へ入れと皆を促した。

「小十郎様達が、このお屋敷へ帰って来られるまでに、格好を付けておかなきゃね。話は後にして、荷を部屋へ入れてしまおう」

皆で頷き、荷を一旦、台所脇の土間まで運んだ。だが麻之助はそこで、あっと声を上げ、顔を強ばらせることになった。

「しまった。誰の荷を、どの部屋へ運んだらいいのか、聞いてなかった」

今度の屋敷には、山と部屋があるのだ。適当に運び入れ、違っていたとなると、後で余計な手間が掛かってしまう。

「清十郎、どうしよう」

「さて……」

ところが。大倉屋は、丸三と目を見交わし、余裕の顔で笑っている。

「お武家のお屋敷じゃ、部屋の場所は、大体決まっているもんだ。広いとはいえ、お大名のお屋敷じゃない。間違えはすまいよ」

そこからは大倉屋が、荷運びを仕切った。

「吉五郎様の荷は、一番奥の、御隠居も使えるような、端の部屋へ。小十郎様の荷は、綺麗な庭に面した、広い表の部屋だよ」

一葉が使う一間は、中庭の傍らにある座敷だろうという話になった。麻之助達が持ってきた蒲団や火鉢なども、貞の手下達が、あっという間に運んでいく。

丸三の心づくしである台所の品も、届けてあった水瓶《みずがめ》や鍋釜、戸棚なども、綺麗に収まっていた。だが荷の多い台所すら、何やら、すかすかと間が空いて見え、物寂しい。

一方、大倉屋は丸三と各部屋へ、持ってきた掛け軸や文机《ふづくえ》、衝立、小物などを置いて回った。だが台所へ戻ってきても、渋い顔つきのままであった。

「足りん。行灯すら足りんぞ。相馬同心は思いの外《ほか》、質素な暮らしをしてたんだな。こりゃ、もうちっと、うちの蔵から荷を運んで来ないと」

大倉屋が息子冬太郎《とうたろう》に、もっと家財を持ってくるよう文を書いた。

「あいつ、面倒くさがるだろうな」

託された貞の手下が、笑いつつ屋敷から出て行く。

麻之助はその間に、すぐに水が飲めるよう、井戸で大きな水瓶を洗い、水汲みをした。小十郎達が帰ってくるまで、皆、屋敷にいるつもりだったから、清十郎が台所に置いた火鉢の灰を整え、火を熾《おこ》して鉄瓶を掛けておく。

蔵まで片付けると暇になったので、貞がまず、己の手下達を両国へ帰した。手が空いた六人は火鉢の周りに集まり、ほっと息をつく。「一休み、出来そうですね」

麻之助は財布に目を落とした後、団子でも買ってきましょうかと口にした。小十郎達が帰ってくるまで、まだ少し間がありそうであった。

「そろそろ大倉屋さんが、何を知りたいのか、お聞きしたいところです。でも、引っ越しで草臥《くたび》れてますから。腹を塞ぐものがあった方が、いいと思うんですけど」

すると、だ。ここで、何故だか麻之助へ、きつい言葉を向けてくる者が、屋敷へ現れてきたのだ。

「引っ越しの手伝いに来たってぇのに、麻之助さんは、後で皆と食べる菓子も、持参しなかったのか。相も変わらず気の利かない、のんびり者だねぇ」

「ありゃ、言われちまいました」

明るい返事を聞き、何故だか不機嫌な顔つきとなったのは、大倉屋の跡取り息子、冬太郎だ。親からの伝言を受け、舟で運んできたのだろう。冬太郎は行灯に簞笥、七輪に片口、煙草盆に、円座まで持ってきていた。

その上、大倉屋の目の前に、重箱を二つと、大きな竹皮の包みも置いた。そして麻之助を見てから、少し自慢げに言ったのだ。

「相馬家の方々は、引っ越しの手配をする間も無いほど、忙しいと聞きました。ならば食事の支度も、大変だろうと思いまして」

今晩と明日の朝の食事を、冬太郎は大倉屋の台所で、作ってもらったのだ。

「ついでに、これも買ってきました」

竹皮に包まれていたのは、団子と餅菓子の山だ。冬太郎は、己は気の利く男であるからと、わざわざ麻之助を見て言ってくる。

すると。ここで止める間もなく、麻之助が竹皮を開き、菓子を三つ小皿へ載せると、台所の戸棚へしまった。冬太郎が、片眉を引き上げる。

「相馬家への差し入れだぞ。勝手に皿に盛るな！」

「小十郎様も吉五郎も、とてもくたびれてる時は、菓子なんて食べません」

麻之助が、昔からそうだと言うと、横で清十郎が小さく笑い出した。

「そいつは本当です。小十郎様と吉五郎は元々、菓子より酒を取る口なんで。疲れて帰ったら、食事と一緒に一杯やるでしょう」

一葉は菓子を食べるが、今日、明日の分としては、三つがせいぜいだろうという。一葉は与力宅へ、毎日通っているのだ。茶菓子など、出されているはずであった。

大倉屋が笑い出す。

「ならば残りの菓子は、我らがありがたく頂くことにしよう。冬太郎、良いね？」

「あの……はい」

丸三が菓子を見て、美味しそうだと褒める。貞が茶を淹れ、菓子を配っている間に、皆で運ばれてきた荷を部屋へ運び、横の板間へ煙草盆などを仕舞った。

「ああ、やっと屋敷が整ってきた」

台所に置いた火鉢を取り囲み、皆で丸く座ると、いよいよその時が来たと言い、丸三がにたりと笑い出す。

「相馬家へ家財を、かくもたっぷり下さったからには、支払いが必要ですな。我らは、大倉屋さんの問いを、聞かねばなりません」

麻之助、清十郎、正平、貞、冬太郎が頷き、さてどんな話を聞きたいのかと、大倉屋を見つめる。

すると江戸でも名の知れた札差は、余りにも平凡過ぎて、却《かえ》って驚くようなことを口にしたのだ。

「私はね、相馬様の前任与力が、なぜ小普請《こぶしん》入りしたのか、その訳を知りたいんですよ」

先日、大倉屋達札差と本両替が集った時、その話が出たらしい。だが誰も、確たる事情を語れなかったというのだ。

「よって是非、真実を知りたい」

すると。

相馬家の台所が、奇妙なほど静かになった。そして静けさゆえ、大倉屋が居心地悪そうにし始めた頃、麻之助がようよう口を開いた。

「魂消《たまげ》ました。だってその話は、とっくに噂が、広がっていることですよね?」

おまけにその事情は、お大尽中のお大尽、札差が知りたがるような、特別なものではない筈なのだ。いや並の話だと、麻之助は今の今まで、そう考えていた。前任が役を辞し、小十郎が突然、与力になった訳は何か。

「皆、ご承知だろうから言いますが、前任者は、元与力の熊谷《くまがい》様。賄賂《わいろ》でしくじって突然辞めたので、実力のある小十郎様が後釜に納まった。この八丁堀で誰かに問えば、そういう返事があると思います」

ところが、わざわざその話を、ここで問い直してきたのだ。しかも、他の札差や両替商も、その答えを、知りたがっているのだという。

「何か変ですねぇ。つまり、相馬家が吟味方与力となった事情は、噂通りじゃないみたいだ」

大倉屋達大物は、世間の噂に納得していないのだ。

「それで大倉屋さん自身が、わざわざこの屋敷へ、事情を確かめに来たんですか？」

大倉屋にとって相馬家の出世は、都合の良い話の筈だ。娘であるお由有《ゆう》の義理の息子、清十郎は、相馬吉五郎の幼なじみであった。

「なのに、噂に納得しないのは、一体、何が引っかかってるのかしらん。ありゃ、面白いことになってきました」

すると大倉屋がここで、更に恐ろしいことを口にした。

「皆も、噂以上のことは知らないのか。では小十郎様達へ、直《じか》に問うのはどうだろう」

案外気軽に、内々の話をしてくれないだろうかと、大倉屋は言い出したのだ。

丸三が、天井を見上げた。

「相馬家のお二人は、お堅いです。家財を山ほど差し上げた後、熊谷様が小普請入りになった訳を、特別に教えてくれと言ったら、どうなるか。あたしは、黙って品物を全部、突っ返してくると思いますが」

しかも相馬家と大倉屋は、今日縁が切れることになる。事情は聞けないで終わるだろう。

「それでもよろしければ、大倉屋さん、どうぞお聞きになって下さい」

「うっ……駄目か。麻之助さん達が問うても、駄目だろうかね？」

途端、麻之助と清十郎が、声を揃えた。

「無理です。嫌です。聞いたりしませんよ」

清十郎が、強く言葉を重ねた。

「大倉屋さん、我らは小十郎様を怒らせた者が、宙を横にすっ飛んで行ったのを、以前、見てるんです。同じ目に遭うのは、ご免です」

「やはり、駄目か……」

大倉屋が肩を落とし、溜息を漏らす。すると麻之助が、興味津々の声を出した。

「大倉屋さん、相馬家の昇進の、一体どこに引っかかっているんですか？」

「麻之助……私が、問うてるんだよ」

「あ、話す気はないんですか。自分が語りたい訳じゃ、ないみたいだ」

「麻之助さん、妙な風に、言わないでおくれな」

するとと麻之助は、ならば仕方がないと、あっさり引いた。ただ自分もその話に、興味が出てきたと言い出した。ならば。

「相馬家の前任が、小普請入りとなったのは何故か。噂以外の理由が、本当にあるのか。これからここで、話しあうことは出来ますよ」

どちらにせよ、相馬家の家財が急に増えた訳を、帰宅してきた小十郎へ話さねばならない。その時、家財の運び込みが引き金になって、昇進の訳を、全て見通す事が出来たと言えたら。小十郎は、少なくとも怒ったりはしないと、麻之助は思うのだ。丸三も頷く。

「うん、そうだろうね。あの方なら、謎解きの方を、面白がるだろう」

「ならば、小十郎様が帰って来られる前に、大急ぎで話し、事を見極めてみませんか？せっかくお屋敷へ、家財を入れたんです。大倉屋さんの家財が、小十郎様に放り出されることは、避けたいですから」

麻之助の言葉に、貞が笑い出し、冬太郎が顔を顰《しか》めた。

「話し合いに使える時は、小十郎様が帰って来られるまでの、一時か二時って所でしょう。外へ、事情を聞きに出る間すらなさそうだ」

皆が既に知っている事から、事情を推察し、答えを得ることになる。そしてそれは、小十郎が了解出来る、きちんとした話でなければならないのだ。清十郎がぼやいた。

「いや、難しそうだね。大倉屋さん、やりますか？」

「昇進の訳を、この場で摑むことが出来なければ、私が運び込んだ家財を、持ち帰ることになるわけか。つまり貞さんに頼み、また手下達を八丁堀へ呼ばねばならん。面倒だから、やろう」

面倒はもっとあると、麻之助が言い出した。

「事がこの場で分からないと、大倉屋さんは、他の札差や両替商に、事情が摑めなかったと、頭を下げることになりますね、きっと」

先ほど大倉屋は、己だけでなく、何人かの札差や両替商が、同じ事を知りたがっていると言っていたからだ。

「何で札差が何人も、与力の昇進に関わりたがっているのか、不思議に思いました」

そっちの事情は何なのかと、麻之助が問うたが、札差は黙ってそっぽを向いている。

麻之助は益々、興味を示した。

「そういえば大倉屋さんは、興味半分で家財を贈り、相馬家へ乗り込んでくるほど、暇なお人じゃなかったですね。皆さん、きっと面白い話が出て来るから、気張って話しましょう」

冬太郎が麻之助を睨む間に、麻之助はまず、冬太郎が持ってきた団子へ手を伸ばした。

そしていよいよ台所で、吟味方与力が入れ替わった件について、語られることになった。

3

ええと、麻之助さんから御紹介頂きました、正平と申します。八丁堀同心、相馬家の小者を務めております。

あの、本当に手前から話を始めて、よろしいのでしょうか。手前は今回の、相馬家の昇進の事情、詳しくは知らないのですが。

ええ、確かに八丁堀に、住んでおります。ですがお屋敷の内ではなく、小十郎様がお持ちの、長屋の一軒にいるのです。

よってお屋敷で、こぼれ話を耳にすることはございません。最近八丁堀では、屋敷内に住まない奉公人も、増えておりまして。

それでええと、何を話せば良かったのでしょうか。ああ相馬家の、御出世の顚末《てんまつ》について語るんでしたね。

小十郎様が与力になられた件ですが。八丁堀では、皆様が考えたこともないくらい、大事だとされております。

はい、町奉行所の与力の旦那方は、色々なお役に就《つ》いておられます。そして、全てのお役を合わせても、与力の旦那というのは、本当に人数が少ないんですよ。

与力は南北の奉行所に、二十五騎ずつおられます。江戸中で、それだけしかおられないとも言えます。そして与力の人数は、減ることは、ままあっても、増えたりはいたしません。最近も常より少なくて、北町奉行所には二十一騎しかおられませんでした。

その与力の内、吟味方与力は、花形のお役でございます。全てのお裁きに関わり、お奉行様がお沙汰を言い渡す前に、取り調べを終わらせ、間違いない答えを得ておくお役、といった感じでしょうか。

ただ申しました通り、今、与力の人数自体が減っており、吟味方与力もたまたま、お一人欠けておりました。

そんな時、急にまた与力がお一人、お役を辞めたのです。奉行所はとり急ぎ、腕利きと評判の同心小十郎様を、吟味方の役目に就かせたのだと、噂が流れました。皆、話は納得しているのです。

ええ、手前が承知しております話は、これで全てでございます。正直に申しますと、八丁堀は今、噂どころではないのですよ。

例えば噂の主である相馬家は、今日、家移りをされました。その後、もとの相馬家へ、引っ越してくる方もいらっしゃいます。新しく同心になられる方も、決まりました。相馬家だけでなく、他にも、家やお役の引き継ぎがあり、大変なのですよ。しばらく八丁堀の皆様は、大いに忙しいのでございます。

語り終わると、正平は貞から熱い茶をもらい、いささか恐縮している。麻之助が団子を食べている間に、なるほど、八丁堀はそんな具合なのかと、丸三が話し出した。

「お武家のお客が言ってたよ。同心の旦那から与力の旦那への昇進は、形の上では認められてても、ほとんど聞かない話だって」

小十郎など、その力量が高いとされ、与力になるのではと、ずっと言われてきた。だが、それでも実際、与力昇進が決まると、驚きの声が八丁堀の内を巡ったのだ。

貞が、腕を組んでいる。

「ああ、それで大倉屋さんは、相馬家の昇進には、何かとんでもない事情が絡んでるんじゃないかって、思ったのかな？」

期待を込めた目が、札差へ向けられたが、その通りだという返事は返って来ない。貞は、情けなさそうな顔になった。

「おや、外れか。それで正平さん、噂じゃ、前の吟味方与力熊谷様は、賄賂を貰ったとか。そいつは、どういうものだったんですか?」

与力が、突然お役を降りるほどのものに違いなかった。だが問われた正平は、今度は語り出さなかった。

「吟味方与力の旦那について、おれが勝手に語ったら、小十郎様に叱られそうで……。勘弁して下さいまし」

「おや、残念だが、仕方がないか。正平さんはこれからも、相馬家に勤める訳だし」

貞が引き下がった後、次に清十郎が口を開いた。

「短い間に、事の裏側を知ろうというんです。知ってることは話します。ですが皆さん、ここだけの話にして下さい」

「おお、承知です。何を語るのかな」

皆が身を乗り出すと、清十郎が、茶を手に口を開いた。

「与力の旦那へ賄賂を贈ったのは町人、商人でした」

だから町役人の清十郎へも、知らせが入ったのだ。

「その商人が、賄賂を贈っても知りたかったこと。それはお上が町人に、幾らで堀川《ほりかわ》作りを任せる気か、ということです」

事前に、お上がどれ程出す気か、承知していれば、仕事を受けやすい。

「そして金と引き替えに、その額を、事前に漏らしちまった与力が出たんです。ええ、

「吟味方与力が」

しかも吟味方与力が大倉屋が火鉢の前で、顔を顰めた。

「八丁堀の与力の旦那が、お金に釣られたとはねえ。しかも吟味方与力が」

今の世の中、お武家の暮らしは厳しいと、世間に知られていた。だがそんな中でも、江戸町奉行の与力、同心は、余裕のある暮らし向きだと言われている。同心や与力には、公然と受け取れる付け届けがあるのだ。

だがそんな立場でも、越えてはならない一線があった。越えれば与力でも、罪になると決まっている。

「八丁堀の旦那なら、何をしても勝手というわけじゃあないわけです。つまり熊谷様は、これから辛い毎日となります」

清十郎は溜息を漏らしてから、先を続ける。

「熊谷様はお子が多いが、次男以下のお子達も、養子にやりたかった。持参金を作るため、金を貯めていました」

どうやって賄賂の事が露見したかは、清十郎には分からない。

一方、奉行所も困ったに違いない。丁度、与力の数が少なかった時、吟味方の手が足りなくなった。それで急ぎ、一人与力を補ったようだと、清十郎が口にする。

「自分が承知しているのは、ここまでです」

すると冬太郎が、口を出す。

「武家の名と絡んで、町役人に知らせが入ったんだ。八木家支配町の商人も、罪に問われたってことだな。どうなったんだい？　誰なのかな？」

清十郎が、やはりそこまで話すことになるかと、板間へ目を落とした。ただ腹を決めていたのか、先を語ってくれた。

「熊谷与力へ賄賂を贈ったとされたのは、うちの支配町にあった両替商だ。赤羽屋《あかばねや》と言ってね、中追放《ちゅうついほう》になった」

「厳しい罰だ」

貞がさっと、顔を顰める。

中追放を言い渡されると、家屋敷を没収され、江戸に住めなくなるのだ。

「赤羽屋の主は、元々大きな商家の番頭だった。少し前に分家して、店主になったばかりだったんだよ」

両替商となって、これからおかみを貰うことになっていたらしい。

「だが話は駄目になった。店も立場も失って、赤羽屋は、江戸から出ていったんだ」

清十郎は珍しくも、ここで顔を顰めた。

「赤羽屋は両替商だけど、金、銀は扱わない、銭両替の店だった。しかも店を開いたばかりで、大きな商いはしていなかった」

それが突然、吟味方与力と組んで、悪行を行ったと言われたのだ。清十郎は、納得していなかった。

「小店である赤羽屋が、摑んだ話でどうやって、金儲けをすると言うんだ？　それにだ、赤羽屋に、吟味方与力と組めるほど金があったとは、思えなくてね」

それで。清十郎の声が、一段低くなった。

「あたしは、赤羽屋を奉行所へ送った時、吉五郎にそっと頼んだんだ。小十郎様が、許してくれたらでいい、熊谷与力の件を、もう一度調べてくれないかって」

熊谷与力と組み、悪行を行ったのは、本当に八木家の支配町にあった赤羽屋なのか。それを知りたかったという。

「おや、そんなことを、相馬家へお願いしていたのですか」

大倉屋が驚く。そして吉五郎は、動き出していたという。ところが。

「相馬家は急に、吟味方与力になると決まった。思わぬことで、あいつは調べを止めることになっちまったんだ」

すると、溜息を漏らした清十郎へ、きょとんとした目を向ける者がいた。貞だ。

「あの、吉五郎の兄ぃは何で急に、調べを止めたのかな？」

奉行所で出世をしたのだから、一層、調べやすくなったのではと、貞は言ったのだ。

それに答えたのは、清十郎ではなく麻之助だ。

「相馬小十郎様は、吟味方の与力に決まった。つまり跡取りの吉五郎も、定廻り見習いのお役目から離れ、吟味方の見習いをすることになったわけだ」

ここで、町方同心としての調べを続けると、定廻りの役目に、与力が首を突っ込むことになる。

「新たに定廻りとなる同心に、恥をかかせることになるんだ。出来ないよ。元々、役目以外のお調べだし」

吉五郎は引くしかなかったわけだ。清十郎が両の眉尻を下げた。

「理不尽な匂いのする話だ」

清十郎は今も、この件が気になっているのだ。すると、その言葉を聞いた麻之助が、首を傾げ……更に、二度、三度と眉根を顰《ひそ》めてから言った。

「理不尽か……。ああ、そうだな。そういうわけだったんだ」

麻之助が火鉢の横で立ち上がり、皆がそれを見上げる。そして麻之助は、一人納得した様子で、頷き続けた。

「そうか、分かった！　大倉屋さんが八丁堀へ乗り込んできたのは、そういう訳だったんだ。清十郎、何で私は今まで、気が付かなかったんだろ」

「麻之助？」

「大倉屋さんは、熊谷様の件の事情を、ただ知りたがっている訳じゃないんだ」

もちろん、興味はあるだろう。だが。

「本当に、この話が気になっていたのは、別の人じゃないかな。うん、違いない。大倉屋さんはそれだから、我らに詳しい事を言えないでいるのさ」

「麻之助さん、一人で納得してないで、この丸三にも分かるように話してくれ。その言い方じゃ判じ物みたいで、とんと通じないよ」

「大倉屋さんが、家財をごそっと出すはずだ」

「聞こえてるのかい？」

「麻之助さん、うちの親がここの皆へ、隠し事をしてるって言うのかい」

冬太郎は不機嫌な顔になると、板間に置かれていた、お盆を手に取った。それは麻之助にも馴染みの、固くて恐ろしい得物《えもの》であった。

4

麻之助は、言いかけた話を進めるより先に、部屋から逃げ出した。

座敷へ消えた麻之助を、後ろから、お盆を構えた冬太郎が追っていく。

その背に、大倉屋が声を掛けた。

「冬太郎、そのお盆を投げるんじゃないよ。もし相馬家の障子が破れたら、お前に張り替えさせるからね」

次に、早めに諍《いさか》いを終わらせ、麻之助は事情を話して欲しいと、丸三の声が響き、冬太郎の舌打ちが続く。麻之助は、お盆の襲撃はないと承知して、走りながら周りの部屋へ目を向けていった。

（ああ、結構な数の家財が、新たに置かれてるな。花瓶も掛け軸も香炉も、新品じゃないだろうけど、良い品に見える）

大倉屋は本心から小十郎へ、熊谷が、なぜ小普請入りしたのか聞きたいに違いない。その為に、なりふり構わず、新しき与力の歓心を買いにかかったのだ。

（しかしどう考えても、あの石頭の小十郎様へ、物と引き替えに質問をするってぇのは、馬鹿なやり方だよねえ）

感謝ではなく、癇癪《かんしゃく》が返されることになるだろう。中庭に面した濡れ縁へ出た所で、麻之助はふと足を止め、口元を歪めた。

「清十郎は、自分の支配町の銭両替が疑われたことを、理不尽と言った」

大倉屋と一緒に、他の札差や両替商までが、相馬家の昇進に興味を向けている。

「今回の件に目を向けているのは、何人もいるってこった。つまり」

その時麻之助は、板戸の前で咳き込み、顔を顰めた。背に、飛んできたお盆を、受けたのだ。

「冬太郎さん、何するんだ。障子を大切にするんじゃ、なかったのかい？」

「だから、板戸の前に投げただろうが。ここなら麻之助さんに当たることはあっても、障子は破れないからな」

麻之助が般若《はんにゃ》のような顔になり、濡れ縁からお盆を拾った。そして今までとは反対に、冬太郎との間を、一歩詰める。

「へええ。ならばここで、私がお盆を投げ返すのも、構わないってことだよね？」

外しはしないよと、麻之助の目が凶暴に光る。冬太郎は、思わず唇を噛んだが、さりとて背を見せ、逃げ出すのも嫌だと見えた。

すると、二人が睨み合った、その時。

誰も居ないはずの屋敷の奥から、がたりと、物でも落ちたような、不思議な音が聞こえてきたのだ。麻之助と冬太郎が顔を見合わせた。

「麻之助さん、相馬家には確か、猫がいたね。もうお屋敷へ、連れてきているのかい？」

「いや。とらは、まだ高橋家で預かってる。引っ越しがすっかり終わったら、明日にでも連れて来ようと思ってるんだ」

「なら、何の音なんだろう。気になるな」

奥の、吉五郎の部屋辺りから聞こえたと、麻之助が言い、二人は素早く濡れ縁から離れた。そしてまず麻之助が、小声で語り出す。

「今日は、引っ越しの日だ。荷運びが終われば、主が帰ってくるまで、家人の部屋にはまず、人が行かないわな」

相馬家の皆は、新たなお役の引き継ぎで、揃って忙しい。つまり今日は、盗みに入るのに、それは向いている日なのだ。

「向いているって、何て言い方だ。麻之助さんは相変わらず、妙な御仁だ。だが確かに今なら、うちの大倉屋が持ってきた家財が、取り放題だな」

二人はちらりと目を見交わした後、奥の間が見えてきたところで口を閉ざした。そして、麻之助が素早く部屋の裏手に走って行くと、冬太郎が頃合いを見て、思いきり部屋の障子戸を開ける。

「うわっ」

その時、中にいた男が、飛んで逃げた。冬太郎の方へ向かうか、麻之助が待っている所へ飛び出るか。片方を選び、男は己の運をはかることになった。

つまり男は、麻之助の待ち構えていた所へ逃げ出たおかげで、足を払われ、庭へ転げ落ちたのだ。

「大人しくしなっ。手間掛けるんじゃないよ」

麻之助は足袋のまま庭へ降り、盗人を捕らえようとした。だが盗人には、運が残っていた。吉五郎の部屋から、程近い辺りの塀に、潜《くぐ》り戸があったのだ。男はそこから、表へ飛び出ることが出来た。

「わあっ、あんなところに戸があったなんて」

慌てて追ったものの、お盆を構え、潜り戸から顔を出した時には、道に男の姿は無い。更に、後ろで冬太郎が声を上げたのを聞き、麻之助は部屋へ戻った。濡れ縁へ上がるとき、足袋を脱ぐことになった。

「大丈夫かい？　高い物を、盗られちまったかな？」

冬太郎は、首を横に振った。

「それがね、見なよ。掛け軸も香炉も、そっくり残ってる。そいつに驚いたんだ」

ただ部屋で一カ所、ひっくり返されているところがあった。麻之助が眉を引き上げる。

「文机か。何で？」

定廻り同心は見習いでも忙しいが、吉五郎は、務めていたお役を変わるのだ。仕事で使う大事なものは、次の定廻り同心へ、引き継いだ後に違いない。

「そしてあいつは養子だから、昔からの荷が、多くあるわけじゃないはずだよ」

養子先である相馬家へ、大荷物は持ち込めなかったろうと麻之助は言う。吉五郎の部屋で新たな掛け軸以上に高直《こうじき》なものを、麻之助は思いつかない。

「ただの泥棒じゃないなら、一体誰が、何を、この引っ越し先へ盗りに来たんだろ？」

麻之助も冬太郎も、返事を口にすることが、出来なかった。

ぺたぺたと裸足で歩いて、冬太郎と一緒に、台所の板間へ戻った。すると丸三が真っ先に、麻之助の足へ目を向けてくる。

「おや、どうして足袋を脱いだんですか。はい？　盗人がこの屋敷へ入ったんで、追いかけて庭へ降りた？　本当ですか？」

この知らせには、台所の板間に残っていた面々が、魂消《たまげ》た顔になる。

「八丁堀にまた、泥棒が入ったのか。同心屋敷の方にも二度入ったと、吉五郎が言ってたよな」

清十郎の言葉に、麻之助が頷く。

「盗られた物は何だ？　えっ？　無いのか？」

大倉屋が、泥棒を早くに見つけたからかと聞いたが、冬太郎は首を傾げている。麻之助が、泥棒があさっていたのは、吉五郎の文机だったことを伝えると、困惑が広がった。

だが。

皆、悩む顔になったものの、分からないことを、吹っ切るのも早かった。小十郎が帰って来るまでに、もう時がない。他の事へ、目を向けている間はなかった。

「引っ越しの時は、家の内へ多くの人が入る。だから、紛れ込んでくる盗人もいるんだろ」

　ただ丸三は、その件を終わらせる前に、正平へ目を向けた。

「これからは正平さんも、このお屋敷で暮らした方が、良さそうだね。日中、小十郎様達は、留守にされるだろうし」

　八丁堀とはいえ、泥棒も現れたのだ。若い一葉一人が、大きな屋敷に残ったのでは、不用心であった。

「いや、正平さんだけじゃなく、屋敷にはもう少し、人手があった方が良さそうだ」

　すると相馬家の小者は、深く頷いた。

「ええ、その通りで。馴染みの中間《ちゅうげん》が、今日は小十郎様のお供をしておりますが、人手が少なすぎます。いえ、岡っ引きや小者の中にも、相馬家の世話になりたい者はいるんですよ。ですが」

　今、小十郎達には、奉公人を増やし、あれこれ気を使う余裕がないのだ。

「人が増えるのは、もう少し落ち着かれた後になるかと、思ってます」

「まあ、そうだよねえ」

　立ったままでいた麻之助は、土まみれの足袋を握りしめつつ、外の井戸へ洗いに行こうとした。このまま帰っては、母から叱られる気がしたのだ。

　ところが。貞が手を伸ばしてきて、麻之助の帯を摑み、離さない。

「ちょいと待ちなよ。麻之助さん、さっき、大倉屋さんが八丁堀へ乗り込んできた訳を、言いかけていなかったっけ？」

「へっ？　ああ、そうでしたっけね」

「本当に何か、考えついたのかい？　皆、麻之助さんが何を話すかと、待ってるんだが」

「おや、こりゃ済みません。足袋を洗うより、先に話さなきゃ拙かったかな」

麻之助は板間の端へ、ぺたんと座ると、ようよう話の続きを語り出す。

「大倉屋さんは、熊谷様が小普請入りをされた事情を、知りたいとおっしゃってました」

ではなぜ、大倉屋はそんな問いを向けてきたのか。清十郎の話を聞く内に、麻之助はその訳を思いついたのだ。

「大倉屋さんは、出世の事情を問われた時、己だけでなく、何人かの札差や両替商が、同じ事を知りたがっていると言ってました」

「ああ、そうだったね」

貞が、頭を掻いている。

「答えはその、さらりと語られた言葉の内に、あったんですよ」

札差の言葉は、清十郎の話に繋がっていたのだ。

「つまり赤羽屋さんが以前働いていたのは、どこの店なのかを、考えなきゃいけなかった。清十郎、どこなんだい？」

「えっ、それは隣町の、小酒井屋《こさかいや》さんだよ。金銀を扱い、信用も高い本両替の大店《おおだな》だ」

本両替といえば、大名家の金主をやるほどの店が多かった。札差などと肩を並べて語られる、大金持ちもいるのだ。

そういう大店で番頭をやり、主から信用されていたゆえに、赤羽屋は銭の両替屋として、分家をさせて貰えたのだ。

「赤羽屋は、本両替の分家だったのか」

「小酒井屋？　あそこは大店中の大店だ。お武家のお客が、それは多い店だよね」

金には詳しい丸三が、口にする。

「てことは、札差の大倉屋さんと、繋がりがあるのも納得だ。大名家とお旗本の金主同士は、何のかんのと言って、縁があると聞いてるよ」

ここで冬太郎が、大倉屋と小酒井屋は、確かに縁があるという。貞は、小酒井屋は番頭を大事にしていたはずと、言ってきた。

「商い額が小さい銭両替とはいえ、同業で分家させたんだ。余程信用している番頭だったんだろ」

それぞれがつぶやいて行くと、引っ越しが終わったばかりの台所で、皆の声が絡まり、繋がれていく。そしてじき、一つの話が、より合わされていった。

「熊谷様は、どこから無茶を始めたんでございましょう。ああ、熊谷様が、子だくさんだった事からですかな」

正平の声が、口火を切る。するとそこに、声が幾つも重なった。

「熊谷与力は、子の持参金を作る為に、不正を行い、金を作った」

「その金は、赤羽屋が差し出したと言われた」

「赤羽屋を分家させたのは、大商人の小酒井屋だ」

「小酒井屋は、長年主家へ尽くした番頭に、店を持たせた。すると番頭は、あっという間に全部の財を没収され、中追放になった」

ここまで同じように考えて、麻之助には、分かったことがあったのだ。

「小酒井屋さんは、怒っているんだと思いました」

「とても怒ってるだろうね」

冬太郎が腕を組む。

「何人かの札差や両替商が、吟味方与力の交代の事情を、知りたがっているってことでした。つまりその内一人は、小酒井屋さんだろうと思います」

いや小酒井屋こそが、知り合いの札差達を集めた、その人なのだろう。麻之助が、大倉屋を見つめつつ、言葉を結んだ。

「大倉屋さん、小酒井屋さんは清十郎と同じく、熊谷様へ金を渡したのは、赤羽屋さんではないと思ってませんか？」

途端、火鉢の向こうにいる大倉屋の顔が、怖くなった。

「なぜ、そう言い切るんだ？　証《あかし》を立てられるのかい？」

「無理です。簡単に分かるんなら、小酒井屋さんはとっくに真実を摑み、奉行所へ言い立てているはずです」

ただ、なぜ小酒井屋が赤羽屋を信じたのか、麻之助には分かるのだ。

「店を開いて間もない赤羽屋さんに、どれくらいの金があるか。小酒井屋さんなら、分かってるでしょうから」

無い袖は振れない。無い金は、下心と一緒に、贈ったり出来ないのだ。

「つまり赤羽屋さんは、悪行をやってない」

ただ、以前の主がそう言い立てても、赤羽屋は、罪を免れることが出来なかった。無実の証がなかったのだろう。

「大倉屋さんが本心知りたいのは、誰が熊谷様へ、悪しき金を贈ったのか、ということなんだと思います」

分家を潰された本両替や、その店と縁のある札差達は、熊谷与力へ賄賂を贈った、商人の名を突き止めたいのだ。

ええ、間違っていない筈ですと、麻之助は神妙な口調で言った。

5

大倉屋がさっと手を伸ばし、床に置かれたお盆を摑んだとき、麻之助は再び身の危険を感じた。

だが逃げ出す間はなく、麻之助は大倉屋から、固い一撃を食らってしまった。父親は息子冬太郎より、更に手強かった。

そして札差は、要らぬ言葉まで付け足してきた。

「麻之助さん、確かに私が知りたかったのは、熊谷様が手にした賄賂の件だ。それは認めよう」

大倉屋は、今回の件を最初に調べ始めた本両替の主から、力を貸して欲しいが、己の名を出さないでくれと、言われていた。それで今まで、小酒井屋の名を口にしなかったのだ。

「赤羽屋が財産全部を没収された件に、関わろうというのだ。その用心が要らぬものだとは、私には言えなんだ」

そして大倉屋は、知りたいのは熊谷へ金を贈った相手が誰かという事だけではないと、言葉を足した。それで、言葉が足りなかった麻之助へ、お盆の一撃を食らわせたのだ。

するとここで冬太郎が、見下すような笑みを麻之助へ向けた後、父の大倉屋へ言った。

「赤羽屋が罪に問われた時、なぜ熊谷様が、相手が違うと言わなかったのか。おとっつぁん、そこも知りたいんだと思います」

赤羽屋が罪を被ってしまうと、悪人二人の内、熊谷だけが罪に問われ、商人は助かることになる。

「よく、熊谷様が黙っているもんだ。不思議ですよね」

「冬太郎が、正しい」

大倉屋の言葉を聞いた息子が、胸を反らした。大いに気に障ったので、麻之助は火鉢の横から、その息子の誇らしさを削いでやる事に決めた。

「熊谷様が、金を受け取った相手の名を伏せた訳は、分かりきっているじゃありませんか。冬太郎さん、そんなことで、胸を反らさないで欲しいです」

「はぁ？　お前さんには、分かってるっていうのかい」

途端、部屋内の目が全て、麻之助に集まる。麻之助は、あっさり返した。

「熊谷様は、吟味方だったんです。賄賂を受け取ったと露見した時、分かった筈だ。己は、八丁堀から出される。与力ではなくなる。つまり付け届けを、手に出来なくなると」

お役のない小普請入りになるとは、そういうことであった。

「実入りは、大いに減るだろうね」

熊谷与力へ金を寄越した商人も、ただでは済まないと、吟味方与力なら分かる。中追放などになると、見当は付いていただろう。

「その時、相手の商人だけは無事に逃がす機会があったのではないかな。商人だけ助かって狡《ずる》いと、言っている余裕はない。熊谷様は不正をした相手を、庇《かば》うと決めたんだ」

「えっ、なんでだ？」

冬太郎の横で、大倉屋が、なるほどとつぶやいた。

「中追放になると、財産没収の上、江戸十里四方追放になる。実際赤羽屋は、全財産を失ってる」

不正をした商人は、己も、そうなりたくなければ、熊谷の口を塞いでおかねばならない。つまり熊谷家への、付け届けが欠かせなくなるわけだ。

「熊谷様は、その金を取ることにしたわけさ。つまり今回の件では、関係の無い赤羽屋さんが、一番貧乏籤《くじ》を引かされたんだよ」

火鉢を囲んでいた面々から、おおっと声が上がった。

「麻之助さん、いつになく冴えてるね。ああ、そういうことが起きたに違いない」

冬太郎が、急いで聞いてきた。

「麻之助さん、じゃあ聞くが、熊谷様はどうやって、賄賂を贈ってきた商人の名を、誤魔化したんだ？」

「分からない。そもそも銭両替の赤羽屋の名が、何で、吟味方与力のお裁きに絡んだのか。その訳が分からないんだから」

「お前さんだって、分からないんじゃないか」

　また諍う二人の横で、丸三が、麻之助の思いつきは、当たっていそうだと口にする。

「この話を聞いただけで、赤羽屋の元の主、本両替は、そりゃ腹を立てそうだね。もし、赤羽屋へ、罪を押しつけた相手が分かったら、ただでは済まさないだろう」

　貞が、口の片端を引き上げた。

「吟味方与力を籠絡《ろうらく》したんだ。賄賂を寄越した商人は、きっと凄い金持ちですよ。おお、札差や本両替が絡んだ戦いが、江戸で起きそうですね」

　だが大倉屋は、首を横に振る。商人の名が分かっても、江戸を割って争うという話にはならないというのだ。

「賄賂を贈ったのは、危ないことをしても、儲けたいと思うくらいの商人だ。常に万金を稼いでいる、最高位の本両替とは違う」

　本両替が悪人の名を摑んだら、その商人に明日はないという。借金は出来なくなり、大きな商いから外される。叩かれまくり、店は続かないだろう。

そして、江戸から消えることになるのだ。

「証が見つかれば、ですね」

麻之助の傍らで、正平がぽつりと言った。そろそろ黙っていることも、出来なくなってきた様子であった。

「そういえば、熊谷様が吟味方与力でなくなると決まった頃、八丁堀で、その事情について、噂が色々流れました」

ただ、今、考えると不思議だったという。

「相手の商人の名を、あれこれ取りざたする噂は、聞かなかったんです。だから相手方は早々に名が割れて、後はお裁きを待つだけなのだと、思っておりました」

なのに、赤羽屋が罪に問われた今になって、人違いだという話が出てきている。

「何故、間違えたんでしょう。最初に何か、思い違いがあったんでしょうか」

一寸、台所の板間が静まりかえり、皆がちらちらと、目を見交わす。分からんと、大倉屋が苦しげに漏らした。

「その〝何故〟が分かれば、きっと芋づるのように、他の疑問にも答えが出るんだろうね。全て分かるんだろう」

ところが、皆が頷いた中で、麻之助が一人、余分なことを口にした。他にも片付いていないことは、あると言ったのだ。

「ほら、さっき出くわした泥棒のことだよ」

あれもまだ、答えが出ていないことであった。しかし、さすがに泥棒の件は、熊谷と関係なかろうと、冬太郎から嫌みっぽく言われて黙る。

すると清十郎が、慎重に話し出した。

「あの、もしかしたら、ですが。他の与力方などを見てから、調べられた時、熊谷様が自分から、言ったのではないでしょうか。賄賂を寄越したのは赤羽屋だと」

赤羽屋は、本両替から店を分家してもらったところで、幸運な番頭だと、噂になっていたと思われる。表だった縁は無いが、熊谷が赤羽屋の名を知っていても、おかしくはなかった。

「貰った財産ならお上に奪われても、嘆きは軽かろう。熊谷様は勝手にそう己を納得させ、罪を押しつけたのかもしれません」

この考えには大倉屋も丸三も、首を縦に振った。人は切羽詰まると、己に都合の良いよう、考えたがるものなのだ。

ただ、正平が眉尻を下げた。

「しかし熊谷様の話だけで、赤羽屋さんは、全財産を没収されたでしょうか。小十郎様が調べていたら、何の証も無いことを、あっさり納得されないと思いますが」

「確かに。じゃあ、その時調べた与力は、どうして納得したのかな？」

麻之助が、火鉢の炭を見つめつつ、考えた。考え続けた。そして……じきに、大きく息を吐くと、降参した。

「ああ、分からない。きっと、何か証があったと思うんですが。大倉屋さん、その証を見つけるのに、手を貸して下さい」

「どうしろって言うんだ？」

不機嫌な声を返したのは冬太郎だ。

「一つの頭で考えるより、七つの頭で考えた方が、早く分かる筈です」

確かにそうだと、火鉢の周りから声が上がる。そして最初に、今、分かっていることを、それぞれが話し出した。

まず、今までの話から考えて、赤羽屋は無実だと、ここで断を下す。

次に、熊谷と赤羽屋は、親しくなかったとする。今まで、付き合いがあったという話は、出ていない。

そんな時、どんな証があれば、無実の赤羽屋に、大罪を押っつけることが出来るのか。

「もし己が熊谷様で、赤羽屋を嵌《は》めたいと思ったとします。取り調べの与力へ、どんな証を差し出すか、思い描いて下さい。熊谷様は、吟味方与力だったんです。何を示せば与力が納得するか、承知していた筈です」

それは、何なのか。

皆の目が絡まり、しばし静まる。それでも静まったままで……しばしの後、ほとんどが大きく息を吐いた。

「ううっ、後少しで、赤羽屋を救える所まで、来たというのに。答えが出てきませんね」

丸三が唸《うな》った横で、清十郎も頭を抱えていた。冬太郎はお手上げなど、断固したくはなさそうだったが、口を開くこともない。

正平は小さくなっており、貞は腕組みをして、眉間に皺を刻んでいる。大倉屋は、厳しい顔つきをしたまま黙っていた。そして。

そして。

麻之助は口を開く前に、さっと首を巡らせ、廊下の先へ目を向けたのだ。

後、少し。皆がそう思い至った時、新しい屋敷へ家人が帰って来た音が、奥へ伝わってきた。

6

「小十郎様のお帰りか。我らは、間に合わなかったか」

大倉屋の低い声だけが、広い板間で聞こえた。じき、足音は奥へと近寄ってくる。そして。

「あら、皆さん、こちらにおいでだったんですか。台所じゃ、寒かったのではないですか」

座敷に居てくれれば良かったのにと、優しい言葉を掛けてきたのは、一葉であった。

「前の屋敷では、勝手の方から出入りしてたんですけど。こちらはまだ慣れてなくて。今日は、玄関から入って来ました」

そうしたら、見慣れぬ家具が置いてあって驚いたと、一葉は笑っている。

「あの家財、どうなすったんですか？　父上は当分、がらんとした屋敷で暮らすことになると、おっしゃっていましたのに」

無理をしたのではないかと言うので、麻之助はあっけらかんと、気にしなくても良い事だと言い切った。すると一葉はここで、皆の前に、濃い紫の風呂敷包みを差し出してくる。

「今日は、集まった与力の奥様五人に、お客との問答の仕方や、受けるべきお話の見分け方など、教えて頂きましたの」

それぞれが菓子を持参してきており、皆でありがたく頂いた。しかし、五人それぞれが用意してきたので、量が多くなった。疲れているだろう小十郎達へ持って行けと言われ、一葉は残ったものを頂いてきたという。

「ですが、その……」

「はい、小十郎様や吉五郎は、今は食べないでしょうね。我らが頂きましょう」

今、屋敷で暖まっているのは台所だけだと言うと、一葉も火鉢の傍らで、差し入れの菓子を食べることになる。

清十郎が日々のことを問うと、一葉は嬉しげに語り始めた。疲れている小十郎達に、自分の話を聞いて貰う機会は、少なかったのだろう。

麻之助は、もう一度気合いを入れ直すため、一葉が持ち帰った菓子を、まずは食べようと、包みを開いた。

すると。

「あ、あれ?」

濃い紫の風呂敷を開くと、包みの中には様々な色の、小さな風呂敷包みが入っていたのだ。中には紋の入った風呂敷や、引き札のように、店の名が記してあるものもあった。

「ありゃ、綺麗ですね。風呂敷が一杯……」

一葉が話を止め、笑い出した。

「お菓子、分けたんです。それで」

余った品とはいえ、余所《よそ》の屋敷へ渡すものだから、むき出しというわけにはいかない。幾つもの菓子を包むのに、持ってきた風呂敷だけでは足りず、集まった屋敷の奥様が、手持ちの小さな風呂敷を、色々出してくれたのだという。

「沢山、風呂敷をお持ちなので、驚きました。そうしたら、相馬家にも直ぐに集まりますよと、奥様方から言われました」

吟味方与力へ、挨拶の品を持ってくる者は、もちろん、風呂敷などに包んでくる。それで様々な風呂敷が、混じっていたのだ。

「小さめの風呂敷は、こうして品を分ける時など、便利なのだそうです」

すると貞が、小布は便利な品だと、茶を淹れながら笑いだした。

「そういや、両国の盛り場に居るおなご達も、この手の布は、大好きですね。綺麗な色柄の布が手に入ると、前髪をくくる布など、色々なものに使ってます」

取り替えたりして、楽しんでいるという。

そして……。

ここで貞が、急にふっと黙った。

「あれ、何かが頭に引っかかったぞ」

その時貞を、丸三が首を伸ばし見つめた。その二人へ、更に麻之助が目を向ける。目を見合わせた三人は、しばし黙ったままだったので、他の男達も黙ることになった。

そんな中で、一葉が首を傾げて言った。

「あの、何かありましたの？」

麻之助がここで、一葉へ笑みを向けた。そして一葉のおかげで、相馬家へ運び込まれた家財は無事、このまま置いておけそうだと、そう告げたのだ。

「あら、どういうことでしょう」

麻之助が、訳を告げようとした、その時だ。玄関の方から台所へ、また人の声が聞こえてきたのだ。

今度は間違いなく、主、小十郎の帰宅であった。一葉と正平が玄関へ向かう。与力の屋敷へ残っていた面々も、そろそろと、そのあとへ続いた。


後日のこと。

相馬家の新しい屋敷に、また大倉屋がやってきた。

その日は、吉五郎の所へ顔を出した麻之助と清十郎もおり、そしてもう一人、本両替の小酒井屋も、新しい小十郎の部屋へ顔を並べていた。

小十郎は、客と挨拶を交わした後、肝心の話を語り出す。

「本両替の奈加川屋《なかがわや》が、盗みの罪で、中追放になった」

さっと小十郎の目を見たのは、小酒井屋であった。

「何と。奈加川屋さんは、同業のお店です。家財没収、中追放になったのは、何故でございましょう」

麻之助は一瞬、口元を引き結んだ。

（商人が、武家よりも金持ちだと言われて久しい。ただ、そう言っても、天下を握っているのは、武家なんだ）

金におごって、それを忘れていると、時にお裁きを受けることになる。小十郎は、話を続けた。

「奈加川屋は、同心であった頃の相馬家へ、二度、この与力屋敷へ一度、奉公人を送り込み、盗みを働かせておる。わざわざ、町奉行所勤めをする武家の屋敷へ盗みに入るとは、お上を恐れぬやりようだ」

相馬家の貸家に住む者が、盗人の顔を見ており、奈加川屋の奉公人だと確かめた。よって吟味方与力が町奉行へ、奉行所の判断のみで出せる一番重い処罰を願い、奈加川屋は中追放に決まったという。相馬小十郎が、最初に手がけた裁きの審理であった。

「奈加川屋が、我が相馬家で見つけたかったのは、一枚の風呂敷であったらしい」

「風呂敷でございますか」

この言葉に、小酒井屋は首を傾げている。小十郎がここで、風呂敷の謎に気が付いた三人の内の一人、麻之助へ目を向けた。

「実は先だって、吟味方与力が一人、小普請組へお役替えとなり、八丁堀から出された。禁じられている賄賂を、受け取ったゆえとのことだ」

小酒井屋が目を細める。小十郎は話し続けた。

「吟味方与力へ、金子《きんす》を送った商人だが。最初は、ある銭両替だとされた」

何故そんなことになったのか。事情は、当時吟味方与力ではなかった相馬家が、知るところではない。だが、その銭両替の店から、与力へ大枚を贈るのは、無理だと思われた。

「しかしそれでも銭両替は、中追放と決まった。何故なのか。一件に関わった元吟味方与力が、賄賂を贈ってきた相手を、庇ったからだ」

引っ越しの日、麻之助と貞、丸三が、台所の板間で、そんな無茶が起きた訳に、気が付いた。

「町奉行所が、熊谷家の蔵で見つけた賄賂は、銭両替の店が注文して作った、小さめの風呂敷で包まれていたのだ」

金を包んであった風呂敷に、赤羽屋の名があった。賄賂を寄越した商人の名は、赤羽屋。元吟味方与力が、そう白状した。証が二つ出て、銭両替が悪人と決まってしまった。

だが。

「奈加川屋は、後で気が付いたのだ。銭両替はその風呂敷を、自分で使うことはないのだと」

元番頭で、新たに店を開いた銭両替の主は、開店の祝いをする時、店の名を入れた風呂敷を作り、それに菓子を入れて配った。風呂敷は菓子司へ全部届けられ、祝いの席で全て配られた。

「当の銭両替の家に、菓子を包んで配った風呂敷はない。菓子屋はそれを承知している。風呂敷を作った者も知っている」

麻之助達は、まず風呂敷が入れ替わったのかもと、気が付いた。そして祝い菓子を包んでいたことも、調べて分かったのだ。

「数は三十。もし誰の手元に風呂敷がないか調べられたら、ことが露見してしまう。奈加川屋は恐ろしくなって、菓子を配られた者の家へ、風呂敷を盗みに入ったのだろう」

小酒井屋で馴染みとなっていた同心であったので、相馬家も菓子を貰い、風呂敷を持っていた。八丁堀住まいなのに狙われたのは、ちょうど引っ越しとなり、奪いやすいと思われたからだろうと、小十郎が告げる。そして。

「奈加川屋の心配は、当たった。麻之助達は入れ替えに、気が付いた。その後、三十枚の風呂敷が今どこにあるか、全て辿ったのだ」

風呂敷は真新しかったので、行方は直ぐに分かった。そして唯一、風呂敷を失っていた奈加川屋の名が、浮かび上がったのだ。

「奈加川屋は賄賂を贈るとき、己の風呂敷を使うのは嫌だったのだろう」

それで、家にたまっていた風呂敷の一枚を使ったのだ。元の主と同じ本両替であったゆえ、奈加川屋へ菓子包みが渡っていた。

「それがたまたま、銭両替の風呂敷だった。そういうことらしい。赤い羽根の模様が入っており、どこの店のものか、一目で分かる風呂敷だった」

それを見た熊谷が、赤羽屋の名を使った。そうやって賄賂を贈った者が、入れ替わったのだ。

小十郎がここで一つ、息をついた。

「ただな、事情は分かったが、一度終わった裁きが、また行われることはない」

それが決まりであった。だが。

「奈加川屋は中追放になったゆえ、家財没収と決まった。己の罪ゆえに、他の者が取り上げられた金は、そこから返されるべきであろう。そっとな」

店を失った分も含め、多めにと小十郎が言うと、小酒井屋が初めて頭を下げた。銭両替は、江戸の出ではないとのことで、他の地で店を開くのなら、それもいい。

「その内、お許しを出し、江戸へ入れるようにする。また江戸で店を開くのもいい」

手間を掛けたが、それで今回の件は、終わりを迎えられるだろう。小十郎がそう告げると、小酒井屋は今度こそ、深く深く頷いた。大倉屋からも、良かったと言われ、目に涙を滲《にじ》ませている。

そして最後に小酒井屋は、麻之助も驚くようなことを口にしたのだ。

「分家させた番頭さんが、ある日いきなり、全てを失ってしまいました。あたしは毎日、己の罪だと、自分を責めておりました」

「えっ？　何で……」

思わず言ってから、麻之助は慌てて口元を押さえた。だが、こればかりは小十郎も同じ思いだったようで、ただ小酒井屋を見ている。

小酒井屋は、わずかに口元を歪めてから語った。

「小普請入りとなった熊谷様は、我らの間では、有名であったのですよ。吟味方与力の時、相当悪しき金を貰っておりました」

元々、大っぴらに許されている付け届けも、ある立場であった。そのせいか与力の内には、たがが緩む者も時に出る。熊谷はその中でも、ことにやり口が酷いと言われていた。

「熊谷様は、金を寄越した商人を優遇し、儲けさせていたとか。賄賂を贈った側は、余程金を持っておる者でないと、続きません。だから顔見知りの商人だろうと、思ってもおりました」

そして金で無茶を通され、泣いている者がいる事も知っていた。しかし、止めるのは躊躇《ためら》われたのだ。

「相手は、吟味方与力でございます。下手に関わって、己が矢面に立たされるのは、嫌だったのです」

自分の身内ともいうべき番頭が、熊谷の無謀に巻き込まれ、泣くまでは。

「賄賂と無謀を止められるのは、我ら本両替か札差くらいだったでしょう。なのに動かなかったせいで、うちの番頭は、江戸から追放となった。そう思いました」

戻って来られるように、しなくてはならない。遅ればせながら、他にも泣く者が出ることを、止めねばならなかった。

「熊谷様は小普請入りとなりましたが、金を出した側が残った。また繰り返すかもしれません。だから今度こそ、賄賂を贈っている者を突き止める気でした」

まずは、この者ならば関わりないと思う、本両替と札差が集い、知り合いの武家を動かした。次の吟味方与力は、このお武家にして頂きたいと、願ったのだ。そして大倉屋が、その相馬小十郎に働きかけ、銭両替の赤羽屋に罪を押っつけた商人を、見つけて貰うことにしたという。

(お、おやま)

麻之助は、目を大きく見開き、小酒井屋を見つめた。

「ええ、今度こそ嫌でした。与力の家の生まれだというだけで、力量も我慢も足りない者が、吟味方与力になるのは嫌だったのです」

それが今回、自分達が動いた訳だと言い、小酒井屋がまた頭を下げてくる。麻之助は、同心から吟味方与力が出た事情が、一枚の風呂敷から始まっていたことを知り、本心魂消て、しばし言葉もなかった。

小酒井屋の傍らで、大倉屋もまた、深く頭を下げる。そして、自分達の勝手は重々承知しているゆえ、与力就任の苦労を押しつけた詫びとして、屋敷に置いた家財はそのまま納めて欲しいと、小十郎へ願ったのだ。

武家屋敷の一間で何が語られようが、武家の決まり事が、簡単に動くことはない。与力となった相馬家の二人は、仕事を真面目に務め、その立場に慣れていった。一葉も、大変な日々を送っているだろうことは、小者の正平が、おすそ分けだと言って届けてくる菓子の多さから、分かった。

「立場が変わるって、大変なことなんですねえ」

麻之助だけではなく、高橋家の両親も、まめに届く菓子を前にし、ただ頷いている。だが一つだけ、思いの外のことがあった。高橋家では猫のふにが、餡子《あんこ》の味を覚えてしまったのだ。

しかし、猫に砂糖を与えるのは拙かろうと、麻之助は考えた。よって、風呂敷から始まった騒ぎは高橋家へ、飼い主と猫の、戦いの日々をもたらすことになった。

名指し

1

江戸には二百数十名程の、町名主《まちなぬし》という町役人達がいる。

そしてその内、日本橋の北辺りに支配町を持つ者が、今日、料理屋花梅屋《はなうめや》へ顔を出すことになった。

晴れた空の下、町名主高橋家の宗右衛門《そうえもん》と麻之助《あさのすけ》も、町中を南へ歩んでいた。町役人筆頭の一人、町年寄《まちどしより》の樽屋《たるや》から、呼び出しを受けたからだ。

「おとっつぁん、今月、月番《がちばん》の町年寄は、樽屋さんだったんですね」

「だから多分、今日は樽屋さんの手代《てだい》、俊之助《しゅんのすけ》さんがくる。先日亡くなった町名主、横《よこ》尾《お》家の支配町を、どうするかっていう話をするんだろう。お前は、大人しくしていなさいよ」

「はいはい。でもおとっつぁん、なんで跡取りの私まで、集いに呼ばれたんでしょうね」

　事情は分からないが、とにかく高橋家が、横尾家の支配町を引き受けるつもりはないと言われて、麻之助は素直に頷《うなず》いた。

「お気楽者の麻之助に、これ以上支配町を押っつけるのは、無理だからね。うちがそろそろ欲しいのは、支配町よりお前の嫁御だよ」

「ははは、確かに今だって、高橋家は忙しいですもんねえ」

　町名主は江戸の町役人で、町年寄の樽屋、奈良屋《ならや》、喜多村《きたむら》の三家の下で、町年寄の仕事を助け、町の政《まつりごと》を行う役目を背負っていた。

（町名主は、そりゃいろんなことを、任されているんだ）

　麻之助など、その用の多さに、日々ため息を吐いている。貧乏になってもいいから、役目が半分ほどにならないかと、こっそり願っているのだ。

　町名主は、町奉行所から言って来たお触《ふ》れを、町の者達へ伝え、言われた通り行ってもらわねばならない。

　喧嘩や盗み、落とし物の後始末から、捨て子や行き倒れの面倒をみるのも、町名主だ。家屋敷売買の奥印《おくいん》など、上から頼まれた調べ事も、結構ある。人別《にんべつ》も町名主の仕事であった。

　その上玄関で、町の者達の不平を裁定する仕事もあり、高橋家では溜まりがちだ。

そして町の者達の意向を、上へ伝える役目もまた、負っていた。

(他にもあったっけね。奉行所と町の人達に、挟まれる立場っていうか。楽な仕事じゃないんだよねぇ)

だが支配町が多い事は、町名主の名と、実入りを高めもする。だから麻之助は、横尾家の支配町を引き受ける町名主は、町年寄が声を掛ければ、直《す》ぐに決まると信じていた。

(なのに、どうしてまだ、次の町名主が決まってないんだろ。今日、沢山の町名主達が集められるのは、何故なのかしらん)

考えている間に、料理屋花梅屋が見えてくる。瀟洒《しょうしゃ》な建物の中を進み、広間へ顔を見せると、そこには手代俊之助や、他の八家の町名主達が既に顔を揃えていた。友である八木清十郎《やぎせいじゅうろう》もおり、麻之助は目礼をしてから、宗右衛門の隣に座る。

そして、少し首を傾《かし》げた。

樽屋の手代の傍らに、見たこともない、きちんとした格好の男が四人いたのだ。今日の集いは、いつもとは違う気がしてきて、麻之助は思わず片眉を引き上げていた。

花梅屋の広間で、まず口を開いたのは、俊之助であった。

樽屋は町年寄ゆえ、偉い。忙しい。よって手代が、仕事を代わる事も多かった。

「本日は、わざわざ集っていただき、ありがとうございます。町名主の皆さんは、もうお聞きのことと思いますが、先日隅田川《すみだがわ》で、町名主であった横尾家の御当主と、跡取りの息子さんが溺れ、共に命を落とされました。舟が転覆したんです」

荷崩れを起こした他の舟にぶつかられ、乗っていた客達は、川へ投げ出されたのだ。

「残った横尾家の身内は、嫁がれた娘さんしかおられません。急ぎ、横尾家の支配町四町をどうするか、決めねばならなくなりました」

それで今日、町名主達は集ったのだ。料理屋で開くのは、集いが、正式な決め事をする前の、話し合いの場だからだという。

「よって我が主《あるじ》樽屋は、本日、ここに来ておりません。四町の町名主に推す御仁《ごじん》の名が、決まりましたら、後日、樽屋の屋敷に来て頂く事になると思います」

町名主達が頷き、話は一見、さらりと進んでいる。

だがこの時、座の中から、西森金吾《にしもりきんご》が声を上げた。五十に近い大男は、一際《ひときわ》多い十五町を支配し、江戸でも名の知れた町名主であった。

「俊之助さん、急な件の始末を引き受けてくれて、ありがたいこった。次の町名主が、急ぎ必要なのも分かる」

だが。金吾は迫力のある顔で、部屋内の面々へ目を向ける。

「どうして樽屋さんは今日、町名主を九人も集めたんだい？」

必要な町名主は、ただ一人であるはずなのだ。そして、こういう急な場合だと、町年寄が内々に話をまとめ、次の町名主を決めるものだと金吾は言った。

しかし、町年寄を助ける役目の俊之助は、わざわざ多くの町名主を集めた。

「妙だよねえ。何が始まるって言うのかね」

金吾の目が、俊之助へ注がれる。

すると、だ。ここで思わぬ方から、返事があったのだ。俊之助の傍らにいた四人の内、一番近くにいた者が語り出した。

「手前は横尾家支配町、四町の内にある油屋、三本木屋《さんぼんぎや》の主、七輔《しちすけ》と言います。ええ、町年寄さんから、話はありました。新たな町名主として、隣町の町名主井之下《いのした》家はどうかと、私ども四町の家主は聞かれました」

しかし。ここで七輔が、顔つきを険しくした。井之下家が町名主になることは、四つの支配町とも、承知出来ないという。

「我らは隣町との間で、長年揉め事を抱えてきまして。正直に申し上げます。井之下家の町名主さんは何度も、我らに我慢出来ぬようなことを、押しつけてまいりました」

自分の支配町の者が、一番だというのは分かる。だがそんな男を町名主に迎えては、この先四つの町は、元からの支配町と、区別されてしまうに違いない。隣の町の者より、下に見られてしまうわけだ。

「そんなこと、承知出来ません」

だから四町の家主達は、俊之助へ言ったのだ。

「何と言われましょうと、我らは井之下家を、町名主には迎えません。もし井之下家を、元横尾家支配町の町名主に決めると言うのでしたら、跡名主願《あとなぬしねがい》に名は連ねませんと」

途端座に、ざわりと低い声が流れる。麻之助は清十郎と、素早く目を見交わした。

（ああ、そうだった。町名主が交代するときは、支配町の家主一同が出した、跡名主願が必要だったっけ）

これから町名主を迎える町の家主達は、次の町名主として、○○を迎えることを願うと、一筆出さねばならないのだ。麻之助は口元を歪め、四人の男達を見つめた。

（つまり次の町名主になるためには、町の者達の同意が必要だってこった。なんたって、町名主へ役料を払うのは、町の人達だからねえ。立場が強い）

今まで跡名主願で揉めたという話は、耳にしたことがない。だが今回、井之下家へ四町を任せるのは難しいとみて、俊之助は近場の町名主達を、花梅屋へ呼んだに違いなかった。

するとここで、嫌だと名指しされた井之下が腕を組み、不機嫌そうな顔で口を開く。

「うちは、隣町は要りません。下手に引き受けたら、この先、なにかにつけ不平を言われそうだからね。怖いよ」

そして、この場にいるどこの町名主が引き受けても、異は唱えないと、井之下は言い切った。四町の家主達も頷き、新たな名主候補は、八家に減った。

するとここで、四町の家主達の目が、ある町名主へ向いたのだ。

「あのぉ、出来ましたら、ここにおいでの西森名主に、四町を引き受けていただけないでしょうか」

金吾は、立派な町名主と評判の者であった。そんな町名主の支配町になれば、これからは余所《よそ》から、格下に扱われることもなかろうし、嬉しいと言うのだ。

「おや西森名主、人気ですね」

町名主の坪井《つぼい》が、笑顔を向ける。すると、あっけなく決まるかと思ったその時、金吾は眉尻を下げ、首を横に振った。

「西森家は十五町も、支配町を持ってる。これ以上増やせと言われるのは、勘弁だ」

それを言われれば、四町の家主達も俊之助も、無理を押し通す訳にはいかない。すると四町の家主達は、もう一つ名を上げた。

「では、武市《たけいち》名主はどうでしょう。優しく良い方だと、聞き及んでおります」

その声を聞くと、優しいと言われた年配の町名主は、ほんわりと笑った。

だが直ぐに傍らに座っていた、十代と覚しき連れへ目を向ける。そして武市家は今、支配町を増やせないと、言葉を続けたのだ。

「うちは病で、息子を失っておりまして。跡は、孫の新一《しんいち》に取らせるつもりです」

しかし見て分かるように、まだ本当に若い。武市家は今、孫を一人前にするため、力を傾けており、支配町を増やす余裕はないと言ったのだ。

その話をするため、孫を伴ったと言われ、家主達が引く。ここで更に、引き受ける町名主が二家減り、六家となった。

（うーん、西森家も、武市家も無理かぁ。決まらないねえ）

麻之助など、いささか退屈になってきて、あくびが出そうになっていると、親から睨《にら》まれる。

ところが、だ。その時、町名主の一人が発した、たった一言が、座を一気に不穏な場へ変えてしまった。

麻之助が立ち上がった時、怒声が部屋に響き渡った。

2

「麻之助さん、町名主さん達の集まりで、どうして怪我をしなきゃ、ならないんですか？」

心底分からないと言いつつ、花梅屋の娘お雪《ゆき》が、麻之助の額に出来た瘤《こぶ》へ、膏薬《こうやく》を塗る。町名主達が集っていた部屋から少し離れた、花梅屋の奥の間で、麻之助はお雪の言葉に深く頷いた。

「本当にそうだよねえ。四人の家主さん達も、赤松《あかまつ》名主も、勘弁だよ」

麻之助が、痛いようと情けない声を上げていると、お雪の祖母、お浜《はま》が部屋へ顔を見せる。広間で起きた顚末《てんまつ》を、麻之助は二人へ語り出した。

「きっかけは、赤松名主の一言だったんですよ」

町名主を失った四町の引き受け手として、三つの名が上がったものの、次々と不可になった。赤松名主も、何とかしなくてはと考えたに違いない。それで。

「赤松名主は、四町を分け、四つの町名主へ頼んだらどうかって、言い出したんですよ」

赤松は、自分が一町引き受けた場合、他の町と同じように扱うと、ちゃんと言ったのだ。

だが言われた方の家主達は、顔色を変えた。

「おれ達を、四つに割って、引き離しちまうって？　何でそんなこと言い出すんだっ」

料理屋の一間で立ち上がったのは、四人の家主の一人、田村《たむら》という一膳飯屋《いちぜんめしや》の主であった。

「ちょいと赤松名主。なんで我ら四つの町が、あちこちの町名主へ、配られなきゃならないんだっ」

これまで祭の時も、火事で焼け出された時も、一緒に過ごし、乗り越えてきた仲間であった。なのになぜ、料理屋でのお気楽な話し合い一つで、同じ支配町の者達が、疎遠にならねばならないのか。

話して行く内に、田村の顔は、段々仁王のように怖くなっていく。赤松が慌てた。

「いや田村さん。隣町なんだから、疎遠にはならないって」

「口先で誤魔化《ごまか》すんじゃないよっ。四方に分けられるってことは、そういうこった」

今日初めて、横尾家の件で集った町名主達とは違う。町名主を失った四人の家主達は、この先を案じて、もう何日も気を揉んでいた。いい加減、心配も心労も溜まっていたのだ。

「家主さん達、四人揃って、癇癪《かんしやく》起こしちまって」

何をやったかというと、赤松名主へ摑《つか》みかかったのだ。そして、一に双方を止めるべき俊之助は、どうも喧嘩が得意ではなかったらしい。止め切れなかったので、部屋内が大騒ぎになった。

「あんりゃ」

そこで喧嘩に加わったら、後で親から、きっと小言を食らう。そんな気がして、麻之助はしばらく座ったままでいた。

ところがだ。金吾や清十郎も座っていたゆえか、騒ぎが収まらない。金吾が友清十郎を見て、父親が麻之助へしかめ面を向けたので、麻之助達は大いに仕方なく、喧嘩に割って入った。

すると驚いた事に、寸の間放っておいたら、何故だか揉める人数が増えていた。

「赤松名主、田村さん、こんな所で殴り合っちゃ、拙《まず》いって。井之下さん、いつの間に、加わってたんですか」

最初、麻之助達は真っ当に、腕を摑むなどして、皆を止めたのだ。だがその内、麻之助は額に煙管《きせる》を食らい、このままでは襖や障子戸が危ういと思い至った。それで。

「大概にしねえかっ」

その大声で止まった者は、半分だった。残りの内、田村に軽く足払いを食らわせ、喧嘩を止めた。清十郎は井之下へ拳固《げんこ》を繰り出し、顔面寸前で止めている。井之下は、腰を抜かしたようであった。

皆がやっと収まると、金吾が笑い出した。二人は喧嘩に馴《な》れているようだと言ったので、宗右衛門が溜息を漏らす。

「騒ぎで家主さん達へ、拳固を向けたんです。うちと八木家も、横尾家の四町を引き取るわけには、いきませんな」

余分な事を話し、揉め事を作った赤松も、四町の町名主にはなれまい。となるとだ。

「残りは三家、坪井さんと岸上《きしがみ》さんと安岡《やすおか》さんだ」

そのうちから決めればいいと言い、宗右衛門は俊之助へ目を向ける。金吾も頷いたからか、俊之助は首を縦に振った。

「このまま揉め続けても、始まりません。そう決めましょう」

すると、金吾があっさり立ち上がった。

「じゃあ外れた我らは、先に帰らせてもらうよ。町名主は、暇じゃないんでね」

四町を引き受ける名主が決まったら、知らせてくれと言い残し、外れた町名主達が廊下へ出ると、お浜が見送りにゆく。額を押さえ、麻之助も部屋から出たところ、お雪が声を掛け、膏薬を塗ってもらえたというわけだ。

お浜が、お雪の横で呆れた。

「あらら。じゃあ揉めたのに、まだ誰が次の町名主になるか、決まってないのね。麻之助さん、もっとぴしりとなさいな」

「お浜さん、その言葉は、俊之助さんへ言わないと」

すると、だ。麻之助の言葉が呼んだかのように、ここで俊之助が、奥の間へ顔を見せに来た。俊之助は麻之助の姿を見ると、何故だか喜んでいた。

「ああ麻之助さん、まだいて良かった。実はお前様に、頼みたいことが出来たんですよ」

「はて、もう帰る所だったんですが」

「今日、町名主さんと四町の話し合いが、上手くまとまらなかった時は、高橋家へ頼もうと思っていたんです。それで麻之助さんにも、この場へ来てもらってました」

「あのぉ、なんで私に？」

「やはりと言おうか、三人にまで絞ったというのに、次の町名主さんはまだ決まっていません」

四町の家主達は、町の者達と話すため、今日は一旦帰ったという。つまり決まるまで、まだ少々、時が掛かりそうなのだ。

「そうなると元横尾家の支配町には、しばらく町名主がいないことになります。しかしそれでは、間違いなく困るでしょう」

触れが出たり、捨て子や自死、行き倒れがあったりしたら、対応出来ない。揉め事が起きても、玄関で裁定出来る者がいなくなる。

「それでは、なにをしているのかと、私が主から叱られます。ですので」

俊之助は四町に、仮の町名主を置くことにしたのだ。一時のことゆえ、俊之助が決めると言い、四町の家主達も承知したらしい。

「おんやぁ」

麻之助が不吉な思いに駆られている間に、俊之助は、とんでもないことを告げてきた。

「高橋家の麻之助さん、お前様に、しばらく四町をお願いします」

訳は簡単だ。今日呼んだ近場の町名主の中で、当主の他に大人の跡取りがいて、しかも支配町が十町以下なのは、高橋家だけだからだ。

「高橋家が一番、ゆとりがあります。こちらの部屋へ来る前に、宗右衛門さんに、お願いしました」

するとと宗右衛門は、町名主を引き継ぐ時に備え、良き経験になるからと、麻之助へ全部、任せると言ったらしい。お浜とお雪が笑った。

「あらまぁ、大変だ」

「うひゃ、おとっつぁんたら酷《ひど》いや。私に丸投げですか」

俊之助は、しばらくの間、横尾家の玄関を使って構わないから、よろしくと言ってくる。腹を決めるしかなくなった麻之助は、溜息を漏らした。

「俊之助さん、早く次の町名主さん、決めて下さいね」

「残った三人の町名主さん達は、四町を引き受けたいと言ってました。大丈夫でしょう」

四町の方も、嫌だと言う相手はいなかった。

よって後は誰を選ぶか、四町の話し合いが終われば、町名主交代となるわけだ。麻之助は頷くと、では元の横尾家の玄関を、掃除でもしようと口にした。

そしてその時麻之助は、あっさり町名主の玄関を引き渡せると、考えていたのだ。

3

「おや、どちら様で。もしかして、横尾家の方でしょうか」

麻之助と箒《ほうき》とちりとりは、次の日、元の町名主、横尾家の屋敷へ顔を出した。すると、先に来て、部屋を清めていた者の姿を見つけ、思わず声を掛けたのだ。

お雪と似た年頃の娘が、町名主西森金吾の娘、和歌《わか》だと名のった。

「父が、ここでお手伝いをするよう、申しましたの。西森家が、こちらの町名主を引き受けられなかったので、高橋家の麻之助さんに、ご迷惑が、かかったからだとか」

「おや、そいつは金吾さんだけのせいじゃ、ないんですがね」

だがきっと、こういう気配りが出来るので、金吾は名を上げているのだ。玄関は綺麗になっており、既に長火鉢《ながひばち》も整えられ、薬缶《やかん》に湯まで沸いていた。

「ありがとうございました。これで臨時の町名主として、格好をつけられそうです」

どうせ暇だろうと、麻之助は団子を持ってきていた。一緒に食べませんかと誘ったところ、それが町名主として、最初の仕事なのかと、お和歌に笑われてしまった。

「お茶を淹《い》れますね」

そう言われた麻之助は、しばしゆっくりと、話などしているつもりだったのだ。

　ところが、麻之助の前に茶が置かれるより早く、横尾家の玄関には人が訪ねて来た。

「あのぉ、お前さんが、ちゃんとした町名主さんが来るまでの、代理かい？　高橋家のお気楽者で、来るか来ないか分からないって聞いてたけど、良かった、現れたんだね」

「おんやぁ、何の御用でしょう」

　四町の皆にとって、麻之助は顔も知らない相手だが、それは麻之助にしても同じだ。察しを付けることが出来ず、用件を問うと、先日町内で拾われた赤子を、引き取りたいということだった。

「おお、そいつはありがたい話だ。ええと、お名前は？　源次《げんじ》長屋《ながや》の太助《たすけ》さん、畳職人ですか」

　引き取りたい赤子が今、どこに世話になってるか、知っているかを問うと、捨てられていた長屋の差配、源次が世話しているという。麻之助は深く頷くと、ではさっそく、連れてきて欲しいと頼んだ。

「赤子だけじゃなく、長屋の差配さんも一緒にね。私じゃ、長屋の場所も分からないんで、よろしくお願いしますよ」

「分かった。直ぐに行ってくるよ」

　太助が出て行くと、麻之助は首を傾げる事になった。

「うちの町なら、養い親には、町から幾らか出るんだけど。この町は、どういう決まりするとここで、町名主の娘お和歌が、馴れた様子で近くの文机《ふづくえ》を探し、横尾家が残した書き付けを見つけ出してくれる。

「時々、父の手伝いをしているので、何となく分かります」

麻之助が急ぎ読んでいると、茶を飲む間もなく、次の男が顔を見せて来た。男は一人だったのに、困り事は二つ抱えていたので、またお和歌の世話になった。

「ええと、与一《よいち》さんは、落とし物が見つかっていないか、知りたいんですね。済みません、お和歌さん、落とし物について書かれている帳面、その辺にないでしょうか」

与一は更に、近所の長屋へ越してきた者が、隣と喧嘩をしていると伝えて来た。

「差配さんじゃ収まらなくて、町名主さんに話を聞いて欲しいって、二人が言ってるよ。何とかしておくれよ」

「分かった。けど、捨てられた赤子を待ってる所なんで、ここで話を聞くよ。団子を食べる間がないなぁ」

落とし物は届いていなかったので、与一はがっかりしたが、直ぐに喧嘩中の二人を呼びに出た。すると玄関には更に三人が現れ、往来手形《おうらいてがた》が欲しいとか、岡っ引きが会いたがってるとか、店の主の用などを話してくる。

要するに、町名主がしばらくいなかったので、四町では用件が溜まっていたのだ。麻之助は、三人を前にうめいた。

「会ったばかりで、往来手形を書くのは無理だよ。檀那寺《だんなでら》の坊様に書いてもらっとくれ。次のお人、親分さんには、こっちに来てもらえないかな。ええと、三人目のお前さん、店の旦那も同じくだ。今、捨て子と養い親を、待ってるんだ。私はここを、離れる訳にはいかないからね」

「ほい、分かった」

三人が出て行くと、そこへ赤子を抱えた差配と、先程の太助が帰ってくる。麻之助が、捨て子に馴れている筈の差配へ、町が出す金について確かめていると、そこへ喧嘩中の二人がやってきて、玄関内がかしましくなる。

麻之助は、手で眉間《みけん》の皺《しわ》を伸ばした。

「済みません、お和歌さん。喧嘩をまず止めますんで、差配さん達へ茶を、出してもらえますか」

「分かりました。麻之助さん、お忙しいですね」

「早く次の町名主さんが、決まって欲しいですよ。ええ、本当に」

その時、赤子が盛大に泣き出し、町名主屋敷の玄関に響き渡る。その声に魂消《たまげ》たのか、喧嘩が一時止まった。

だが。三日経っても、四日経っても、俊之助は麻之助へ、次の町名主が決まったという知らせを寄越さなかった。

すると、跡取り息子へ用を頼めないものだから、高橋家の仕事が増えたのだろう。七日目、宗右衛門と手代が、朝、出て行く麻之助へ、愚痴を言うようになった。

その上、横尾家の方では麻之助以外、仕事をする者がいない。初日、余りに忙しい様子を見せたからか、たまにお和歌が来てくれたが、無理は言えなかった。

つまり麻之助は一人で、横尾家が引き受けていた仕事を全て抱え込み、早々に音を上げてしまったのだ。

よって十日目、麻之助は横尾家へ行く前に、日本橋本町二丁目にある町年寄樽屋の屋敷へ、顔をだした。すると、屋敷の土間で会った途端、俊之助が顔を強ばらせたものだから、麻之助が先に、口を尖らせる。

「俊之助さん、横尾家四町を引き受ける町名主さん、まだ決まらないんですか？」

俊之助は溜息を漏らし、麻之助を急ぎ屋敷の隅へと引っ張っていった。そして二人、土間の隅に座ると、いきなり目の前で、手を合わせ拝んできたのだ。

「麻之助さん、済まない。横尾家の支配町、もう少しの間、面倒見てくれないか」

「あのぉ、どうしたんですか？　後は四町の家主さん達が、世話になる町名主さんを選べば、終わる話じゃなかったんですか？」

驚いて問うと、俊之助は声をひそめ話し始めた。横尾家四町を、新たな難儀が襲ったというのだ。

「横尾家支配町の四町は、どこも日本橋の北、隅田川寄りにある。つまり、両国《りょうごく》の盛り場にも近いってことだ」

「ええ、そうですね」

日本橋の北からなら両国へは、歩いていける。

「それで四町の者は日頃、結構両国の盛り場へ行ってるらしい。大道芸なんかも出てるから、子を連れて、一家で行く者もいるんだ」

珍しい話ではなかった。なのにだ。

「横尾名主が亡くなった後に、四町に住む三太《さんた》って男が、両国の芸人と、揉め事を起こしてたんだ」

連れて行った三太の子が、大道芸人へ投げられた銭を拾い、団子を買おうとしたのだ。

「四文だ。親が直ぐ叱って金を返せば、それで終わった話だった。ところが子が最初しらを切り、三太が我が子を信じたもんだから、話がややこしくなった」

わずかな金というかもしれないが、そんな投げ銭をかき集めて、大道稼ぎの芸人達は、暮らしているのだ。金を拾った所を、両国の若い者が見ていたので、子供は言い訳が出来なくなり、じき、盗みを白状したという。

俊之助が、また溜息を漏らした。

「ここで、町名主が四町に居なかったことが、悪い方へ出た。町名主が、直ぐに両国の顔役と会い、頭を下げてくれりゃ、そこで一件を、済ませる事ができたんだ」

ところが町名主は、亡くなったところだった。両国から帰った三太は、小銭の事で子が絡まれたと、長屋の者に愚痴ったが、話は忘れられていったのだ。

だが、しかし。

「両国じゃ、忘れられてなかった。芸人から地回りの頭《かしら》へ、大道芸人の銭をくすねた子の話が、伝わってたんだ」

四町を引き取る町名主が、三人に絞られた後のこと。たまたま両国へ行った安岡名主が、顔見知りの地回りから、噂話を聞くことになった。

「三太の住む町の名主は、両国の大道芸人にゃ、頭一つ下げられない、情けない男だと言われたんだ」

誰なのかと問われ、安岡は、知らないと言ってしまったらしい。

「その地回りと、揉めたくなかったんですよ」

麻之助は町年寄の屋敷で、大きな声を出してしまった。

「えーっ、安岡さん、その場で頭を下げちまえば良かったのに」

一旦謝ってから、実は自分はまだ、四町の町名主に決まってはいないと、正直に話せばいいのだ。

「両国の親分を名のる者は、きっぷが良くなきゃ務まらない。安岡名主が、まだ引き受けてない町の事で謝れば、頭はそれ以上責めたりしなかったろうに」

麻之助が、機会を逃したねと言うと、俊之助はふっと笑った。

「そうか、麻之助さんなら、そこで謝るのか」

「うん。頭なら、いくらでも下げるよ。町名主の跡取りだからさ」

町役人は、お上と町の者に挟まれた立場なのだ。威張ってばかりではやっていけない。

麻之助が笑って言うと、俊之助はゆっくり頷いた。

しかし安岡は謝らず、逃げてしまった。よって俊之助へ、こう告げてきたという。

「安岡名主は、四町は引き受けられないと言い出したんだ。両国の頭へ、己は違うと言ったからと」

するとその話を伝え聞いて、他の二人、坪井と岸上も腰が引けた。両国と揉めている四町は、引き受けられないと言い出したのだ。

「うわぁ、なんで、町を引き受けるかどうかって事へ、話が行くのかな」

麻之助は段々、頭が痛くなってきた。このままだと、明日、明後日の話ではなく、一月、二月の間、麻之助が四町を引き受ける事になりかねない。

（絶対、今よりおとっつぁんの機嫌が悪くなるよ。猫のふにだって、私のお八つを狙い

続けるな、こりゃ）

つまり両国で、子供が四文をくすねた件は、麻之助が終わらせねばならないと分かった。早く何とかする為には、仕方がない。

（さて、どうしようか）

団子で始まった一件なので、団子で始末を付けるべきかとも思う。だが、しかし。

（私の財布の中身は、悲しいくらい少ないよね？）

麻之助は頷くと、ここで俊之助の顔の前に、手をすっと差し出した。

「あ、麻之助さん？」

「両国の件は、私が片付けてきます。ただね、団子を買う金もないんじゃ、どうすることもできないんで」

元々、高橋家が動くべき件ではない。だからここは町年寄が、出すものを出して欲しいと言ってみる。

すると、顔は一寸強ばったものの、俊之助は懐から紙入れを取り出し、銀の粒を一つ、二つ、麻之助の手に載せてくれる。

「お願いしますよ。私だって、早く次の町名主を、決めてもらいたいんです」

だが小粒では足りないとみて、麻之助はここで無謀な行いに出た。屋敷奥へ声を掛け、樽屋を屋敷の表近くへ、呼び出したのだ。そして、俊之助と似た年頃の、若い町年寄が姿を見せると、麻之助はそちらへも手を差し出した。

「町年寄様、お久しぶりです。これから、横尾家支配町の揉め事、片付けに行こうと思うのです。ちょいと軍資金、足して頂けないでしょうか」

「おやおや、麻之助さんは手元不如意《ふにょい》かい」

「あっ、麻之助さん、旦那様へ無心とは」

俊之助は顔を強ばらせたが、町年寄は、仕方ないねえと笑った。そして手の上に、一朱金を何枚か載せてきたので、麻之助は満面の笑みで、町年寄へ頭を下げる。

「これで両国の揉め事は、何とか出来ると思います。横尾家支配町四町の、新しい町名主さん、早めにお決め願います」

「そうだねえ。心がけましょ」

江戸に三人しかいない、偉い町年寄の一人、樽屋が頷いたのだ。後少しで、この難儀も終わる筈で、麻之助は少しばかり勇気づけられた。よって、次に横尾家へ行くと、まずは貼り紙をして屋敷を閉じた。

〝町名主の名代は、所用で両国へ行ってます。後で、こちらへ参ります〟

紙を表へ貼っている間にも、用を抱えた人がやってきて、早く帰ってきて欲しいと、麻之助を急《せ》かしてくる。その御仁の喧嘩の仲裁を、長屋の差配へ押っつけてから、麻之助は両国へ向かった。

4

両国で大いにくたびれたものの、麻之助はその日の内に、町年寄や家主達へ、両国での揉め事が終わったことを伝えた。四町の皆は心配なく、また盛り場へ遊びに行けるようになったのだ。

大いに疲れたので、麻之助はその日、早々に高橋家へ戻った。

そして翌日、今日こそは、大いにのんびりしようと決めてから、横尾家へ出向いたところ、中では客人が二人も待っていた。

「おや、これは、ようこそ」

片方は町年寄だったので、魂消る。そして部屋にはもう一人、花梅屋のお雪が、横に風呂敷包みを置いて静かに座っていた。

麻之助はとにかくまず、町年寄へ挨拶をすると、花梅屋のお雪を引き合わせる。町年寄は、お浜の孫は見知っていると言い、会釈をすると、まずは麻之助と話を始めた。

「突然やってきて、済まないね。麻之助さん、毎日、ちゃんと横尾家支配町へ、来てるみたいじゃないか」

しかし町年寄はここで、何故だか先を言いにくそうにして、一回言葉を切る。麻之助は首を傾げると、他に言うべき事を思いつかず、横尾家支配町と、両国の騒ぎをどう片付けたか、町年寄へ告げてみた。

「町年寄様や俊之助さんから、金を出して頂けたので、早く事が済みました」

町年寄が、すっと目を細める。

「揉めた大道芸人へ、かなり多めに金を渡して、片付けたってことかな？」

麻之助は、笑って首を横に振った。

「いや、それじゃ当の大道芸人は承知しても、両国と四町のもつれは、消えません。ですがそもそもが、小銭から始まったことです。金を、気持ちがなごむような事に使えたら、終わるかと思いまして」

「ほお？」

「もちろん私は、四町の町名主代理を名のって、まずは金を盗られた芸人さんへ謝りました。そして、飲んで嫌な思い出を忘れてくれと、幾らか渡しました」

そして麻之助は次に、残っていた金で、近くにあった担ぎ屋台の団子を、そっくり買い取ったのだ。

「で、その場にいた皆へ、団子がなくなるまで、好きに食べてくれと言ったんです」

麻之助は団子を、四町から両国への詫びにすると勝手に決め、大道にいた皆へ告げた。

すると返答は、思わぬ所からやってきた。

「いいねえ。こういう、何とも馬鹿馬鹿しいような終わり方は、嫌いじゃないよ」

賑わう両国の道に、一帯の頭《かしら》が、突然現れていたのだ。頭は麻之助へ、笑うように言った。

「元々が団子一本分の、投げ銭から始まった揉め事だ。団子で終わるのは面白かろうさ」

周りの芸人達も、承知との声を出したので、ようよう諍《いさか》いは、収まりがついたと分かった。

ただ全部が終わり、皆が団子を食べ始めると、頭は付け足しのように言ってきた。

「麻之助さん、おめえさんは、この両国の大親分、大貞《おおさだ》さんと縁があるそうだね」

ならば大貞に泣きつけば、事は簡単に終わっていたという。頭は、あの大貞と揉めるようなことは、しないと言ったのだ。

町年寄が、片眉を引き上げた。

「おや麻之助さんは、大貞の親分とも親しいのかい？」

「町年寄様、私と縁が深いのは、息子の貞《さだ》さんの方ですが」

麻之助はあの時盛り場で、自分も一本団子を貰うと、笑うことになった。

「そうなんですか。でも団子を食べる方が、美味しいし、心持ちもすっきりしますよ」

団子を食べ、ここのは美味しいから、このやり方が良かったと言うと、頭は機嫌の良い顔で、何故だか麻之助の背を、ばんばん叩いてきた。

周りの何人かが、食い終わった団子の竹串を振り、四町の皆も、また来てくれと言ってくれる。麻之助はもう一度、皆へ頭を下げると、昨日は両国でしばらく大道芸を見て、銭を投げてきたのだ。

「喧嘩をするより、喧嘩の後始末をつける方が、大変ですね。町年寄様、私は、喧嘩をする方が向いてる気がします」

横尾家の玄関で、奥にある六畳の座敷の方に座り、麻之助がしみじみ言う。すると、お雪が馬鹿を言ってと、怖い顔を向けてきた。

「ありゃ、済みません」

麻之助が笑うと、ちょうど話が終わったからか、お雪は持参の風呂敷包みを、麻之助へ差し出してきた。

「おばあさまから麻之助さんへ、昼餉《ひるげ》の差し入れです。急に横尾家支配町を頼まれたんで、忙しいでしょうからって」

「おや、それでおいでになったんですね。ありがたく頂きます。お浜さんにも、お礼をお伝え下さいな」

笑みと共に礼を言った後、麻之助はふと、町年寄の方へ目を向けた。料理屋から重箱が届いたとなれば、中身に目が向きそうなものだが、町年寄は、何故だかお雪の顔をずっと見ていたのだ。

（そういえば町年寄様が、ここへ何をしに来たか、まだ伺ってなかったね。私の話を聞きたいだけなら、屋敷へ呼ぶだろうし）

ふと、お雪に用があるのかと思った。だが会ってはいても、親しい間柄の筈もなく、麻之助は首を傾げる。すると町年寄は、何とも居心地の悪そうな顔になって、一つ咳払いをしてから、語り出した。

「今日は、お浜さんがお雪さんをここへ寄越すと言ったんだ。で、私も顔を出した」

「あの、私になんの御用が、おありなんでしょうか」

「実はな、花梅屋に、町名主を集めると決めた日、大おかみのお浜さんから、頼まれ事をしたんだ」

町年寄は花梅屋の客で、以前からの顔見知りだったという。そして頼まれ事とは何と、お雪のことであった。

「私の……ことですか？」

「お雪さんに、また良い縁談が来ているそうだ。そのな、麻之助さんとの縁談も、あるとは聞いたが、かなり前からの話だとか」

嫁ぐかどうか、親はお雪の意向を問うたが、答えが出ない。まとまらないまま、随分日が経ってしまい、周りは花梅屋へ、新たな話を持ち込んでくるようになっているのだ。よって。ここで町年寄は、麻之助の方を向いた。

「町名主の縁談に口を挟める者は、少ないんだよ。我らは、町役人だからな」

だから、お浜は同じ町役人の町年寄へ、頼んできたのだ。つまり、縁談に答えを出す時が、来ているという話だった。

「時が、かかり過ぎてしまった。麻之助さん、今日が、きっぱり決める日だ。花梅屋との縁談は、一旦白紙にしなさい」

「はっ？　あの、そのっ」

「お雪さんも、承知してくれ。お前さんには、この後店へ帰ったら、新しい縁談が待ってる」

麻之助は目を見開き、この話をするために、わざわざ横尾家を、町年寄が訪れたのだと知った。お雪が直ぐ、町年寄へ向き直る。

「あたしは、自分で縁談のお返事をしていいと、親から言われておりますが」

「その返事を、長い間、出来ずにいたんだろうが。縁談というのはな、長く引きずるものでは、ないんだよ」

江戸で見合いをする場合、双方の家で参詣に行き、門前の茶屋などで、相手をちらりと見て決めることも、珍しくはないのだ。

お雪は、畳へ顔を向けてしまった。

「でもそれは……麻之助さんのことを、思い出せなくなっているからで」

以前の日々が、お雪の中から消えてしまい、麻之助が知らない相手になった。それで答えを見つけられなかったと、お雪は小さな声で言う。町年寄は、お浜から聞いていると言い、渋い顔を作った。

「それでもだ、相手の家や歳のことは、互いに分かってる。あとは、並の見合いと同じだ。何となく気に入るかどうか……というか、よし、一緒になろうと、踏み出せるかどうかの差だろう」

お雪はその踏ん切りが、長くつかなかったのだ。

「ならばここいらで、二人は仕切り直した方がいい」

麻之助が、町名主の跡取りでなかったら、とっくに周りが、縁がなかったと終わらせていた話だと、町年寄は続けた。

「麻之助さんも、それに気がつかねば」

「何と。そうだったんですね」

何しろ麻之助は生まれた時から、町名主の息子だったのだ。それ以外の者の身になって、己を考えた事など一度もなかった。

ただ。今、分かった事もあった。

（急な話だ。だけど、こういう時になっても、お雪さんは、縁談に答えを出せないでいる）

考える時が、足りなかった訳ではない。己は、嫌われてはいなかろう。さりとて、今もまだ、お雪から返事が聞けなかった。つまり、お雪は麻之助との明日へ踏み出す決断を、付けられないのだ。

（それが、答えなのか）

今日が区切りの日になったと、身に染みてくる。麻之助は小さく頷くと、一旦天井を向いた。

（以前の私を、思い出してもらうことはないまま、お雪さんとの縁がなくなるのか）

何か苦いような気持ちがわき上がってくる。それを、力業で押さえ込んだ。もちろん、泣いたり怒ったり、溜息をついたりするのも駄目だ。それだけは、確かであった。

（ああ、一人前の大人の男でいるのは、大変だよぉ）

町年寄が、己を見てきている。よって麻之助は、きちんと居住まいを正すと、お雪と、正面から向き合った。

「今日、この言葉を言うことになるとは、思いませんでした。お雪さん、我らには、ご縁がなかったようです」

「あ、あの……」

「お雪さんは、商売人のおかみさんに向いていると、以前お浜さんは言ってました。これから良きご縁を得られるよう、祈ってます」

繋がるかと思っていた縁が、切れていこうとしていた。お雪は、やはりというか、麻之助の言葉を聞いても、なお、口を開く事が出来ずにいる。そして。

そして。

最後まで、お雪の返事は聞けなかった。じき、座の二人へ深く頭を下げると、お雪はゆっくり立ち上がった。そして聞き取れないほど小さな挨拶を残し、横尾家の玄関脇から消えていく。麻之助は、自分を残して遠ざかって行く姿を、以前にも見た事があると、思い出すことになった。

(あ、また一人になってしまった)

お雪の姿が見えなくなると、いきなり片が付いてしまった縁に、呆然とすることになった。すると町年寄が眉間に皺を寄せ、傍らで大きく息を吐き出した。

「横尾家の支配町を、どうするかという話が出たとき、私は気楽に考えていた」

町名主にとっても、支配町が増えるのは、嬉しいことのはずだ。直ぐに片が付く話と、思ったという。

ところが横尾家の件は、もつれたあげく、お浜の決断も促してしまった。そして今日、花梅屋と麻之助の縁談が、終わりを迎える事になったのだ。

「やれ、四町の件が、こういう話に行き着くとは思わなかった。麻之助さん、勘弁しておくれ」

「町年寄様のせいじゃ、ありませんよ。もちろん」

だがここで、麻之助は町年寄へ、一つだけこぼした。

「破談になったら、新しい縁談を直ぐに用意しようと、張り切る知り合いが現れそうで、怖いです」

少しの間でいい。ゆっくりしたいと、麻之助はぼやいたのだ。

「くたびれてるのかな。なかなか次の町名主が、決まらないせいですね。横尾家支配町を背負うのは、私には、いささか大事なんで」

「おかみさんも手代もいないまま、一人で全部やっているからな。それは疲れるだろう」

麻之助は、柔らかい口調で言う町年寄へ、何とか笑った。

そして縁談の件、この後親へ何と言おうかと、情けない思いにかられてもいた。

5

父の宗右衛門と、お浜へお重を返しに行った時、お雪との縁談は、きちんとした終わりを迎えた。

そして四町と盛り場の仲も、ちゃんと元に戻ったと伝え聞いた。

だがある朝、麻之助が朝餉に顔を見せると、主の宗右衛門は膳を前に、溜息をついていたのだ。

「おとっつぁん、具合でも悪いんですか？」

「いや大丈夫だ。ただ、心配事が続いてるからね。横尾家支配町を誰が引き受けるか、それが決まれば、当面の気がかりは終わる。私はそう思ってたんだよ」

途端、朝餉の前へ座った麻之助は、殊勝《しゅしょう》な言葉を口にする。

「おとっつぁん、縁談が駄目になって、済みませんでした。でも……」

しかし宗右衛門は、気がかりは縁談のことではないと、直ぐに息子の言葉を遮《さえぎ》った。

「花梅屋さんとのご縁は、長く決まらなかったし、駄目だろうと思ってた。次の縁を考えられるから、そっちはいいんだ」

まとまる話なら、それこそ一日で決まる。縁がなかったのだと、宗右衛門は意外な程、破談を気にしていなかった。

「ただね」

宗右衛門は、俊之助からの使いが屋敷へ来て、頭の痛い話をしていったという。

「何と、またしても横尾家支配町のことで、町名主達が、集まることになったって言うんだ。明日、町年寄様のお屋敷へ、行かなきゃならない。麻之助も来るんだよ」

どうにも決まらないので、仕切り直したいらしい。麻之助は首を傾げた。

「おとっつぁん、私はちゃんと、両国の揉め事を片付けましたよ。あとはお三方の町名主さんから、お一人を選ぶだけの筈ですが」

すると宗右衛門も、深く頷いた。

「その筈だよね。なのに四町と三人の町名主方は、また揉めてるそうなんだ」

決まらないものは決まらない。俊之助も困っているらしい。

「……今度の揉め事は、何なんです？」

「それがね、何と麻之助、お前さんなんだってよ」

「はい？　私？」

麻之助は急ぎ、親の顔を覗き込む。宗右衛門は、味噌汁を手に話し出した。

「両国の大道芸人と、四町の三太が揉めたときのことだ。横尾家支配町の皆は、三人の町名主達の内、誰が助けてくれるのか、目を凝《こ》らして見ていたらしい」

次の町名主は、その力を示して、困り事を素早く片付けて欲しい。出来るなら町の者が、他の町に自慢が出来るようなやり方で、格好良く始末して欲しい。横尾家支配町の皆は、そんなことを期待していたのだ。

ところが。

「町名主は三人とも、両国の親分と揉めるのはご免と、四町から逃げちまった。あげく、両国へ行った麻之助は、芸人達に団子を配り、ご機嫌を取って、相手に許してもらった。そんな話が、四町に伝わったんだそうだ」

麻之助は、目刺し片手にきっぱり言った。

「ええ、盛り場で団子を贈りました。それで事が終わったのは、ありがたかったです」

何しろ小銭とはいえ、三太の子供の盗みから、揉め事は始まっているのだ。四町は盛り場の者達へ、一度きちんと頭を下げねばならない。町名主に、格好良くあって欲しいなどと、言ってる場合ではなかった。

「四町の家主さん達、どうしちまったんでしょう。亡くなった横尾名主は、そんなにご立派な町名主さんだったのかな」

高橋家支配町の皆が、羨ましがるだろうと言うと、宗右衛門は茶を飲んでから、ゆっくりと首を横に振った。横尾名主は有り体に言うと、気が弱く、余り頼りにならない町名主であったと言うのだ。

「支配町も四つだけで、数も少ない。それで祭の時など集っても、他の町名主の支配町に押されちまう。あそこの四町に住む皆は、ずっと不満を抱えてたのさ」

だから、というか、だからこそ。四町は今度こそ強くて立派で、頼りになる町名主を得たいと、心底願っているのだ。

一旦決まったら、町名主はもう動かない。四町は、適当な所で手を打つ気はなかろうと、俊之助は言っていたらしい。

するると。麻之助が、まだ揉め続ける気かと、目刺し片手に声をあげた。

「そりゃないですよ。私は先日両国で、騒ぎを穏便に片付ける為、なけなしの小遣いを使っちまったんですよ」

話をつけに行った日、盛り場には大道芸が出ていたので、投げ銭が必要であったのだ。もちろん芸は面白かったし、見事でもあった。だが、それでも麻之助の財布が酷く軽くなったのは、本当のことなのだ。

おまけに麻之助は、今も毎日横尾家で、支配町のものではない面倒を、見続けている。

「こんなに苦労してるのに。町名主が、格好良くないのが、気に入らないだって？」

麻之助は膳の前で、すっくと立ち上がった。

「いい加減、勘弁して欲しい」

毎日、毎日ずっとずっと、途切れず忙しいから、泣きべそをかきそうであった。縁が薄れ、去っていった後ろ姿を思い出してしまって、泣きそうでもあった。

「一体、誰が一番、悪いんでしょうね」

「あ、麻之助、落ち着きなさい。きっと、もう少しのことだから」

麻之助は頷いて座ると、ゆっくり六つ数を数えた。日々、様々なことが起きるものだ。

だから麻之助が朝から日暮れまで、走り回って働くことにも、何か訳はあるのだと思う。きっと他の町名主達も、忙しいに違いない。もう少しだけ、何日かの間だけ、力を貸し続けるべきだと、麻之助は己に言い聞かせた。

「だから我慢しなきゃ。ちょいとお気楽者でも、私はもう子供じゃないんだから」

「そ、そうだね。分かってくれて、父さんは嬉しいよ」

ところが。麻之助が己を落ち着かせていた、まさにその時。宗右衛門が珍しくも間抜けな一言を、息子へ告げてしまったのだ。

町年寄からの使いは、余分な言葉を残していた。

「嫁も、四町の町名主も決まらないんじゃ、麻之助が気の毒だ。町年寄様も、そう言ってらした。皆、分かってるよ」

わざわざ麻之助を気にするとは、優しい方だと、宗右衛門は暢気《のんき》に頷いている。

「お前、団子の件じゃ、町年寄様から、幾らか出して貰ったんだって？　そんな縁があったからかね。麻之助の事も、考えて下さってるんだろう」

「あの方が、私の破談のことを、気の毒だと言ってたんですか」

麻之助は目刺しにかぶりつき、ばりばりと音を立てて、その頭をかみ砕いた。宗右衛門はその仕草を見て、一寸箸を止めた。

「あ、麻之助？」

「働き過ぎると、いい加減疲れますね」

何故だか、だだっ子のような気持ちが、己の中に湧き上がってきていた。そういえば最近、拳を振るっていない。

子供のような自分は、大いに無茶をやりたがっているのだ。

「そもそも私は、ご立派じゃないし」

それで麻之助は珍しくも、酷く低い声で親へ文句を言った。

「おとっつぁん、町年寄様は、酷いと思いませんか。私の破談、四町の町名主の件と合わせて、言わなきゃいけないことですかね」

「えっ？　あの、気に障《さわ》ったかい？　済まない、忘れておくれ」

「おとっつぁんのこと、怒ってるんじゃないんです。ただね」

麻之助は疲れていた。そろそろ一杯やって、ゆっくりしたいのだ。

「皮肉を言われ、働き続け、金も無い。一体誰のせいなんでしょう？　何だか……誰かの名が、思い浮かんできますよね」

「えっ？　何のことだい？」

「一番偉い人が、一番悪い！」

ちっとも収まりがつかない今回の一件、誰が責《せめ》を、問われねばならないのか、麻之助はやっと、承知した気がしていた。

つまり、だから、その相手には、きっちり始末をつけて貰わねばならなかった。

「明日の、町年寄屋敷での集まり、もちろん私も伺います。で、その時、きちんと四町の件のけじめを、つけたいと思います」

「けじめって……。麻之助、私達は町年寄様のお屋敷へ行くんだよ。分かってるね？」

何か今日の麻之助は、いつもと違うと、宗右衛門は言い出した。そして膳の前で、心配を始める。

「お前、町年寄様のお屋敷で、馬鹿をするんじゃないよ。支配町の道端とは、違うんだからね」

「もちろん、そいつは分かってますよ、おとっつぁん。町年寄様は、町名主とは立場が違う。江戸の町人で、一番偉いんです」

そして、いい加減四町の件は、すっきりするべきなのだ。麻之助はここで、二匹目の目刺しを、頭からがぶりとやった。

6

今日、町名主達は、町年寄の屋敷へ集った。今度こそ事を終わらせたいと、町名主らと四町の家主達、俊之助が、また顔を揃えたのだ。

広めの三間を開け放ち、大広間になった所へ、皆が向き合うような形で座っている。坪井、岸上、安岡の、三人の町名主が、何故か渋い顔なのも、先日と同じだ。

違うのは、武市名主の孫新一が、今日は同席していないくらいであった。

だが前回同様の話し合いが、始まりそうだった時、座は、大いにざわめいた。麻之助が、立ち上がって俊之助へ声を掛けると、町年寄の樽屋に、同席を願えないか願ったからだ。

「これ、麻之助、要らぬ事を言うんじゃないよ。座りなさい」

「おとっつぁん、今度こそ、新たな町名主を決めたいですよね。だから是非町年寄様にも、いらして欲しいんですよ」

しかし俊之助は、首を縦に振らない。

「旦那様はお忙しい。ですから新たな町名主が決まったら、顔合わせの時にでも……」

「俊之助さん、でも、お屋敷にはおいでですよね？」

だが、出来の良い町年寄の手代は、はぐらかしたので、麻之助はその逃げ腰を止めることにした。

「おや駄目ですか。俊之助さんは、今日も四町の件を片付ける気が、ないんですかね」

つまり町年寄に座へ来て貰っても、無駄になる。そう思っているから、町年寄を呼ばないのだ。言われた俊之助は、顔を顰《しか》めた。

「町名主さん方に、わざわざ来て頂いてるんです。もちろん今日、四町の事を決めたいと、思っておりますとも」

俊之助は、麻之助へ厳しい顔を向けてきた。そして、いつにない言葉で諫《いさ》めてもきた。

「麻之助さんは、まだ跡取りなんだ。座を勝手に仕切るのは、よろしくありませんな」

つまり麻之助を、早々に黙らせようとしていたのだ。麻之助が、口の端を引き上げる。

(良い判断だね。今日の私は、厄介な奴になる気だから)

さて、どうやったら町年寄を、本当に引っ張り出せるか。麻之助が寸の間、言葉を選んでいると、ここで思わぬ方から笑い声が聞こえてきた。

麻之助の向かいに座っていた金吾が、懐手で、麻之助を見てきていた。

「どうしたんだい。今日の麻之助さんは、いささか喧嘩腰だよ。よしなよ」

言い合う相手が二人になったわけで、言葉を封じられないよう、麻之助は少し考えた。するとと。今日は悪友にして長年の友、清十郎が援護をしてくれた。友も、いささか今回の騒ぎに、飽きているに違いない。

「西森名主、麻之助はこんなところで、喧嘩なんかしませんよ。本当に殴り合ったら、この場で相手になれるのは、あたしくらいのもんでしょうからね」

「……ほう」

金吾が目を細めたが、清十郎も黙らない。

「若い頃、西森名主は腕っ節が、強かったと聞いてます。けど家を継がれてから、暴れたって話は耳にしてません」

今は場数が足りてませんよと、見目良い悪友が言い切ったので、座がざわめいた。金吾が笑いつつ黙ったので、麻之助は清十郎へ、目で感謝を伝え、俊之助へ向き直る。

「ええ、私は暴れたりはしませんよ。俊之助さんじゃ、私の喧嘩相手になるのは、全く無理ですし」

「あ、麻之助、お前っ」

だから町年寄を呼んでくれと、物騒なふくみを絡めつつ言ってみる。俊之助は口を引き結んでから、では、町年寄を呼ばなかったらどうする気か、町名主達の真ん中で、正面から問うてきた。

この問いの答えは、予《あらかじ》め考えていたので、麻之助はあっさり答えた。

「これ以上、四町を預かりません。そして俊之助さんには、そんな私を止めることも、屋敷から横尾家へ引っ張っていくことも、無理ですからね」

「うっ」

相手が町人なら、命じれば従ってくれることに、俊之助は馴れているのだろう。たとえその力が、町年寄の奉公人ゆえの、限られたものにせよだ。今、江戸で俊之助に逆らえる町の者は、ほとんどいないのだ。

なのに。麻之助はそんな俊之助へ、町年寄を呼べと命じていた。まだそれ以外、言ってもいないのに、俊之助は早くもへそを曲げている。どんな願いにせよ、麻之助が言うことに、〝うん〟と言いたくはなかろう。

（さて、次はどう出てくるか）

言葉を切って、麻之助はしばし待った。

（今日はこれから、無理にでも答えを決めるつもりだよ。だけど、この場に町年寄様がいないと、きちんと決められたことに、ならないじゃないか）

また次、集う必要が出て来る。だから何としてもあの偉いお人が、ここにいなくてはならないのだ。麻之助は引けなかった。だが俊之助も、引く気はないようであった。

（どうなるんだ？）

すると、その時。声が聞こえてきたのだ。

「町年寄が、ここへ来ればいいのかな」

それは、俊之助の声ではなかった。麻之助が驚いている間に、濡れ縁に面した障子戸が開き、知った顔が現れてくる。

麻之助は思わず、笑みを浮かべ座った。

「町年寄様、お目にかかれてありがたいです」

途端、座にいた町名主達も、揃って頭を低くする。主が現れてきた訳は、察しが付いた。

（町名主の跡取りが、座を騒がせたんだ。屋敷奥へ知らせた奉公人が、いたに違いない）

樽屋は部屋へ足を踏み入れると、真っ直ぐ麻之助の前へと向かってくる。

そして、見下ろしつつ問うてきた。

「私を、表の間へ呼びつけたんだ。麻之助さん、四町に新しい町名主をすげる件、何か案があるんだろうね」

四町の家主達ではなく、俊之助でもなく、麻之助へ問うてくる、樽屋の顔は落ち着いているのに、見られると何か怖い。麻之助より十ほど上に見える男は、重く感じるほどのものを、総身から漂わせていた。

（こいつが江戸に三人しかいない、町年寄のご威光ってやつかね。俊之助さんと似た年頃なのに、今日、こっちはいささか怖いよ）

しかしそう気づいても、麻之助の素行が、今更直るはずもない。顔色を青くしている宗右衛門の横で、麻之助は更に勝手なことを、口に出すことにした。

「聞かれたんで言います。まず、私はこれ以上、横尾家の玄関へは行きません」

「えっ？」

町名主達がざわめく。面白そうに見ている町年寄の前で、麻之助は続けた。

「そもそも、長い間、私が四町の面倒をみたのが間違いでした。四町の方々は、暮らしに困らないものだから、事を急いで決めようと、しなくなっちゃったんです」

すると町名主の中から、笑いが漏れた。

「その考えは、当たってるだろうな」

だが麻之助は、高橋家の跡取りなのだ。役料を出してくれている町のために、働くべきであった。

「そうですよね？」

四町の家主達は黙っている。町年寄も、口を開かずにいる。麻之助は、深く頷いた。

「四町へ行かなくなった後のことですがね、坪井名主、岸上名主、安岡名主お三方が、一月交代で、町名主の代理を務めて下さい」

「交代で？　えっ、三人の町名主で四町を、預かれってことですか？」

「三月の間だけです。そうすりゃ、嫌でも誰に決まって欲しいか、四町の人達に分かる筈ですから。三月後、決めて下さい」

文句があるのかと、麻之助が四町の皆と、坪井達三人を見据える。

「三月経っても決められなかったら、四町は、町年寄様と直《じか》に話して下さい。もう町名主と話をしても、決まらないでしょうから」

そして、もし今、麻之助のこの考えへ、否《いな》を言う者がいるというなら。

「ご自分で直ぐに別の案を出し、事を片付けるべきです。反対の考えだけ出すのは、駄目ですよ。よろしくお願いします」

言葉は柔らかかったが、麻之助は先程、拳を握り、引かない構えを見せているのだ。宗右衛門は肩を落とし、清十郎は声もなく笑い、金吾は、腕組みをしている。

口を開こうとする者はおらず、俊之助は麻之助を、ただ睨んでいた。

そして。

麻之助の言葉の後、最初に口を開いたのは、何と町年寄であった。

「他の考えは出ないようだ。ならば麻之助の案を、やってみよう」

余りにあっさりそう言われたので、麻之助は却って一寸、呆然としてしまった。

「えっ、いいんですか?」

「三人の町名主は三月の間、一月ずつ交代で四町の町名主を務めること。そして三月後に、誰を町名主に迎えるか、四町ははっきりさせること」

もう、話の引き延ばしは承知しないと、町年寄に言われ、四町の家主達は深く頭を下げた。勝手に場を仕切った麻之助は、事が、かくも早く決まった事に、いささか驚いていた。

(あ、今度こそ私は、横尾家から解き放たれることになったんだ)

町年寄や、町名主達の前で勝手を言ったからか、思いの外《ほか》、総身に力が入っていたらしく、首や背が痛い。思わず首を回すと、骨が軋《きし》む短い音が聞こえた。

(家に帰ったら、おとっつぁんから説教食らいそうだな)

それは覚悟と思った、その時だ。

ふっと部屋が静まったので、何事かと思った時、目の前に町年寄の顔が迫っていた。思わず後ろへ飛び退《の》きそうになったが、樽屋の手が、麻之助の肩を摑んで離さなかった。

「麻之助さん、満足しましたか? したはずですよね? あなたが言ったことを、ほぼ、そのまま決めたんだから」

「あ、あの、ありがたいお言葉だったと、思っております。ええ、感謝をしております」

町年寄がにたりと笑った。偉い町年寄が、こんな笑い方をするとは思った事もない、何とも怖い笑い方であった。

「今回、お気楽者の麻之助さんが、話をまとめようとしたのは、どうしてでしょうかね。もしかして、私がお前さんの縁談について、口を挟んだのが、引っかかったのかな」

麻之助は殴られれば、返す男なのだろう。そして強引なやり方であったが、実際に拳を使わず、やり返したのだ。だから、丸っきりの馬鹿でもないのかなと町年寄が続け、宗右衛門の顔色が白くなった。

「大倉屋《おおくらや》さんは、面白い男になってきたといったけど。本当でしょうかね」

「あの、町年寄様は大倉屋さんと、知り合いだったんでしょうか」

麻之助と十くらいしか違わないように見える町年寄は、大倉屋より、かなり年下に見え、意外であった。

するとと町年寄は更に、清十郎へも目を向けた後、言いたいことを言ってくる。

「いや、大倉屋さんだけじゃない。お前さん達は、大貞さんや相馬《そうま》小十郎《こじゆうろう》さん、丸三《まるさん》さんなどとも、繋がっているそうだ。そんな男なら、もっと、素晴らしい働きをするだろうと思っていたのに」

大倉屋らと昵懇《じつこん》な者なら、上手く事を運ぶと思っていた。だが考えていたより、並な始末のしかたであったと、町年寄は勝手を言う。麻之助は、皆の名が繋がった時、町年寄が己のことを誰から聞き出したのか、分かった気がした。

「町年寄様、私のこと、大倉屋さんの息子の、冬太郎《とうたろう》さんから聞きましたね？」

そう言うと、当たっていたのか、町年寄は、今度は楽しげに笑った。それから四町の家主達を見ると、町名主に誰を選ぶか、楽しみにしていると言ったのだ。

それから、皆へきちんと挨拶をし、早々に奥へと消えてしまう。

「こんなに長く話したのは、初めてだ。あれが……樽屋さんなのか」

つぶやくと、ぐっと疲れた顔になっている俊之助へ、麻之助は頭を下げた。

「あのぉ、今回は多々、余分な事をしまして、申し訳ありませんでした」

樽屋は、手強そうなお方ですねと、正直に言ったところ、日々、その町年寄に奉公している俊之助は、溜息を漏らしている。ここで金吾が口を出し、町年寄のことを何ともあけすけな言葉で、麻之助へ伝えて来た。

「まあ樽屋さんは、なんだな。いささか、厄介なお人だというか」

酒は強く、粘り強く、頭もいい。だが気が短い所があるし、癇癪持ちな面もある。そして、その上。

「物覚えもいいんだ。麻之助さん、今日、お前さんが町年寄の手代さんを無視して、勝手に事を進めた件は、墓に入っても覚えていると思うよ。あの樽屋さんなら」

いつか、やり返されるぞと、金吾は言ったのだ。

「うへえ」

まだ跡取りなのに、とんでもない人と知り合ってしまった。麻之助が大きく息を吐くと、町年寄の事は承知していたのか、部屋中の町名主達が、忍びやかに笑った。

7

横尾家支配町の四町は、三月の間、三人の町名主に世話になった。

麻之助はといえば、父親から山と、仕事を押っつけられていた。樽屋で、跡取り息子がやらかした振る舞いに、宗右衛門は怒った。よって、何時《いつ》にないほど仕事を回されたのだ。

「ああ、それでも四町にいたときより、今の方が、仕事は少ないかもしれないね」

麻之助はせっせと働いた。今回ばかりは怠《なま》けると、大いに拙いと思えたからだ。

すると。

二月経った頃、花梅屋の、お雪の縁談が整ったと耳にした。縁が決まるときは本当に早いのだと、今更ながらに思った。

（きっとお浜さんが、良き縁を、とっとと決めたんだろう）

幸せになって欲しいと、そっと願った。

そして更に一月の後。宗右衛門の所に、いよいよ三月が過ぎたので、四町の新しい町名主を、決めたとの文がもたらされた。

麻之助が長く、横尾家支配町を支えてくれたことに、感謝をしている。よって四町の新しい町名主を決める席には、高橋家の二人も来るようにと、俊之助から言ってきた。

「おや、どなたに決まったんでしょうね」

名が書いてないと首を傾げる麻之助へ、宗右衛門が言うことは、ただ一つだ。

「麻之助、今回こそ、馬鹿を言うんじゃないよ。やったら屋敷へは入れないからね」

「はい。もうしません」

事は既に終わったのだから、今更何かをする気もない。宗右衛門と麻之助は、決められた日に、きちんとした身なりで、樽屋の屋敷へと向かった。

ただ、部屋へ顔を出した時、驚いた。

「おや」

樽屋の屋敷には、俊之助、四町の家主達の他に、坪井ら三町の町名主もいたのだ。

（こりゃまた、どうしたことか。選ばれた者だけが、呼ばれたのかと思ってた）

まさか仰々しく、誰が決まったのか、この場で初めて名を出す気なのだろうか。麻之助達が場に座ると、今日は呼ばずとも、町年寄が顔を見せてくる。

麻之助はふっと、金吾が口にしたことを思い出した。

（西森名主は、町年寄様が私へ、いつかやり返すと言ってたっけ。私は今日この場で、町年寄様から、仕返しをされるのかな）

しかし町年寄はそんな素振りなど見せず、淡々と挨拶をする。そして横尾家の元支配町、四町の町名主が決まったので、この場にて、跡名主願などの書面も整え、事を済ませると言葉を続けた。

「皆様、よろしくお願いします」

至って真っ当な事の運びで、何事もない。麻之助達が頷き、皆の目が樽屋へ集まると、町年寄は、既に作っていたらしい書面を、何故だか宗右衛門の前に置いた。そこに、新しく決まった町名主の名が記されていた。

「えっ？　あの、これは」

　宗右衛門が魂消た顔で、皆を見回す。急ぎ書面を見た麻之助も、言葉もなく町年寄を見つめた。樽屋はうっすらと笑いながら、事情を告げてくる。

「四町は、坪井名主、岸上名主、安岡名主の仕事を目にした。皆さん、きちんとした町名主だったそうだ。ただね」

　どの支配町へ加わりたいか、四町内の意見は、また分かれたのだ。だが今度こそ誰を選ぶか、町年寄へ言わねばならない。それで。

「支配町の家主さん達は、集いで紙を配って、一番承知出来る町名主の名を、書いたとか」

　多く名を集めた町名主に、町を任せよう。そういう話に決まったのだ。

「するとね、驚くじゃないか。思いもしなかった名が、一番多かったんだよ」

　ここで町年寄が、何故だか大層機嫌良く、その名を告げる。

「最初に町を引き受けた、麻之助さん。つまり、高橋名主だ」

　実際しばらくの間、四町の町名主をしていたのだから、高橋家には、支配町を増やすゆとりがあるはずであった。ならば。

「高橋家に決めればよいという話になった。他の町名主お三方も、承知とのことだ」

「えっ……」

やれ、やっと決まって良かったと、樽屋が口にする。

「麻之助さんも、ほっとしていることだろう。この樽屋で場を仕切ってまで、四町を引き受ける町名主を、決めようとしたからね」

ここで四町の家主達が、宗右衛門へ、これからよろしくお願いしますと頭を下げてきた。一方麻之助は、ただただ呆然としていた。じき、もしやと思うことを、言わずにはおれなくなった。

「あの、町年寄様。もしかしてこの決定は、私の馬鹿に対する、お返しなのでしょうか？」

すると町年寄は、更に機嫌良く笑い、首を横に振る。

「麻之助さん、それは間違いだ。考え過ぎだ。面白い結末になったとは思ったよ。だが、私が導いたことではない」

確かに、八町から十二町に支配町が増えれば、大変かもしれない。しかし西森名主は、十五町も引き受けている。

「せっかく選ばれたのだ。頑張っておくれ」

そう言うと皆は、麻之助の目の前で、さっさと書面を仕上げてゆく。宗右衛門は腹を固めたのか、もう何も言わなかった。

（あの……なんでこんな事に）

麻之助が、書き上がった書面を食い入るように見つめていると、町年寄は最後に、こう言ってきた。

「麻之助さん、高橋家はこれから、大層忙しくなるだろう。だからつまり、助けてくれるお人が、お前さんには必要だな」

よって樽屋が、良き相手を見繕《みつくろ》っておくと、そう言ってきたのだ。麻之助は急ぎ断ろうとしたが、樽屋はそれを許さなかった。

「麻之助さんは、縁談の話が流れた後だったので、集いで、何時になく怒ったのではと、俊之助が言っていた。だから私は、縁談を取り持つ。それが、先日の意趣返しなんだ」

よって、断る事は許さないと言い切られ、麻之助は次の言葉を探す羽目になった。しかし町年寄を、言いくるめられそうな言葉が、直ぐには見つからない。

（町年寄様が、私の嫁さんを決めるだって？）

新しい支配町が、四町も降ってくることになった。しかも嫁御まで、湧いて出るらしい。親は隣で、町年寄へ礼を言っている。

その姿を見て、麻之助は樽屋でただ、呆然と座り続けることになった。

えんむすび

1

江戸の古町名主《ふるまちなぬし》、高橋《たかはし》家の跡取り息子、麻之助《あさのすけ》の嫁が決まった。

今度こそ、嘘、偽りのない話であった。

麻之助の縁談は、まとまるまでに、今回もあれこれ騒動が起きた。

しかしだ。とにかく高橋家へ、嫁が来ると決まったのだ。本当にほっとしたと、父の宗右衛門《そうえもん》は笑顔で語った。

麻之助はある日、朝も早くから父親と、町年寄樽屋《まちどしよりたるや》の屋敷へ向かった。

珍しいことに町年寄樽屋から、話があるので屋敷へ来て欲しいと、呼び出しを受けたからだ。樽屋は先だって、麻之助へ縁談を世話すると言っており、用はその件に違いないと、父の宗右衛門は喜んでいた。

「やっと麻之助の、嫁が決まりそうだ。私は早く孫を抱きたいよ」

「おとっつぁん、まだ今日縁談を頂くとは、決まっていませんよ。孫のことを考えるなんて、気が早いってもんです」

麻之助は溜息を漏らしつつ、早くから振り売りで賑わう四つ時の道を、樽屋の屋敷へと急いだ。

するとと、通された町年寄屋敷の奥の間で、高橋家の親子は揃って、目を見開くことになった。

町年寄は、町役人の一番上位の者で、江戸に三人しかいない。よって屋敷は、二百五十人以上いる町名主のものよりも、ぐっというか、かなり立派な作りであった。

幾つもの部屋の傍らを過ぎ、やっと行き着いた奥の間で、高橋家の親子は大人しく待っていた。すると、じきに樽屋が現れ、上座へと座る。

そして、手代俊之助《しゅんのすけ》が茶を出すと直《す》ぐ、樽屋は、麻之助の縁談について、話したいと言ってきた。麻之助は一寸天井へ目を向け、宗右衛門は目を煌《きら》めかせた。

「おお、それは嬉しいことです。町年寄様から、倅《せがれ》へお話を頂けるとはありがたい。それで、お相手はどちらの娘御《むすめご》でしょうか」

上機嫌の父親の横で、麻之助は腹に力を込めた。どうやら町年寄は本当に、縁談の仲立をする気のようなのだ。つまり相手がどこの誰であれ、否《いな》とは言いがたい。

（こりゃ、あっという間に話がまとまり、早々に婚礼を行うことになるかな）

言葉もないまま座っていると、樽屋は何故だか眉間《みけん》に皺《しわ》を寄せ、低い声で相手の名を告げてくる。

「宗右衛門さんは、同じ町名主の、遠野又五郎《とおのまたごろう》さんと会ったことがあるかな？　遠野名主の娘御で、お真津《まつ》さんはどうかなという話があるんだ」

お真津は今、十七だという。同じ江戸町名主の娘と息子、釣り合った縁であった。

「おお、それはありがたいご縁で」

宗右衛門が、満面の笑みを浮かべる。だが……樽屋は何故だかそこで、言葉を切りはしなかった。

「その、実は縁談は、他にもあってね。羽間《はざま》名主の娘御、お滝《たき》さんとの話もあるんだよ」

こちらは十六だと言われ、宗右衛門は顔から笑みを消すことになった。

「あ、あの。麻之助への縁談は、一度に二つ、来ているのでしょうか。町年寄様、これはまた、どうしてといいましょうか」

戸惑う言葉が聞こえた筈だが、樽屋は直ぐに、返答をしなかった。その代わり、更に驚くような言葉を重ねたのだ。

「実は、話はもう一つある。つまり縁談は、三つ来たんだ。上川《かみかわ》名主の娘御との縁談も、あるんだよ。お須江《すえ》さん。今、十五だそうだ」

「は？　上川名主の娘御、お須江さん、ですか？」

この話には、宗右衛門だけでなく、麻之助も驚いた。上川という町名主が、二人いても驚かないし、おすえという名の娘御も、江戸には多くいるだろう。

しかしだ。上川名主の娘お須江は、多分、江戸に一人しかいない。そして、その娘御は高名で、麻之助ですら承知していた。今江戸で、名が大層知れているお人であった。

「江戸美人番付の、天辺《てっぺん》に名が書かれていた、あのお須江さんですよね？」

まるで天女のような器量だと、よみうりにも、山ほど書かれている人なのだ。番付が出た途端、一枚絵を描きたいと、絵師達が、町名主の屋敷へ詰めかけたという話が、噂になっていた。

（同じ町名主の娘さんだからかね。上川家のことは、おっかさんが詳しかった）

お須江には良縁が、山と集まっているらしいと、おさんは笑っていた。お大尽《だいじん》との縁や、大名家の側室にという話まであると、よみうりに出ていたらしい。

よって麻之助は樽屋へ、しごく真面目な顔を向けることになった。

「そのぉ、高名な佳人《かじん》が何で、後妻の話に加わってきたんでしょうか」

そもそも、どうして縁談が、一度に三つも来るのか。麻之助が問う横で宗右衛門も頷《うなず》くと、樽屋は大きく息を吐き出し、二人を見てくる。

「先日この樽屋が、高橋家の麻之助さんに、嫁御を世話すると言ったことは、覚えていますよね。私は大真面目だったから、早々に、縁談を探したんですよ」

樽屋は首を横に振った後、縁談が集まった事情を話し出した。

祭の寄進をどう集めるかという相談で、ある日樽屋へ、西森《にしもり》名主が顔を見せた。樽屋は丁度いいからと、用が終わった後、頼み事をした。

「町名主高橋家へ、縁談を世話するつもりだ。良き娘御がいたら、樽屋へ知らせて欲しい」

すると西森名主は寄り合いの席で、町名主達へ、縁談の件を話したらしい。

そして後日、客が縁談を樽屋へ持ってきた。自分が頼んだ事なのに、その客が帰ると、樽屋は部屋で呆然としてしまった。

そして大急ぎで、手代を呼んだのだ。

「俊之助、大事だ。麻之助さんへの縁談が、驚く事になった。上川名主の娘御、お須江さんとの話がきたぞ」

「は？　あのお須江さん、ですか？」

手代も、お須江の名を承知していたようで、一寸立ちすくむ。そして主と二人、揃って眉間に皺を刻んだのだ。

「お須江さんは、天下の美人です。お大名から上川家へ、お須江さんを側室にとの話が来ている。旦那様は先《せん》に、そう言っておいででしたよね？」

よみうりに載った話は、嘘八百ではなかったのだ。樽屋は武家から聞いたと頷いた。

「俊之助、なのに上川名主は何で、お大名との縁を選ばず、麻之助さんとの縁談を望むんだ？」

まさかまさか、大名家よりも麻之助の後妻の方が、良いとでも言うのだろうか。俊之助は、力を込めて言った。

「全く、訳が分かりません」

おまけにその日の内に、更に二人の客が来て、麻之助への縁談が増え、悩みも増やした。二人目の縁談相手は、羽間名主の娘お滝であった。すると俊之助はこちらの話も、何か妙だと言い出した。

「旦那様。羽間名主の娘御お滝さんは、武家奉公に行くと聞いております」

お滝はお針や琴、踊りが得意で、良き奉公先を選べると言われていた。そして若い娘が武家奉公を望むのは、良縁を摑めるからだ。

「なのにお滝さんは、どうして急に、後妻の口を選ぶ気になったんでしょう」

「うちに来た二つの縁談、何か心配だね。高橋家へ伝えて、いいのだろうか」

三つ目の縁談が良きものであったら、そちらの話を先に進めても良かった。ところが俊之助は、最後の話にも首を振る。

「旦那様、三つ目の縁は、遠野名主の娘御お真津さんだ。じつはこの話も、いささか気になります。その、ですね」

お真津は既に縁談が決まっていると、俊之助は思っていたのだ。とにかく町名主の何人かは、そう噂していた。相手は確か同じ町内の、小間物屋の息子だ。

「遠野名主には娘さんが二人、おいででしたっけ？」

樽屋の眉間の皺が、ぐっと深くなる。

「いや。遠野名主には、息子は二人いるけど、娘は一人だけだ。うん、確かそうだよ」

何で三つも縁談が来たのか。しかもどれも妙だと、樽屋が頭を抱える。

「全部、上手くいかないかもしれないぞ。特にお須江さんとの縁は、絶対まとまらないと思う」

すると俊之助が声を落とし、主へ問うた。

「あのぉ、旦那様が西森名主へ頼んだことですから、返事が必要です。今回は高橋家に話して、一旦、全ての縁談を断ってもらいましょうか？」

俊之助は、先々揉めないようにしたいという。だが樽屋は、首を横に振った。

「同業の町名主との縁を、一遍に三つも断ったら、高橋家が困るよ。麻之助さんにはしばらく、縁談が行かなくなっちまう」

それでは縁談を世話しようとして、却《かえ》って邪魔することになる。

「宗右衛門さんが嘆くじゃないか。俊之助、そんなことは出来ないよ」

「旦那様、では、どうなさるおつもりで？」

今回の縁談には、江戸一の美人が絡んでいる。下手をしたら、よみうりが書き立て、樽屋が江戸中の噂になりかねない。

「さて、どうしたらいいんだ？」

樽屋主従は、心底悩むことになった。


高橋家へ来た縁談について、樽屋から思わぬ話を耳にし、麻之助も宗右衛門も、奥の間でただ目を見張っていた。樽屋はもう遠慮の無い言葉で、二人へ語りかけてくる。

「正直に言おう。三つの縁談が、何故不思議な縁ばかりなのか、さっぱり分からん」

樽屋はどの縁談も、危うい気がしているという。しかしだ。

「麻之助さんへ、三つの縁談が来たのは本当なんだ。相手は皆、同じ町名主の娘御だ」

樽屋はここで、麻之助達と正面から向き合った。

「この先どうするか、今日は高橋家の二人と、話し合おうと思い来てもらった」

宗右衛門は妙な話の成り行きに、言葉もなく目を見開き、樽屋を見ている。

「麻之助さん、とにかく形どおり、見合いをしてみるかい？　それもいい」

見合いさえすれば、今回縁談がまとまらなくとも、麻之助には次の縁が来るだろうと樽屋は言う。だが、その言葉を聞いた途端、宗右衛門の顔が強ばった。

「つまり町年寄様、お須江さんだけでなく、他の二人の娘御も、息子の嫁にはならないと、決まっているのですか？」

「手代の俊之助に、噂をもう一度確かめてもらった。お滝さんの武家奉公や、お真津さんの縁談について、もう定まっていると思う人は、多かったんだよ」

「おやぁ、なら、見合いをすることも、ないと思うんですが」

麻之助は我慢出来ず、笑い出してしまった。

すると傍らにいた宗右衛門が、いきなり立ち上がった。そして何と、勝手に進み出て、樽屋の真ん前に座ったのだ。

「町年寄様！　何でよりにもよって、まとまりそうもない話ばっかり、うちへ寄越すんですかっ」

宗右衛門の口調が、いつになく怖い。その上顔も、思いも掛けないほど怖かった。

「麻之助は、縁を逃してきております。ここで縁を、一度に三つも失ったら、本当に妙な噂が立っちまいますよっ！」

このままでは、麻之助は百になっても、一人のままかもしれない。

「町年寄様、それじゃぁあんまりですっ」

「おとっつぁん、私は百まで生きませんてば」

「町年寄様のお声掛かりだ。今度こそ、立派な縁をご紹介頂けるものと、期待しておりましたのに。なのに、この始末」

宗右衛門が目に涙を浮かべ、身を震わせて嘆き始めたものだから、樽屋と俊之助が慌てた。

「そ、宗右衛門さん、三つのお話とも、相手は町名主の娘さんなんです。ちょいと……不思議な縁じゃありますが、どの娘さんも、真っ当な方ですよ」

「嫁に来てくれそうもない、娘さんばかりだ。どこが真っ当なんですかっ」

宗右衛門は、今日ばかりは、簡単には頷かない。

「お須江さんが、お大名の側室に望まれてるってことくらい、私でも存じております。町年寄様はそんなお人が、本気で麻之助の後妻になると思うんですかっ」

これには麻之助も、苦笑を浮かべた。

「そりゃあまあ、お須江さんは、高橋家の嫁には、ならないでしょうねえ」

「麻之助の阿呆っ。何を納得してるんだい」

まさか樽屋へ、癇癪《かんしゃく》を向けられなかったからか、宗右衛門は怒りを息子へ向けた。いきなり立ち上がると、持っていた扇子で、息子の頭を思い切りはたいたのだ。

「わあっ」

麻之助は悲鳴と共に逃げ出し、俊之助が慌てて宗右衛門を止める。額を赤くし、廊下へ逃げた麻之助は、今回の縁談が、大事に化けかねないと察した。

何も手を打たず、三つの縁談が破談になるのを待っていたら、宗右衛門は恐ろしく長い間、愚痴を言い続けるに違いない。

おまけに友、清十郎《せいじゅうろう》は笑い、吉五郎《きちごろう》は困り、丸三《まるさん》は、必死に次の縁談を探す気がする。その上支配町では、麻之助がまた馬鹿なしくじりをしたと、噂が流れると思われた。

(何で妙な縁談ばかり、三つも集まったのやら)

麻之助は廊下の柱の陰から、部屋内の親へ目を向け、次に、困って声も出ない樽屋を見た。そしてこの後どうするか、意を決する。

「おとっつぁん、怒るのは後にしませんか。うちに来た縁談のせいで、町年寄様が困っておいでだ。高橋家は町名主なんですから、何故不思議な縁談が集まったのか、それを調べなきゃ」

訳を突き止め、話を進められる縁談が残ったら、その時初めて、見合いを考えればいい。麻之助はそう言ったのだ。

「おとっつぁん、そうしましょう。息子の頭を扇子で打つより、とにかくそうしましょう」

宗右衛門はじろりと息子を睨んだが、一応頷き、座ってくれた。樽屋は天井を見上げた後、俊之助と目を見交わし、まずはほっと息をついた。そして上座へ座り直すと、麻之助へ、縁談を調べておくれと頼んでくる。

「縁談が、真っ当であることを願ってるよ。もし妙な点があったら、私が話を無かったことにする。麻之助さん、よろしく頼む」

樽屋が宗右衛門へ、それで良いかと声を掛けたところ、ようよう頷く。麻之助もやっと部屋内へ戻れたが、不思議な縁談が集まった訳を、調べねばならなくなった。

気が付くと、俊之助が気の毒そうに、麻之助を見ていた。

2

八丁堀《はっちょうぼり》にある、相馬《そうま》与力《よりき》の新しい屋敷へ、久しぶりに友が全員集った。

屋敷の奥、以前は隠居が使っていたという吉五郎の部屋に、麻之助、清十郎、それに丸三が顔を見せたのだ。手土産の酒の肴《さかな》が並ぶ中、丸三は得意そうに、自分の土産を皆へ見せてくる。

「今日は、見台《けんだい》を持ってきました。吉五郎さんの新しい部屋には、なかったと思いまして」

しかも見台は、何故だか二台ある。一台きりだと吉五郎が、義父の小十郎《こじゅうろう》の部屋へ置きそうだからと言い、丸三は笑った。

「うちの質屋で流れた品なので、遠慮はしないで下さい。何と言っても、私は吉五郎さんの友達なんだから」

若い皆を大事にしている丸三は、自分は友だと口にする時、いつも嬉しげだ。麻之助達は見台の作りが良いと言い、もらった本人よりも先に本を載せ、使い勝手を確かめる。すると吉五郎が、載っていた本を丸め、それでぽんと麻之助の頭をはたいた。

「土産を楽しむより、困ってることを、さっさと詳しく話せ。清十郎は、縁談がらみと言っていたが」

清十郎は、町年寄が高橋家へ、縁談を世話すると言った後、何故だか宗右衛門が表に出なくなったと、心配しているのだ。

一旦は怒った宗右衛門だったが、屋敷へ帰るとがっくり気を落とし、引きこもってしまった。案じた母のおさんが身内に相談をしたため、宗右衛門の不調が、近在に知れ渡ったのだ。

麻之助は頷くと、事情を友へ告げた。

「町年寄様が、私へ縁談を世話したいと言い出した。そしたら縁談が三つ、同じ頃に来たんだよ」

相手は揃って町名主の娘達だ。だが、多分どの縁談もまとまらないと言うと、吉五郎が首を傾げる。

「麻之助、同じ町名主の娘御との縁が、何でまとまらないんだ?」

麻之助は苦笑と共に、縁談相手三人について語った。

まずは江戸一番の美人で、大名家との縁談がある、上川名主の娘、お須江。

次に、武家奉公に行く筈の、羽間名主の娘、お滝。

最後は、縁談が決まったと噂のあった、遠野名主の娘、お真津だ。

三人は十五、十六、十七だと結ぶと、お須江から縁談が来たのかと、清十郎が驚いている。

「確かに、後妻になるとは思えない娘御ばかりだな。しかも、一度に多くの縁談が来るとはね。以前にも、集まった縁談で苦労したことがあった気がするぞ。そういう縁談は剣呑《けんのん》だ」

「あ、やっぱりそう思うかい。町年寄様も手代の俊之助さんも、不安に思ったみたいだ」

そして、上手くいきそうもない縁談に、宗右衛門は怒り、次に、気落ちしてしまった。

それで麻之助は事を収める為、三つの縁談を調べ、町年寄へ事情を知らせる約束をしたのだ。

「どうせ、三つ全部受ける事は出来ないんだ。妙な訳がはっきりすれば、おとっつぁんも、気持ちを切り替えられると思うんだけど」

ただ、そうなると。

「急ぎ調べたいけど、縁談三つを、私一人じゃ無理だ。皆、力を貸してくれないか」

麻之助は友を拝む。それから特にと言い、清十郎の顔を見た。見た目が良い友は、おなごに強いと、長年言われてきているのだった。

「できたら清十郎には、一番難しい件をお願いしたい。そうだね、やっぱりお須江さんのことかな」

麻之助が、江戸に鳴り響く美人の名を上げると、清十郎が見台の横で、色気のある顔にふっと笑みを浮かべた。そして、そんなことを思いつくようだから、麻之助は未だに、縁談で苦労していると言ったのだ。

「えっ？」

「麻之助、お前さんに来た三つの縁談で、一番直ぐ事情が分かりそうなのは、お須江さんの話だ」

「ええっ、清十郎さん、本当ですか？」

麻之助や吉五郎だけでなく、丸三までが目を丸くしている。清十郎は自信を持って、先を語っていった。

「お須江さんは、皆が名を知る美人なんだ。男どもだけでなく、親戚や友なども、その行いに、目を向けている筈なんだよ」

何を行い、どんなものを食べ、誰と話し、どこへ行ったかも、分かりやすいに違いない。降ってきた後妻の話をどう思ったか、お須江ならば周りから摑めそうだ。

「だからお須江さんの調べは、麻之助が引き受けな。お前さんは娘御達の縁談相手だ。目立つだろうからね」

「さすがは清十郎。おなごのことになると、目の付け所が違うね」

大いに頷いた麻之助は、では残った二人の内、どちらを引き受けてくれるかと、清十郎へ問う。清十郎は、寸の間半眼になった後、自分は、遠野家のお真津を引き受けようと言った。

「お真津さんは、既に縁談が整ったと言われてたようだ。つまり、男の影がある」

ならば万一揉めた時に備え、喧嘩にも強い清十郎が調べた方がいい。

「吉五郎はまだ、与力見習いになったばかりだ。つまり喧嘩をするのは拙《まず》い。お滝さんを引き受けてもらおう」

お堅い吉五郎では、おなごの調べは心配だがと、清十郎は言う。

「けど仕方ない、頑張っとくれ」

「なら私は、吉五郎さんを助けますよ。一人、余りますし」

ここで丸三がそう言ったが、清十郎は頷かなかった。

「もう一人、調べなきゃならないお人が、いるじゃないか。丸三さんには、そっちをお願いしたい」

「えっ？　縁談は、三つですよね？」

丸三は声を上げたが、吉五郎が直ぐ、四人目の、調べるべき相手を告げた。

「清十郎、分かったぞ。西森名主を調べようと言うのだな」

「当たりだ。さすがは、元同心見習いの旦那だ」

「友の縁談くらい、あっさり事情を見通せないと、吟味方《ぎんみかた》与力の見習いが勤まるのかと、義父上《ちちうえ》に叱られそうだ」

今回の縁では、西森名主が、町年寄と縁談相手の間に入っている。

「西森名主なら、何か事情を承知しているかもしれん。丸三さん、あの町名主さんへ、会ってきちゃもらえないか」

「承知です。ええ、頑張ります」

割り振りが終わると、清十郎が最後に、麻之助へまた目を向けた。

「一番簡単な、お須江さんの調べを回したんだ。麻之助、手が空いたら他の調べを手伝いな」

「ほいほい」

縁談の事情を摑め次第、また相馬家へ集まろうと、四人の話が決まった。皆で早々に表へ出た時、八丁堀の道で、麻之助は一度振り返り、相馬家へ目を向ける。

「与力の屋敷は、以前の同心屋敷とは違うよなぁ。吉五郎の部屋へ集っても、厳しいお義父上、小十郎様と、顔を合わせることがないときてる」

この屋敷で集う事が増えそうだなと、麻之助は勝手を口にした。その背を、ぽんと清十郎が叩き、道の反対側へと歩み去っていった。

上川名主が美人の娘を、大名家の側室にするより、後妻にと思った訳は何か。麻之助は相馬家を出た後、ほてほてと八丁堀の道を行きつつ、首を傾げた。

「調べ方は色々ありそうだ。でも、のんびりしてると、おとっつぁんが寝付きそうだし」

何といっても今回調べるのは、麻之助に来た縁談相手達なのだ。麻之助が、誰よりもきりきり働かねばならなかった。

「うーん、どうやったら早く、事情が分かるのかしらん」

一番手っ取り早いのは、簡単なやり方だと思われた。つまり事情を承知している者へ、直に問うのだ。話をはぐらかし、答えて貰えない事はあり得たが、一気に片付く事もあるだろう。

「上川名主に会って、訳を聞いてみるか」

どう考えても、訳が分からない。首を傾けた後、麻之助は橋を渡り、日本橋の方を目指した。

「確か上川名主の支配町は、この先だよね。近くに行けば、場所は分かるだろ」

支配町では多くの者が、揉め事や不満を語りに、町名主の玄関へ顔を出す。屋敷の場所は、大勢が承知しているのだ。

ところが。

考えの外《ほか》のことは、江戸の明るい道端にも待ち受けていると、麻之助は知る事になった。麻之助は、大勢が歩む京橋近くに来た所で、思わず足を止めたのだ。

「おんや、お和歌《わか》さんですよね。覚えておいでですか、麻之助です。以前、仮の町名主をしていた時、お和歌さんに手伝って頂きました」

お使いか何かで、この辺りまで来たのかと、麻之助は道で娘御へ声を掛けた。すると西森名主の娘お和歌が、振り向いて麻之助を見てくる。

途端、麻之助は拳を握りしめて、驚きの声を止めた。お和歌は驚いたことに、今にも泣きそうな顔をしていたのだ。

（うちの屋敷の玄関へ、こんな顔した娘御が来たら、放っておくことはないよね）

麻之助は頷く。町名主の跡取りとして、腰を据え、ゆっくり話を聞く筈であった。

　このまま、上川家へ向かう事も出来るが……麻之助はお和歌の方へ歩み寄ると、笑みを浮かべた。

「そういえば、以前手を貸して頂いたお礼を、ろくにしていませんでした。良かったら、団子でもご馳走させて下さいませんか」

　道の少し先に、赤い傘を脇に立てた茶店が見えると、麻之助は明るく言ってみる。

「小腹が空いてるんで、付き合って貰えると、嬉しいです」

「あの……はい」

　少し驚いた顔にはなったが、麻之助はお和歌の親と同業で顔見知りだから、不安は無かったのだろう。道端の床几《しょうぎ》に座り、団子と茶を受け取ると、お和歌は少しほっとした顔になった。

「あの、ありがとうございました。実は、家に居るのも落ち着かなくて、表へ出たんです。けど草臥《くたび》れて、どうしようかと思ってました」

　麻之助が頷いて、美味しそうに団子を食べると、お和歌も口にして、やがて涙は引いていった。

　そして団子が消えた頃、麻之助へ、おずおずと目を向けてくる。

「麻之助さん、少し考えを伺ってもいいですか。わたし、今、悩み事を抱えてて」

「はいはい。私で良ければ、話して下さいな」

町名主達は支配町の者達から、悩みを聞くことに慣れている。

(親御の西森名主には、話しがたいことなのかな)

往来の中の茶屋は、行き交う人に紛れ、却って話を聞かれづらい所だ。ここで話しますかと聞くと、お和歌はこくりと頷いた。

3

「わたし、三味線やお琴、お針を習ってまして。嫁入り前の娘は、そういうものなんだそうです」

そんな中で、親が励めと言うのは、やはりお針だそうだ。

「お針は暮らして行くのに、必要です。だから得意だと、良い縁が来ると言われてるんです。わたし、仕立てが上手いと評判の、お師匠さんに習ってます」

師匠は町名主のおかみさんだった人で、息子が跡を継いだ頃から、同じ町名主の娘達へ教え始めたらしい。今では、色々な家の娘達が屋敷へ通っており、仲がいいという。

ところが最近、困り事が起きてしまった。

「同じ習い事には、そりゃあ綺麗なお人も来てます。江戸の美人番付で、一位になった人もいるんですよ」

「おや、それは、お須江さんのことですね」

「ご存じでしたか」

いきなり、調べようと思った相手の名が飛び出してきたので、麻之助は目を見張った。町名主達が、仕事で良く顔を合わせるように、その娘達も縁を繋いでいたのだ。

ここで、お和歌は団子の串を握りしめた。

「お須江さんは明るいお人で、お針の場では、皆の真ん中にいる感じです。わたしとも仲が良いと、思ってました」

ところが少し前から、思わぬ事が起きてきた。お針を習っている場で、お和歌の姿を見かけると、お須江とその仲間達が、さっと話を止めるようになったという。

「何故でしょう」

「麻之助さん、訳は分からないんです」

お和歌はある日思いきって、どうしてなのか、黙ってしまう娘御へ問うてみた。しかし気のせいだと言われ、はぐらかされてしまったのだ。

目に、また涙が盛り上がってきた。

「皆、ただ話を止めてしまうだけ。わたしをいじめたりはしません」

ただ、諍《いさか》いになったわけではないから、お和歌は言葉を返す事が出来ないのだ。

「何でわたしだけ、話に加われないのか、つい、考えちゃうんです」

同じ習い事をしている他の娘達も、町名主の娘達の中で、一人お和歌が外れていることに、気が付いてきたと思う。皆、お須江のことには、興味津々なのだ。

「皆はお須江さんの話を、よくしてます。わたしとお須江さんが喧嘩していると、家の人にも話してるかもしれない」

お須江が絡んだ話だから、噂が知らない所で広がっていても、おかしくはないのだ。

「わたし……習い事に行くのが、怖くなってしまって」

お須江達がまた、黙り込むのが怖い。噂が怖い。先日など、習い事の日に胃の腑《ふ》が痛くなって、お和歌は表へ出られなくなった。

そして一度習い事を休んだら、次は、もっと行くのが怖くなった。お和歌が、部屋で蒼い顔になって立てずにいたら、西森名主が娘の様子に気が付いた。

「おとっつぁんは、ちゃんとわたしの話を聞いてくれました」

「おお、そいつは良かった」

麻之助は頷く。話を聞いた西森名主は、お須江達はお和歌を、嫌っている訳では無かろうと言った。

「お須江さんは、大名家へ嫁ぐと噂になっています。他へ言えない話を、抱えているのではと言ってました」

西森名主は、自分がこの話をもっと、調べてみると娘へ告げた。父親の考えを聞いただけでは、娘の胃の腑が治らないと考えたらしい。

それで西森名主はまず、町年寄の屋敷へ向かった。町年寄の樽屋の手代なら、町名主の家の話を、色々承知していそうだと考えたのだ。

しかしお和歌は泣き顔で、麻之助を見てきた。

「ところが、です。おとっつぁんは町年寄様のお屋敷で、お須江さんのことを聞けなかったの」

「はて？」

「お屋敷へ行ったら、お須江さんに、縁談が持ち上がってたんですって。今度のお相手はお大名じゃなく、町名主さんだとか」

これから縁を決めようという、まさにその時、当の娘御について、町年寄へ揉め事を伝えるのは拙い。西森名主の言葉が元で、縁談が吹っ飛ぶかもしれないからだ。

麻之助は、着物の膝を握りしめた。

「ええと、その。実は私にも、縁談がありまして」

「おとっつぁん、済まなかったとわたしへ言ってくれました。でもわたしの悩みは、きっと長くは続かない。大丈夫だとも言ったの」

「あの……」

縁談がまとまれば、もうお須江は、お針を習いに来なくなる。それは婚礼前に、終えるべき習い事なのだ。

お和歌は頷くしかなかった。頷いてしまったので、これからはお針の稽古へ行かなくてはならない。

だが、今でも外出が、嫌でたまらないのだ。

「縁談……直ぐに決まるとは限らないし」

同じ習い事をしている娘達は皆、お須江の味方であった。つまりお須江が嫁に行くまで、お和歌の悩みは続きそうなのだ。

「どうしよう。きっと、まだしばらくの間、お須江さんの縁談、決まりはしないわ」

お和歌が溜息を漏らす。

その途端、麻之助は首を傾げた。そしてお和歌の顔へ、そっと目を向ける。

（あれ？　今、何か引っかかったよ。そう、お和歌さんは、どうしてこの先も、悩みが続くと思ってるんだろう）

何度か唸《うな》った後、麻之助はまたお和歌を見て、眉尻を下げた。それからわずかに頷き、隣の床几へ声を向ける。

「お和歌さん、私に何か隠してますね？」

町名主屋敷の玄関では、支配町内の困り事の、相談を受ける。だが、わざわざ話しに来たのに、都合の悪い話を飛ばして言わない客が、本当に多くいた。麻之助が事情を知らぬままでは、事を片付けられず、話が長引いて、結局当人が頭を抱える筈だ。

それでも皆、せっせと真実を隠すのだ。

「お和歌さん、町名主に相談する時、お話を省いちゃいけません。西森名主も、頼ってきた人の言葉足らずのせいで、困ったりしませんか？」

お和歌が顔を赤くし、麻之助を見てくる。そして……しばしの後、済みませんと、小さな声で謝ってきた。

「わたしのことではなく、しかも噂なので。他へ話してもいいものか、迷いまして」

「その話を聞かなくても、私は相談にのれますか？　お和歌さんの悩みを、何とか出来そうですか？」

問うてみると、お和歌はじき、首を横に振る。それから、口に出来なかった噂を語りだした。

「わたしとお須江さんは、二つの事を、同じ師匠から習ってまして」

お針と、お琴だ。お和歌はお琴を習うとき、他の娘達から、お須江の噂を耳にしていた。娘達が、夢中になるような秘め事であった。

「実はお須江さんには、心底好いている、鯔背《いなせ》な相手がいるって聞きました」

だから、大名家からの話が来ていたのに、話がまとまっていないのだ。お須江自身が、そう話していたらしい。

「おやま」

「相手の方が、どこの誰なのかまでは、耳にしてません。宮地芝居《みやじ》をしている、若い方だという噂がありました。違う、地回りだという話も聞きました」

多くの娘達が、大名家との縁より、好いた相手を取るお須江を、応援していた。綺麗な上、出世よりも恋を取るお須江は、娘達の夢、そのものなのだ。

そんなお須江と、お和歌は今、ろくに話をしてもらえない。だから悩み、胃の腑が痛くなっているのだ。

「何と、そんな事情でしたか」

ふと、お須江が好いているのは、かなり危うい生業《なりわい》の若者ではないかと、麻之助は考えた。地回りという噂が出ているからだ。

(下手をしたら、刑罰の入れ墨が入ってる奴かもしれない)

つまり上川名主が突然、麻之助との縁談を考えたのは、その男との縁よりましだと考え、大急ぎで婚礼させようとしたからではないか。危ない男が娘の側にいたのでは、大名家との繋がりなど考えられない。

(うむ、ありそうな話だ)

事が片付いた気がして、麻之助は道端の床几の上で大きく頷いた。しかし考えてみれば、お和歌の悩みをどうするかという件と、お須江の相手が誰かという悩みが湧いている。

(一つ、事情が分かったら、二つ、悩みが出てきてしまってるね)

しかも自分の困り事が先か、お和歌の悩みかを考えたら、もちろんお和歌が先になる。町名主の跡取りたる者、受けた相談を、後回しにしてはいけなかった。

(こりゃ自分の調べが、遅れそうだな。清十郎に叱られるかね)

いささか情けなくて、つい溜息を漏らすと、横でお和歌が、不安げな顔になる。麻之助は急いで笑い、大丈夫だと言って男気を見せてみた。

もっとも麻之助は己に、どれくらい男気があるのか、不安ではあった。

4

お和歌が帰るのを見送った後、麻之助は一旦、八丁堀の相馬家へ戻った。お須江の件を終わらせるまでに、時が掛かりそうなので、一言友へ、伝えておこうと思ったのだ。

もっとも友は縁談相手、お滝について調べる為、出かけている筈だ。だから麻之助は、屋敷で文を書き、託していくつもりであった。

ところが。

「おや、麻之助、早く戻って来たものだな」

吉五郎が屋敷にいたものだから、奥の間で顔を合わせた双方が、驚くことになる。まずは麻之助が、お和歌から聞いた話を告げると、吉五郎は頷いた。そして自分は、羽間家の調べを終えたので、役目が手空きになった時は、手を貸そうと言ってくる。

「は？　吉五郎、もうお滝さんの武家奉公の話について調べたのか？　早いな」

すると吉五郎は、調べ上げただけでなく、事は解決したと言ってくる。お滝の父、羽間名主が、近々町年寄の所へ行き、縁談を取り下げると言ったのだ。

「高橋家へ、三つも縁談が集まってるんだ。樽屋は、一つ縁が減っても構わないと、承知するはずだ」

「驚いた。そりゃ、早くに事を終わらせたもんだ。吉五郎、どうやったんだ？」

自分が上川家へ行ってもいない間に、吉五郎は受け持った縁談の始末まで、済ませていたのだ。

するとその時、今日は屋敷にいたようで、相馬家の一葉《いちは》が顔を見せ、茶と、頂き物だという菓子を出してくれた。吉五郎は、その上菓子を食べつつ、悠々と事情を語り出した。

「私が受け持った羽間家は、日本橋の堀川《ほりかわ》沿いにあるとの事だった」

吉五郎は舟を使い、大層早く、目当ての町名主屋敷へ着いた。すると羽間家の玄関前で、三人の町人が困った顔をしていたのだ。男達は元同心見習いゆえ、顔の知れている吉五郎を見かけると、急いで寄ってきた。

「吉五郎の旦那、良いところへおいでなすった。大急ぎで、騒ぎを何とかして下さい」

「は？　もう同心見習いじゃないから、町での揉め事に、首は突っ込めないって？　そんな悠長なこと、言っちゃいられないんですよ」

「早く止めて下さいっ。羽間家のお滝さんが、さっきから長刀《なぎなた》を構えてるんですよ」

相手は何と、父親の羽間名主だという。長刀と聞いて、驚いた吉五郎が屋敷の玄関へ入ると、町名主は心張《しんば》り棒《ぼう》を手に、娘と対峙していた。だが、どう考えても長刀を構える、お滝の方が腕が立ちそうだ。構え方が違うのだ。

吉五郎は顔を顰《しか》め、とにかく落ち着けと、まずはお滝の長刀を手で押さえた。するとだ。吉五郎が、己へ加勢してくれたと思ったのか、ここで羽間名主が無茶をした。心張り棒を使い、娘の長刀を叩き落とそうとしたのだ。

だがお滝は反対に、その心張り棒を柄で払うと、そのまま長刀で畳を強く打った。

「ひっ」

短い悲鳴を残し、羽間名主が座り込んでしまうと、騒動の時は終わる。吉五郎が、後は自分が、二人から話を聞くと言い、表で心配していた町人達を帰した。

そして人払いが終わると、吉五郎が口を開くより先に、お滝が話し出した。

「旦那、聞いて下さいな。おとっつぁんたら町名主なのに、筋を通さない無茶をしたんですよっ」

びしりと娘が言うと、町名主はそっぽを向いている。その態度だけで、どちらの言い分が正しいか、吉五郎には分かった。

「私は少し前に、武家奉公へ出ると決めてました。父も、そのことを承知していたんです」

羽間家には息子が三人おり、次男に持参金を付け、養子に出したばかりであった。そんなとき、三男が勉学の才を評価され、西の地で遊学する機会を得た。

「ですが、末の弟を西へ行かせる余裕など、当家にはございません」

だが弟の先々を諦めるのが、お滝は嫌だった。それで、己の稼ぎで三男の弟を、西国へ勉学にやると決めたのだ。大名家で奉公を始めると聞き、吉五郎は眉を引き上げた。

「弟には、才がございます。そして、姉が武家奉公へ出て、その金子《きんす》で学ぶことの意味を、しっかり分かっている子でございます」

よって必ずやきちんと学び、立派な立場になって江戸へ戻ってくるはずと、お滝は言い切った。それが姉弟、兄、両親の希望だった筈なのだ。

だが……ここで、座り込んでいた羽間名主が、口を挟んでくる。

「私は息子の為に、娘に無理をさせるのが、嫌になったんですよ」

しかしお滝は、首を横に振る。

「無理をするんじゃありません。武家奉公をするといっても、私は町人です。その内、お暇も頂けます。縁談は帰ってから、考える気でおりました」

武家奉公をすれば、少し歳がかさんでも、縁を得られるだろうと思っている。ところが。

「父が急に、早く嫁に行った方がいいと言い出しまして」

どうやら親しい町名主、遠野名主の娘が、そろそろ縁づくと聞き、張り合う気が生まれたらしい。しかも、その遠野名主共々、有名な娘を持っている上川名主を、うらやんでもいるようだと、お滝は口をへの字にした。

「おとっつぁんも遠野名主も、同じ町名主の娘が、大名家へ嫁ぐと聞いて、浮き足立ってるんですよ」

麗《うるわ》しきお須江と、己の娘との差が、気になって仕方がないのだ。

「だってお滝、そりゃ当たり前だろう？」

羽間名主が、両の手を握りしめ、娘へ唸るように言った。

「お須江さんは大名家へ、側室として入ると聞いたんだ。なのにお滝は、武家奉公するという。つまりご側室の、女中になるんじゃないか！」

同じ町名主の娘なのに、それでは自分の娘が、下の立場になる。お須江の話を耳にし、その後、お滝の奉公が決まると、羽間名主は、ずっと惨めであったと言い出した。

「お須江さんのおとっつぁん、上川名主に会うたび、負けた気持ちに包まれちまうんだよ」

しかもだ。それほど、娘を持つ町名主達の心を揺さぶっていたお須江に、更に、別の噂も流れた。同じ町名主、高橋家の跡取り息子麻之助が、縁談を求めていたが、お須江の名が上がったと言うのだ。

その上その縁は、何と町年寄樽屋が、仕切っているらしい。

「な、なんでだ？　どうして、あのお須江さんが、同じ町名主の後妻になるんだ？　しかも高橋家の見合いに、どうして町年寄様が関わるんだ？　うちより高橋家の方が、重く扱われてるみたいだ」

納得出来なかった羽間名主は、娘お滝に、長刀を突きつけられるようなことをした。町年寄へ、お滝も麻之助と見合いをすると、伝えてしまったのだ。

「麻之助さんは、町名主になるんです。もしかしたら、派手に扱われているお須江さんより、うちの娘を選ぶかもしれません。そうしたら、上川名主に勝てるじゃないですか」

長い間感じていた、情けないような思いが、一気にすっきりすると言い出し、羽間名主は娘から睨まれる。

「信じられません。おとっつぁんは、私や弟の先々を、何と思っているんでしょう」

お滝が、また長刀を構えそうであったので、吉五郎はうんざりして、さっさとこの件を終わらせると決めた。吟味方与力見習いとして、羽間名主へびしりと言ったのだ。

「まず羽間名主は、馬鹿な考えを捨て、町年寄の屋敷へ行くこと。そしてお滝どのは、やはり武家奉公へ行くと決まったので、縁談を取り下げさせて欲しいと、樽屋へ伝えるんだな」

「えーっ、それじゃうちの娘が、お須江さんに負けます」

「己から引けば、負けにはならぬだろうさ」

だが意地を張って引かないのなら、今日の話、高橋家へ伝えると吉五郎は言い出した。

「麻之助のことは良く知っている。町名主の矜持《きょうじ》より、娘御の方を大事にする男だぞ」

つまりこのままだと、本当に上川名主に負けるぞと言うと、羽間名主は眉間に皺を寄せた。そしてじき、渋々ながら、町年寄樽屋へ向かうと言ったのだ。

「お滝さん、ほっと息を吐いてたよ」

「私も、一つ縁談が減って助かった。吉五郎、ありがとうな」

麻之助は上等な菓子を、一葉からもう一つもらうと、相馬家の暮らしが変わったことを、美味い菓子からしみじみ感じた。

付け届けの菓子が、上物になったということは、眉間に皺の寄るような頼み事も、増えているに違いない。その内町名主の、聞くことが得意という技を使って、思う存分、吉五郎に吐き出させてやろうと、麻之助は決めた。

するとだ。その時一葉から、もう一つ菓子はどうかと聞かれ、麻之助はようよう気が付いた。一葉は何か、もの言いたげな様子を見せていたのだ。

（おや？　話があるのかな）

声を掛けようかと思った時、丸三と清十郎が、こちらも何故だか、大層早く相馬家へ帰ってきた。麻之助達が驚いていると、清十郎を見た一葉が、急ぎ部屋から出て行く。

「薬籠《やくろう》、取ってきます」

部屋へ顔を見せた清十郎は、月代《さかやき》に、赤く大きな瘤《こぶ》を作っていたのだ。

5

一葉が持ってきた薬から、吉五郎が一つ選び、友の頭へ、ぺたぺたと塗っていく。吉五郎は剣の腕が立つ。つまり、どんな相手から付けられた傷か、直ぐに考えついたようだ。

「木刀による打ち身だ。けれど、これ一発だけということは、最初は不意打ちだったのかな」

次の一発を許さなかったのだから、清十郎は殴ってきた相手より強く、何倍かにして返したのだろう。清十郎も麻之助も、町名主という役目には不必要なほど、腕が立った。

「まあね。十分お返しした」

清十郎は笑ったが、塗り薬が染みるのか、顔を顰めて言葉が途切れる。すると丸三が、横から口を開いた。

「あのぉ、清十郎さんの瘤が気になるとは思いますが、手当中だ。西森名主さんの所へ向かった、私の知らせは短いんです。先に話しちまいますね」

「ああ、丸三さん、そうして下さいな」

返事をしたのは麻之助で、火鉢に掛かった鉄瓶を手に取り、友へ茶を淹《い》れる。丸三は一服した後、西森名主の屋敷へ行った時のことを告げた。

「実は、玄関へ顔を見せて来た町名主さんと手代さんに、とんだ間違いをされちまいまして」

おかげで話が逸《そ》れたと、丸三は言う。

「そのですね、西森家の手代九助《きゅうすけ》さんが、どこかの高利貸しから、借金をしていたようなんです」

主の西森名主が気づき、子細を聞いていたようだが、九助は大した額ではないと、はぐらかしていたらしい。ところがだ。

「金を借りると、借金が丸っと三倍になると噂の、この丸三が町名主屋敷へ現れたんです。私が事情を話す前に、やはり危うい借金だったのかと、主従が大喧嘩になったんです」

丸三は西森名主へ、麻之助の縁談について問いに行っただけだ。だが目の前の言い合いで、九助の借金額が露見した。ついでに、借りた高利貸しの名も分かると、丸三は黙っていられなくなった。

「九助さんとやら、その高利貸しはいけないよ。まだ、私から借りた方がましだね」

「えっ？」

静かに言っただけなのに、玄関で、主従の喧嘩が止まった。九助が金を借りている相手は、仲間が〝吊り〟という二つ名で呼んでいる、怖い高利貸しであった。

「あの高利貸し、一見慈悲深そうな顔をしてるし、小銭を借りるのは構わないんだ。けどね、うっかり大金を借り、返せないと、首を吊る羽目になるっていう怖い奴さ」

九助が震え出し、西森名主が慌てふためいた。それで、このままでは話が聞けないからと、借金で首を吊らずに済むよう、丸三が算段をしたのだ。

「とにかく西森名主から金を借りて、借金は直ぐに返すこと。その金は細かく割って、給金から引いていくこと。そういう話にしたんです」

落ち着いた西森名主が、何で丸三が屋敷へ来たのか問うたので、丸三はやっと、麻之助の名を出す事が出来た。

すると、進んだと思った話が、またもや妙な方へ逸れてしまった。

「おおっ、麻之助さんが、手代の借金の噂を聞き、心配してくれたのか。同じ町名主同士、ありがたい話だ」

「えーっと、そのぉ」

丸三は何と話したものか、寸の間、困った。だが目の前で、町名主が手代へ、また説教を始めたので、帰ることにしたという。

「粘って、麻之助さんの縁談について話しても、借金で埋まった西森名主さんの頭にゃ、入らないって思ったんでね」

そして途中、清十郎と道で行き会ったのだ。丸三は、西森名主は縁談について、特別なことは知らないだろうと口にした。

「麻之助さんの名を出したのに、縁談の話は、欠片《かけら》も出なかった。特別な事を知らないからでしょう」

部屋内の四人は顔を見合わせ、揃って頷く。

「もう一度、西森家へ行く必要は、なさそうだな」

納得したところで、手当の済んだ清十郎が語り出す。清十郎の向かった先は、お真津のいる町名主遠野家であった。

「お真津さんには、既に縁談が決まってるとの噂がある。だからあたしが行ったんだけど、それで良かったよ」

屋敷を訪ねたら、先客がいたのだ。丸三では、一方的にやられかねなかったし、吉五郎では、大事になりかねなかった。麻之助だったら……大いに喜んで、余分な立ち回りをしそうであった。

「それがお真津さんの相手で、小間物屋の次男だったってわけだ」

名を、鯉家屋《こいけや》の治助《じすけ》と言った。

「ありゃ」

「お真津さんとは、もう夫婦同然の気でいたらしい。それが急に、相手に別の縁談があるって話を聞き、怒って遠野家へ来てたんだ」

そこへ清十郎が、高橋家との縁談について、進めて良い縁かどうか調べに来たのだ。側にお真津がいたのに、治助は癇癪を起こし、大声で清十郎へ食ってかかった。

清十郎は、縁談相手ではないから落ち着いていたが、屋敷の奥から新手が出てきて、庭先で治助と喧嘩になった。

「お真津さんの父上、遠野名主が現れちまったんだよ」

町名主の屋敷で騒いだのだから、主に声を聞かれても仕方がない。そして、治助との縁談があったのに、麻之助へも話が行った訳は、二人の喧嘩できちんと分かった。

「娘へ、より良い縁を求めるのは、親の務めだ。私は高橋家との縁談が決まればいいと、思ってるんだよ」

町名主からそう言い切られて、治助が顔を赤くする。

「鯉家屋との約束を、守る気は無いってことかい」

怒鳴り声に、怒声が返った。

「なら問うが、治助さん、いつ分家するんだい。次男だが、店一軒持たせてもらえるって言ったから、娘を嫁がせる気になったんだ」

ところが鯉家屋は、縁談を持ちかけたときの約束を、いつまでも果たしてくれない。このままではお真津は、長屋住まいとなりそうなのだ。

「おとっつぁん、いずれ店を出せるよう、夫婦で頑張っていく。前にそう言ったじゃない」

お真津が横から口を挟むと、遠野名主は、新しい縁談が見つかったから、事情が変わったと、堂々と言い切った。つまり本心では、分家の望みが消えたことに、納得などしていなかったのだ。

「お真津、麻之助さんは、町名主の跡取りだ。夫婦になれば、お真津は馴染んだ暮らしを、ずっと続けられるんだよ。望んで苦労することなんか、無いんだ」

だが治助はその言葉を聞き、口元を歪めた。

「お真津から聞いたよ。麻之助さんとやらには、江戸一の美人、お須江さんとの縁談も、あるそうじゃないですか」

なのに遠野名主はそれを承知で、今もお真津へ、麻之助との縁談を勧めている。

「うちの親が、今度の縁談を知ったら、話は流れそうだ。その為にお真津へ、まとまりそうも無い縁を勧めるんだ。そうだろ」

縁談が、鯉家屋と遠野家の揉め事に化けたら、もう若い二人の考えだけでは、一緒になれなくなる。

「あんまりじゃないですかっ」

「治助さん、私じゃなく、分家を反故《ほご》にした親へ、怒ったらどうだい。うちとの約束を守らない、鯉家屋がいけないんだよ」

清十郎は、二人の言い合いを聞き、遠野家から麻之助へ、縁談が来た訳に納得して、帰ることにした。

「縁談相手でもないのに、喧嘩に割って入るのも、妙だしね」

ところがだ。清十郎が背を向けた途端、途中で逃げるなと、治助が殴りかかってきたのだ。

もちろん、そのまま殴られてやる気はなかったから、清十郎は避けた。すると喧嘩は、遠野名主と治助の殴り合いに化けてしまう。木刀が振り回され、側にいたお真津が、悲鳴を上げることになった。

「うわっ、危ないっ」

お真津を庇《かば》った為、清十郎は額に怪我を負ったのだ。いい加減腹が立ったので、その後清十郎は、ちゃんと二人にやり返した。たとえたまたまでも、おなごへ木刀を振るった男は、責任を取らねばならないのだ。

それから治助と遠野名主へ、きっぱりと告げてきた。

「事情は高橋家へ話す。こうなったら、遠野家と高橋家の縁組みは、まぁ無理だな。遠野家と鯉家屋との縁談は、好きにしな」

清十郎はそう言い切ってから、遠野家の屋敷を後にしたわけだ。

「麻之助、そういう訳で、遠野家との縁談は、破談と相成った。だが構わないよな？」

「うん、それはいいけど」

お真津を庇うため、清十郎が殴られたのは考えの外で、とんだことになって済まないと、麻之助が謝る。そして。

「これで悩み事は、あと二つに減ってくれた。皆のおかげだ」

麻之助がそう言うと、数が合わないと、清十郎と丸三が首を傾げる。吉五郎が、自分と麻之助の話を告げると、二人は顔を見合わせた。

「今度は西森名主の娘御、お和歌さんの悩みが出てきたわけか」

お須江の話も、まだ手が付いていない。お和歌の悩みを、どう片付けていくか、皆で話し合うかと言った時、一葉が清十郎と丸三にも茶菓子を持ってきてくれた。そして部屋の隅に座ると、小さく首を傾げている。

一葉が前にも、何か言いたげであったことを思い出し、麻之助は吉五郎へ、お前から問えと膝をついた。そして友が顔を向けると、一葉は、思わぬことを口にして来たのだ。

「その、お綺麗なお須江さんが、お大名の側室になられるとの話、わたしも耳にしたことがあります。で、その方はいつ頃、お大名から話をいただいたのでしょうか」

「えっ？　いつ？　さて、どうなのかな」

吉五郎だけでなく、男は皆、一葉へ目を向け、戸惑う顔になる。

「お話をいただいたのは、もちろん、よみうりに書かれて、噂が立つ前の事ですよね」

一葉は、お須江との縁談が、麻之助へ来た日より、結構前のはずだと言う。

「お須江さん、どうして早々に、側室になると決まらなかったんでしょうか」

決まっていれば、麻之助との話が来ることなど、無かったはずなのだ。清十郎が片眉を引き上げた傍らで、麻之助が目を見開く。

「そりゃ、縁組みの支度もあるでしょうし……いや、違うな。それは嫁入りを、決めてからやることだ」

つまり親御の上川名主やお須江は、結構長い間、お大名との縁を、はっきりさせずにいたことになる。

「はて、どうしてまた、そんなことをしたんでしょ」

戸惑うような丸三の声だけが、部屋内で聞こえた。そしてその後、続けて語る者がいない。麻之助は、寸の間考えてから、ひょいと立ち上がった。

「分からないねえ。だからきっと、それはとても大切な問いなんだ」

麻之助は、自分だけはまだ、最初に決めた、調べ事をしていないと言い出した。

「だから上川名主の所へ、これから行ってこようと思う。その時、この疑問を正面から、問うてみるよ」

話がどう転んだかは、後で知らせると言い、麻之助は表へ出てゆく。残った面々が、お和歌の悩みについて、背後で語り出したのが聞こえたが、多分、その話し合いは必要ないだろうと思う。

（お須江さんの先々が決まれば、お和歌さんの悩みも消える。大丈夫）

早く事を進めたくて、じれて走り始めると、じき、堀川に舟が見えてくる。乗っていこうか、一寸、財布の中身を考え迷ったが、やはり走った。

道々、お須江の縁談の事情を、頭の中で組み立てていった。

6

江戸町年寄、樽屋の奥座敷に人が集った。

まずは樽屋が上座に座り、手代の俊之助が脇に控える。反対側には麻之助と宗右衛門が顔を見せ、横には西森名主と、お和歌も来ていた。

そして樽屋の右側には、上川名主とお須江の姿があった。

顔ぶれが揃うと、今日は高橋家の縁談について、どういう話になったのか知らせておくと、樽屋が口を開く。

「この樽屋が、麻之助さんへ縁談を世話すると言い、西森名主に、間に立ってもらったんだからね。縁談は三つきた。羽間名主と遠野名主、それに、そちらにおいでの上川名主から、話をいただいたんだ」

ここで手代の俊之助が、皆の前に茶を出すと、話がしばし途切れる。すると、それを待っていたかのように、樽屋が目を向けてきたので、麻之助が頷いた。

そして、部屋内の皆へ語り始める。

「高橋家の縁談の話では、皆様にお世話になり、ありがとうございました。町年寄様にも、大変お手数をおかけしました」

丸三や大倉屋《おおくらや》など、世慣れた面々に聞かれたら、最初の挨拶が短すぎる、まだなっていないと言われそうで、ひやひやする。しかし樽屋の前で、口を挟んでくる者などおらず、麻之助は言葉を進めていった。

「嬉しいことに、今回は高橋家へ、三つの縁談をいただきました。しかしです」

今日樽屋へ、その内二家は来ていないと、麻之助は続ける。

「実は、羽間家のお滝さんは、吟味方与力相馬家の仕切りで、武家奉公へ行くと決まりました。前々から話があったとのことです」

一時親御が、娘の嫁入りを考えたが、孝行娘は弟を学ばせるため、武家奉公を選んだのだ。

「本当に、優しい娘御です」

だから親へ向け、お滝が長刀を振り回したことは、この場では言わなかった。奉公の後の、縁談に響いてはいけないのだ。

そしてもう一人、遠野家のお真津だが。

「こちらは、八木清十郎名主の世話で、別の、鯉家屋さんとの縁談が決まりました。ええ、そのご縁が進まず、親御は一時、高橋家との縁も考えて下さったのですが、元々の話は、ご縁が深かったのです」

まさかお真津の相手治助が、木刀で清十郎を打ち、騒ぎになったとは語れず、麻之助は、穏当な話だけ口にした。

ほっとすることに、宗右衛門は怪しみもせず、横で頷いている。

そして麻之助は三人目の縁談相手に、今日、樽屋へ来てもらったと言った。

「お分かりとは思いますが、こちらが上川名主の娘御、お須江さんです。いや、本当に美しいお方だ。お大名が是非、ご側室にと望まれるのも分かります」

お和歌は以前お須江のことを、明るく、娘達から好かれている人だと言っていた。麻之助の目から見たお須江は、ちょいと勝ち気そうな、華やかな娘御だ。

（そりゃあ綺麗だけど、余りに目立ちすぎて、町名主のおかみさんには向かないね）

とにかく支配町の皆は、そう判じそうであった。麻之助はお須江を見て、にこりと笑った。

「お大名からのご縁が来た時、周りはお須江さんに相応《ふさわ》しい、これ以上無い程の縁だと、納得したでしょう。そのまま縁づくものと、皆、勝手に思っちまいそうです。でも……上川名主さんは、困った。そんな所じゃなかったんですか？」

返事の代わりに溜息を漏らしたから、上川名主は華やかな娘と、その縁談を、やはり持てあましていたのが分かる。

夢のような縁が来ているのに、上川名主は、麻之助との縁談を考えたのだ。事情があるのだろうと、麻之助は勝手に、手助けを申し出てみた。

「あの、何か手を貸せる事は、ありますか」

だが上川名主は、突然の話に躊躇《ためら》っているのか、返事をしてこない。

(うーん、もはや、誰に何を言えばいいのか、分からないのかね？)

だがじき、困っている当人、お須江が代わりに答えた。華やかな娘は父親より、余程はっきり、己が分かっている様子であった。

「あの、助けて下さるのでしたら、お話しします。余所《よそ》へ、語られては困る話ですが、大丈夫でしょうか」

「決まりそうもありませんが、私は、縁談相手です。こちらを困らせたりいたしませんが」

麻之助が約束すると、親が溜息をつく横で、お須江はさっさと事情を語った。他に誰も居ないからか、正直な言葉が出て来る。

「お大名との縁というと、余程良きものと、よみうりなどでは書かれております。でも、その、私は引かれなかったんです」

せっせと習い事をしている娘達の中には、お滝のように、武家奉公をする者も多い。すると奉公先の、大名家の暮らしがどんなものか、耳に入ってくるという。

「お大名ですと、奥方様など、綺麗なお着物を着て、大勢にかしずかれておいでだそうです。ですが」

武家には武家の作法があり、決まり事が多く、堅苦しそうな日々であった。

「おまけに大名家の奥へ入れば、外出一つ、ままならないって言います」

習い事に出たり、縁日や祭を覗くのが大好きなお須江は、そんな話を聞いただけで、うんざりしてしまったのだ。

「それで、あちらから縁談を止めて頂けないかと、習い事の先から噂を流してみました。私に好いた相手がいると、言ってみたんです」

「おやおや」

「麻之助さん、けどそれでも、縁談は無くならなかったんです」

娘に泣きつかれた上川名主が、仕方なく、縁談を断ることになった。

「おとっつぁん、失礼な断り方など、しなかったって言うんですけど。でも、なかなかご縁を、引っ込めて頂けなくて」

上川名主は、横で何度も頷く。

「相手は身分の高い、お武家です。私は精一杯気を使って、あちらから引いて頂けるよう、お願いの文を書きました。無礼な点は、なかったと思うんですよ」

だが町年寄は、首を横に振る。

「お須江さんがどこへ嫁ぐか、皆が噂してた。そんな中、縁を断られたんだ。大名家は恥になると、承知できなかったんだな」

　だからか、引かなかったのだ。殿様本人は、お須江と会ったこともなかろうし、惚れていたからではなかろう。

「もっと間を置いたりすれば、良かったんですかね」

　断り方を間違えたと、上川家の親子が後悔した時は、遅かったのだ。

「困って、いっそ他の縁があると言えば、片が付くかと思って、麻之助さんとの縁談に加わってもみました。駄目でしたけど」

「えっ、それで高橋家に、縁談が来たんですか」

　お須江の困り事は続いたが、じきに同じく、縁談で悩んでいる娘達と知り合えた。

「習い事の先で、困った縁について話せて、少しは気が晴れました。でも万に一つ、余所に話が漏れてはいけないと、やたらと気を使いました」

「あ……それでお針の日、急に黙ったりしてたんですね」

　ここでお和歌が、目を見開く。お和歌の悩みは、一寸の内に解けて消えたと分かり、麻之助は頷いた。

（よっし。これでまた一つ片が付いた）

　麻之助は、己へ舞い込んだ縁談について、納得し、町年寄へ事情を話すことも、出来るようになったのだ。

一方、麻之助は、お須江を助けると約束したわけで、話を聞き終わった宗右衛門が、顔を引きつらせる。

「麻之助、お前、どう動いたんだい？　何とかする当てが、あったんだろうね？」

息子は、へらへらと笑う。

「おとっつぁん、私にお大名とのいざこざを、どうにか出来る訳が、ないじゃありませんか」

そのことを、ようく承知している麻之助は、唯一出来る手を打った。つまり事を何とか出来る相手へ、押っつけることにしたのだ。

「お大名を、誰なら動かせるか。町名主の跡取りの私が思いついたのは、大名貸し、その御仁《ごじん》だけでした」

「おっ、大名家へ、金を貸している町人か」

西森名主が、面白げに頷く。しかし拙い事に、麻之助には、そんな大金持ちの知り合いはいなかった。それで。

「私が良く知るお人で、一番お金持ちは誰かなって、考えたんです。西森名主、高利貸しの、丸三さんだろうと思いました」

「あ、そういえば、あの丸三さんと、知り合いだって事でしたね」

そして丸三は、ちょいと頼みにくい相手、札差《ふださし》の大倉屋へ話を通した。大倉屋であれば、大名家へ金を貸している両替屋などを承知している。そこから更に、お須江と縁のある大名貸しへ、たどり着ける筈であった。

「大倉屋さんは、突然の頼み事をきいてくれました。ただ、麻之助の未熟者と、怖い事をおっしゃっていたそうです」

　やはり大倉屋へ話が伝わると、麻之助は叱られてしまった。

「ですがお須江さんへ、縁談を持ち込んでいた商人の中に、大倉屋さんの知り合いがおいでだった。で、力を貸して頂けたんです」

大名家との話が片付いたら、お須江が大倉屋の知り合いと、一番に見合いをするということで、手を打つことが出来た。大倉屋は知り合いに、貸しを作れるのだ。

　お須江も頷く。

「大倉屋さんが親しい方々、皆さんお金持ちで、しかも三人おられましたの。どなたかとまとまれば嬉しいと言われ、気を楽にして話を受けることが出来ました」

お須江は、また別の武家から話が来ない内に、気楽な町人との縁を、決めてしまいたかったようだ。話が上手くいけば、町年寄が取り持った形にして、縁を進める事になった。

「めでたし、めでたし。これでお須江さんの縁も、上手く片付きました。いや、ほっとしました」

麻之助の言葉に、座にいた皆が頷き、町年寄の屋敷内が安堵の心持ちで満ちる。妙な成り行きの縁談は、何とかなったのだ。

ところが。座で一人だけ、顔を下に向けている者がいた。父、宗右衛門であった。

「麻之助、嬉しがっている場合じゃ、ありませんよ。お前、せっかく町年寄様が、三人もお相手を紹介して下さったのに。やっぱり嫁が、決まらなかったじゃないか！」

このままでは孫を抱けず、養子を取るしかないと、宗右衛門は嘆き始めた。上川名主は困った顔になり、訳ありの話ばかりを回してしまった樽屋は、きまりが悪いのか、天井へ目を向けている。麻之助は、この後どうやって親をなだめようか、大急ぎで考え始めた。

すると、その時だ。

「そうでした。宗右衛門さんは、麻之助さんへ急ぎ、嫁御を持たせたいってことだった」

明るい声でそう口にしたのは、西森名主だ。西森名主はここで、ひょいと隣へ目を向けると、座っていた娘へ軽く声を掛けた。

「お和歌、お前もそろそろ、お針が上手くなっただろ。どうだい、麻之助さんへ嫁ぐってのは」

「あら、急なお話ですね」

お和歌は麻之助を見て、首を傾げている。だが、否とは言わないのを知ると、町年寄が大急ぎで話に加わってきた。

「おお、それはいい考えだ。同じ町名主の家同士の縁。いや、良いじゃないか」

するとと宗右衛門までが、真顔で頷く。

「それはありがたいお話で。西森名主、娘さんを是非、うちの嫁にいただきたい」

麻之助は、凄い美男ではないが、一緒にいて気楽な男だと、父親は売り込んでいる。

すると、上川名主までが笑って言った。

「なんの、結構頼りになるお人ですよ。今回お須江が、お世話になりました」

何故だか誉め言葉が重なっていく。縁談も不思議な程、重なっていた事を思い出し、麻之助は首をかしげつつ、お和歌へ言ってみた。

「あの、お互いにほとんど、知らない相手なんですが」

先に、町名主屋敷の雑事を助けてもらい、一回、悩み事を聞いただけだ。互いに相手の顔は分かるが、それだけで縁組みをして良いのだろうか。

(お和歌さん、良いの？　いいんですか？　ほんとに？)

良く知らない人が嫁になると、どういう明日が来るのだろうか。

疑問を声に出せず、よって返事を聞くこともなく、麻之助はただ狼狽《うろた》える。

気が付くと縁組みは細かい日取りまで、あっという間に決まっていった。

いわいごと

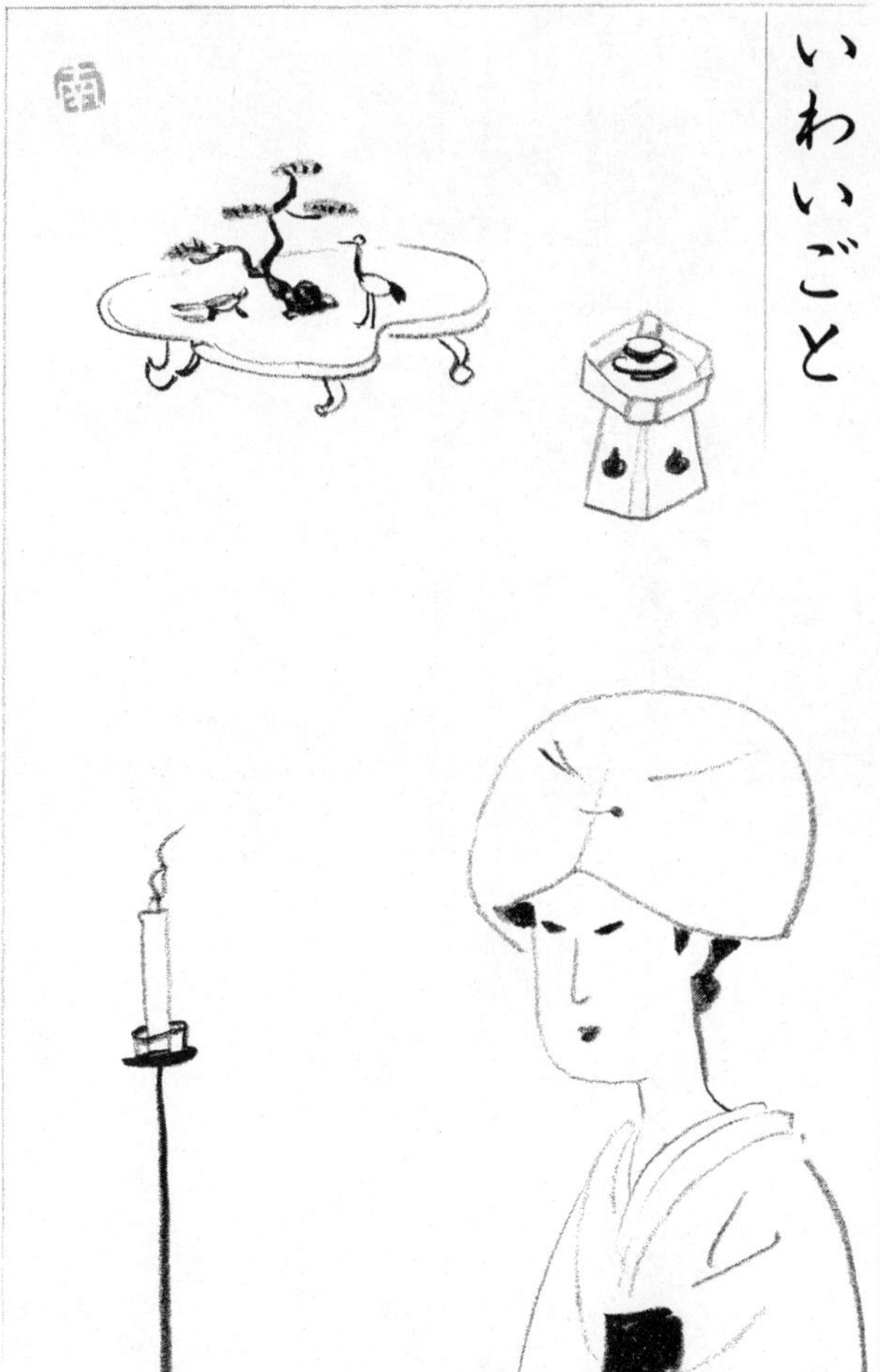

1

高橋《たかはし》家の跡取りで、やもめの息子麻之助《あさのすけ》に、嫁が決まった。

高橋家の支配町では、お気楽者が、何とか妻を得ることになって良かったと、多くが胸をなで下ろした。そして町名主の妻として、自分達も世話になるであろうお和歌《わか》について、噂話に花を咲かせたのだ。

「お和歌さんは、同じ町名主、西森《にしもり》家の娘さんだってさ。麻之助さんに、嫁いでくれようってお人だもの、うん、きっと良いお人さ」

「麻之助さんも、猫のふにと、鰯《いわし》の取り合いをしてないで、しゃんとしないとね」

支配町の面々は、今日も麻之助へ、言いたい放題であった。だがそれでも皆、何か困りごとが起きた時は、麻之助の所へ行けばいいと思っているのだ。

麻之助は少し頼りないが、ずっと同じ支配町内で育ってきた、気心の知れた相手であった。それにお気楽だからして、自分達が少々馬鹿な話をしても、怒られる心配はなかった。

「嫁御《よめご》が来てくれれば、もっと安心だ。我らも祝言《しゅうげん》の日には、長屋で祝いに飲まねば」

支配町内の皆は、深く頷《うなず》いているのだ。

そして今回の縁談は、素早く動いていった。決まって十日後には、仲人《なこうど》となった樽屋《たるや》の手代《てだい》俊之助《しゅんのすけ》が、相手方へ結納を届けた。礼服を着て、高橋家から荷物持ちの供を従え、西森家を訪ねる姿を、多くの者が目にしたのだ。

「おお、麻之助さんの祝言、近いんだね。良かった、良かった」

結納の品は、縮緬《ちりめん》、絹などの反物に帯、樽酒、熨斗《のし》昆布《こんぶ》、肴《さかな》などで、それに身内の名や関係を記した〝親類書《しんるいがき》〟を添え、相手方へ持って行く。勿論、嫁方の兄弟や屋敷にいる奉公人にも、幾らか渡すことになっていた。

すると二日後、俊之助が今度は西森家から、嫁入り道具などの目録を、高橋家へ届けてきた。勿論その時に、高橋家の者達へ、挨拶の金などが渡されるのだ。

そして。

本当であればこの先も、両家の間には、色々問い合わせが行き交うことになる。婚礼の日取りや衣装、宴に招く者の人数、名前、それに渡す土産物の事など、山と話し合うことがあるからだ。

だが今回の婚礼は町名主同士の縁で、しかもよく知っている間柄だった。それで、町《まち》年寄《どしより》の手代として忙しい俊之助は、一通りの形式張ったやりとりが済むと、双方の町名主へ、こう勧めてきた。

「この後の事は、一度皆さんで高橋家へ集って、一気に話し合ったらどうですか？」

そうすれば西森家の皆も、お和歌が嫁ぐ屋敷を見ておける。宗右衛門《そうえもん》の妻、おさんも、お和歌に会いたがっていた。

「麻之助さんとお和歌さんは、既に顔見知りですし。事が早く済みますよ」

双方が承知して、宗右衛門は西森家の夫婦とお和歌を、屋敷へ招くことになった。

町名主同士の両家は、支配町も十二町と十五町で、大きな差はない。暮らしぶりも似ていたようで、麻之助とお和歌が、互いの二親へ挨拶をし終えると、座では皆が早々に、ほっとした笑みを浮かべた。

その後二組の親達は、祝言の話を細かいことまで、どんどん決め始めた。ただ途中で茶が出た時、一服した宗右衛門から、麻之助は今日も叱られてしまった。

「麻之助っ、お前、西森名主がおいでの席に、猫を連れてきてどうするんだ」

「おとっつぁん、ふにが勝手に、お和歌さんへ挨拶に来たんですよぅ。それにふには、この高橋家の主《ぬし》なんですから。ちゃんと顔合わせしておかないと」

「麻之助、今日くらい、もっと真面目な顔を見せてくれる気は、なかったのかい？」

「ふみゃ？」

　ここで、ふにが大いに首を傾《かし》げ、麻之助は正直なところを父親へ返した。

「おとっつぁん、私は西森名主と、何度もお会いしてます。今更取り繕《つくろ》っても、仕方がないって気もするんですが」

「麻之助、そんなこと言ったって……うーむ、真面目な振りをしても、無駄か」

「みゃん」

　ふにが明るく返事をすると、西森名主夫婦もお和歌も、笑い出してしまった。宗右衛門が、こんなお気楽息子で申し訳ないと、さっそく謝ったところ、西森名主が、娘をちらりと見てから言う。

「いや、うちのお和歌にも、困った所はありますんで。お互い様です」

　その時ふにには、お和歌の指先へ鼻を近づけ、ふんふんと匂いを嗅いでいた。それから大分丸くなってきた体で、ひょいとお和歌の膝に載ると、そのまま座り込む。お和歌が耳を掻いたところ、ふにが気持ちよさそうにしているので、麻之助はほっとした。

「良かった。ふには、お和歌さんが好きみたいだ」

　大事なふにと嫁御には、是非とも仲良しであってほしいと、麻之助は願っていたのだ。頷いた後、己もふにを撫でようとしたところ、ふにがひょいと、お和歌の膝から降りてしまった。

「あれ？」

するとと近くの障子戸が不意に開き、手代の巳之助《みのすけ》が困ったような顔を見せてきたのだ。

「旦那様、急なお客様でございます。花梅屋《はなうめや》のお雪《ゆき》さんが、相談事があるとのことで、来られました」

宗右衛門は驚き、多忙で時を作るのは無理だと、断っている。何しろ今、縁組みのため、西森家の人達と、話し合っている最中であった。

だがお雪には連れがあり、急用ゆえ、後日では困ると言っているらしい。麻之助は手代へ目を向け、首を傾げた。

「おや、あのお雪さんが約束も無しに来て、その上、客人を伴うとは不思議ですね。きちんとしたお方ですのに」

お雪の祖母お浜《はま》は、今は町方で暮らしているが、町奉行所与力《よりき》、相馬《そうま》小十郎《こじゅうろう》の親戚であり、武家の生まれなのだ。一本筋が通った考えの持ち主で、お雪のことも、それはかわいがりつつ、きちんと躾《しつ》けていた。

すると、母のおさんが口を開く。

「お雪さんのお連れは、どなたなの？」

すると巳之助が、また困った顔になり、何故だかちらりとお和歌へ目を向けた。

「それが、お連れは二人おられまして」

お雪の縁談相手で、料理屋夏月屋《なづきや》の息子正兵衛《しょうべえ》と、その母御の紗々女《さざめ》が来ていると言われ、麻之助より宗右衛門が魂消《たまげ》た。

「お雪さんが許嫁《いいなずけ》の家の方をうちへ、連れて来たんですか。これは一体、何事だろうか」

お雪は、以前麻之助が嫁にと願ったものの、縁が無かった相手だ。その後お雪が、別の相手と縁談を調《ととの》えたことは、麻之助も耳にしていた。

そして多分、麻之助に嫁が決まったことも、お雪は承知しているだろう。縁談の噂は、料理屋で良く出る話であった。

（お雪さん、何で縁談相手とうちへ来たのかしらん。余程の悩み事でも出来たのかね）

麻之助は気になったので、西森名主夫婦が来ていなければ、ほてほてとお雪の所へ行き、話をしていたと思う。破談の後、お雪に会う気まずさはあるが、必要だろうと思うからだ。

しかし。

（さすがに、うちで今日、お雪さんに会うのは拙《まず》いよね。お和歌さんを置いて、お雪さんと話しに行ったら、西森名主は私が、お雪さんに未練があると思うかもしれない）

これまで縁談に揉まれてきたから、娘を持つ親達には怒りのつぼがあることを、麻之助は承知していた。そして今日、突然縁談が流れたら、宗右衛門が卒中で倒れかねない。

今回の麻之助の縁談には、高橋家、西森家だけで無く、町年寄や他の町名主達まで関わっているのだ。

（さて、何としたものか）

麻之助が大いに困り、宗右衛門へ目を向けた時であった。近くにいたお和歌が、不意に口を開いた。

「あの、宗右衛門さんは、うちの親との話で、お忙しいようです。ならば麻之助さんが、お雪さんのお話を、聞いて差し上げればいいと思うんですが」

「えっ？」

「麻之助さんは、この後暫《しばら》く、ご用はなかろうと思いますが」

確かに麻之助達は既に、一休みしていた。だが、しかし、しかし。

（驚いた……お和歌さんて、こういう風に考えるお人だったんだ）

やはり麻之助達はお互い、相手の事をまだ知らないと思う。

（お和歌さんは落ち着いていて、優しい娘さんだと思ってた。けどもしかしたら、違った所もあるのかもしれない）

見れば宗右衛門は黙り、西森名主は、娘の言葉を聞いた後、天井を見つめている。麻之助は、ふにと寸の間見つめ合った後、この後どうするか腹を決めた。そして宗右衛門と西森名主へ、こう持ちかけてみたのだ。

「おとっつぁん、せっかくお雪さんが来て下さったんです。お和歌さんを、紹介してこようと思うのですが」

　宗右衛門の顔つきが、少し変わった。

「お、おや、そうか。確かにお雪さんと、挨拶しておくのは良かろうな」

お雪は、麻之助の悪友にして親友、相馬吉五郎《きちごろう》の遠縁なのだ。お雪はこの後嫁に行き、花梅屋から去るが、確か、嫁ぎ先の夏月屋は遠くない。相馬家との縁が続く限り、高橋家とお雪の里方、花梅屋との関係も続いていく筈であった。

「二人を引き合わせた時、何か話があるというなら、おとっつぁんの代わりに、私とお和歌さんが聞いてまいります」

　お和歌もこの後高橋家で、支配町の皆から、色々な話を聞いていくことになる。

「今日が、その最初の日ということで」

　麻之助が悪びれもせずに言うと、二人の町名主は顔を見合わせた。すると西森名主は、自分も相馬家に繋がるお雪と、顔を合わせておきたいと言ってから、お和歌へ困ったような顔を向けた。

「お和歌、お前は出来た娘だと思っているよ。しっかりしているし、色々きちんとこなせる子だ」

お針も上手くなった。ただ、西森名主は何故だか一寸《ちょっと》、言葉を切った。

「ただ、ねえ……お和歌といると、驚く出来事に出会うことがあるんだ。時々、ある」

例えば今日のようにと、西森名主は首を振っている。

「だからといって、お和歌が馬鹿をしてる訳じゃないんだが。どうしてだろうね」

「いやいや、金吾《きんご》さん、お和歌さんは評判の良い娘御です。うらやましい程ですよ」

「そう言って頂けると、本当に助かります」

両家の親同士は、まだぎこちない麻之助達よりも、余程相性が良さげであった。そして皆は早々に立ち上がり、お雪へ挨拶に向かうことになる。ただ宗右衛門は麻之助へ、一つ釘を刺した。

「麻之助、もう結納も交わしたんだ。祝言の日は、そう先には出来ないからね。お雪さんが何を相談するかは分からないが、余り時を掛けられないよ」

「分かりました」

そう返事をし、廊下へ出たものの、まだお雪の相談事を聞いてもいないのだから、不安は残る。お和歌は少し首を傾げてから、麻之助の後についてきた。

2

玄関に近い一間で、麻之助は久方ぶりにお雪と会ったが、息災のようで安心する。お雪の許嫁、夏月屋の正兵衛は、見た目の良い、きちんとした若者に思えた。

（ううむ、私より、立派な男だと言われていそうだね）

そして夏月屋のおかみ紗々女は、大年増であるのに、華やかなお人であった。

宗右衛門と麻之助の他に、西森家の親子も現れたものだから、お雪達は驚いていた。宗右衛門が三人にお和歌を引き合わせ、麻之助の嫁に決まった人なので、先々までよろしくと挨拶をする。それから西森家の夫婦も紹介し、今日はたまたま、結納後の相談をしていたことを告げた。

するとお雪は、とんでもない日に来てしまったと、謝ってくる。

「申し訳ないことをしました。宗右衛門さんや西森の町名主さんに、お詫びを申し上げます」

お雪はやはりお雪で、変わらぬ真っ当さを見せてくる。ただ、それでも帰ると言わなかったので、今日は忙しい親に代わり、良ければ麻之助が話を聞くと伝えると、ほっとした顔を向けてきた。

「ご用で慌ただしい折りに、心苦しいです。ただ、こちらも後日にという訳にはいかなくて」

お雪がそう言うと、横に座っていた紗々女が頷き、実はお雪に、是非こちらで相談をしたいと願ったのは、自分だと言ってくる。

「おや、夏月屋さんとは、今までご縁は無かったと思うのですが」

夏月屋はもちろん、高橋家の支配町にはない。宗右衛門は戸惑っていたが、互いの挨拶が終わると、麻之助を気にしつつ部屋から立ち去る。

すると事情を、麻之助とお和歌へ語り始めたのは、お雪ではなく、この紗々女であった。


「料理屋夏月屋のおかみでございます。このたび同業のご縁から、花梅屋のお雪さんを、うちの息子の嫁に頂くことになりました」

釣り合いの取れた似合いの縁で、早々に婚礼が決まった。結納も先日、きちんと終わっているという。

そして夏月屋では今、主《あるじ》が不調で、店奥の家で休むことが増えているらしい。

「息子には早く、嫁を迎えたいと思っておりました。孫の顔を見る事が出来れば、亭主の夏月屋も、良くなってくれるかもしれません」

息子がお雪と出会えたことは、幸運だったと紗々女は言う。だがしかし、そんな中で、思わぬ事が起きたのだ。

「これを言わなければ、事情が分かりませんので、持参金の話をさせて頂きます。お雪さんからは着物やお道具類の他に、土地を持参金にすると伺っております」

今は上に家が建っており、ずっと貸し賃が入ってくる、誠にありがたい財であった。

そして嫁の持参金は、妻の財だった。もし夏月屋が潰れ、借金した相手に店の家財が押さえられても、妻の財まで押さえられたりはしないのだ。

「先に夏月屋で、その土地を持つ証《あかし》、沽券状《こけんじょう》を見せて頂きました。ですが」

紗々女が言いにくそうに、一旦言葉を切った。

「その場から、沽券状が消えましたの」

「お雪さんの沽券状が消えた？」

「夏月屋の店とは離れた、奥の家での話です。その場に居たのは、花梅屋さんのご夫婦と、お浜さん、お雪さん。後は私と正兵衛、奉公人です。亭主は病で寝ており、座に加わりませんでした」

大事な持参金が無くなった。花梅屋の主は、沽券状が見つからないまま、祝言は出来ないと言っている。

「沽券状が消えた時、直ぐに、家への人の出入りを止めました。店は別棟です。あの後、家から出入りした者は、私や女中も含め、髪や帯の中まで改めております。ですから沽券状はまだ、我が家にある筈なんですよ」

花梅屋の主も騒ぎは望んでおらず、沽券状が見つかれば、祝言を行う話になっている。

「なのに何度探しても、未だに沽券状が出てこないんです」

広大な大名屋敷という訳でもないのに、見つからないのは謎だと紗々女は言う。ただ調べるにも、身内同士では、遠慮があることは確かなのだ。

「うちの辺りを支配町とする町名主さんへも、相談しました。ですが、店から沽券状が出ていないのなら、盗みには当たらない。だから、関われないと言われまして」

沽券状を目にしていたのは、花梅屋、夏月屋の、ごく近しい者だけだ。調べても後始末が大変になると、町名主は逃げたのかもしれないと言う。

「実は町方与力の、相馬小十郎様に調べを頼んで頂けないかと、花梅屋さんへお願いしました。ですが、忙しい奉行所に、失《う》せ物探しをさせるなと小十郎様から叱られたそうです」

花梅屋が慌てて謝ると、小十郎はその時、一人の名をあげたという。

「花梅屋は、麻之助さんと縁がある。高橋家は町名主なのだから、話を聞いてもらえばいいと、言われたそうです」

「おやま、小十郎様が私へ、話を回してきたんですか」

麻之助が目を見張った。紗々女がまた深く、頭を下げた。

「沽券状を、何とか早々に、見つけてもらえないでしょうか」

無理を承知で、紗々女は頼んできたのだ。麻之助は、喉の奥で唸《うな》ることになった。

「ううむ、小十郎様ったら」

高橋家が、夏月屋の町名主ではないことを知った上で、事を押っつけてきたに違いない。麻之助は、溜息を漏らすことになった。

お雪は、麻之助を巻き込むことを、どう思っているのか。部屋でそっと首を巡らせた時、麻之助は他の顔が気になってしまった。

（ありゃ？　お和歌さんが首を傾げてるぞ）

後ろに控えていたし、今まで目立たないでいた。だがお和歌は、何かを気にしている様子なのだ。

（お和歌さん、私が紗々女さんと話している間に、何か目にしたんだろうか）

紗々女には、変わった素振りはなかった。

（それ以外の誰が、気になったのかな）

麻之助は眼前の三人へ目を向けたが、さっぱり何も思いつかない。そして当人達の前で、紗々女、お雪、正兵衛のことを、お和歌へ問うわけにもいかなかった。

（とにかく、こっちも祝言前だ。沽券状に関わるのなら、急がなきゃね）

小十郎が間に入っているから、逃げることも出来ない。麻之助は腹を決め、ここで紗々女へ一つ頼み事をした。

「あの、沽券状が無くなったのは、夏月屋さんの家ですよね？　ならば一度、その部屋を見せて下さいませんか」

「沽券状探し、引き受けて頂けるのですね。助かります。これからご案内します」

ただ麻之助は、急な他出が無理だったし、お和歌とも話したかった。それで紗々女達には、一旦先に帰ってもらうことにする。

「親に承知して貰ってから、夏月屋さんへ私も向かいます」

三人を高橋家の表へ送り出すと、玄関に残ったお和歌は、奥の六畳間に戻った所で、問うまでもなく、先ほど考えたということを口にしてきた。

「あの、麻之助さん、正兵衛さんはどうして、ずっと黙っておいでだったんでしょう」

「えっ？　そういえばあのお人は、何も話してなかったですね」

「お雪さんの持参金となる沽券状が失われたんです。見つからなければ婚礼は行わないと、言われてるんですよね？」

きっとお雪は今、不安だろうと、お和歌は言い出した。自分ならば大分……いや、もの凄く心細いと言う。おなごにとって祝言は、一生を決める大事なのだ。

「なのに正兵衛さんは何故、お雪さんと話をしなかったんでしょう」

お和歌は不思議に思い、麻之助の後ろで、首を傾げていたのだ。色々、訳を思い描いてもいたらしい。

もしや正兵衛は、今回の縁談を、喜んでいないのではないか。

それはひょっとして、他に好いたおなごが、いるせいではないか。

いや、母である紗々女に、縁談を仕切られるのが、嫌なのかもしれない。

もしや、正兵衛には借金があったのでは。そしてその金を返すため、沽券状を盗《と》ってしまったのではないか。

正兵衛には、博打《ばくち》の癖があるのかもしれない。いや、高い品を買う癖かもしれない。金遣いが荒いのかも。

それとも……。

「お和歌さん、止めて下さい。お和歌さん」

麻之助は慌てて、自在に羽ばたくお和歌の考えを、一休みさせた。

「正兵衛さんとは、先ほどほんの一時、お会いしただけですよね？　しかもお和歌さんが言われたように、正兵衛さんは何も話していません」

となると、お和歌の思いつきには、証が無いのだ。

「正兵衛さんは、紗々女さんがさっさと話を進められていたので、口が挟めなかっただけかもしれませんよ」

紗々女は女主人として、はっきりした話し方をする人だった。するとお和歌は、さっと頰を染める。

「済みません。わたしったら、先走った考えを口にして」

「いや面白かったんで、私は楽しく聞いてました。けど、これから沽券状を探すんです。見つけたいのは、その証ですよ」

頷くお和歌を見て、麻之助はふと、亡くなった妻お寿《す》ずであったら、夏月屋へ共に行きたいと言い出す気がした。

しかしお和歌は……来いと言われていない先へ、付いてこないと思う。

（ああ違うね。私達はこれから、お互いを少しずつ、知っていかなきゃ）

しかしお和歌は、ただ大人しい人ではなく、驚くほど色々な考えが、浮かんでくる人らしい。出かける代わりに、お和歌は麻之助へ、今度は沽券状について考えを告げてきたのだ。

「実は、先ほどのお話を聞きながら、沽券状の隠し場所も、あれこれ考えてたんです。沽券状は薄っぺらい紙ですもの。色々な所へ隠せますよね」

「おや、頼もしい、何か思いついたんですか。盗人《ぬすっと》はどういった場所に隠すと、お和歌さんは考えたのかな？」

夏月屋や花梅屋の皆は、既にあちこち探し……それでも見つけられずにいるのだ。麻之助は土間からの上がり端へ腰を掛け、お和歌の話を聞いてみることにした。

「例えば、畳の下とかですか？　それとも屋根裏かな？　いや、行李《こうり》の蓋の裏側に、貼り付けて隠すとか、かな？」

麻之助も、その場で思いついた場所を、幾つかあげてみる。するとお和歌は、そこは考えていなかったと笑った。そして、思わぬ場所をあげてくる。

「わたしが隠すなら、まず帯の中ですね」

「帯？　今締めている、その帯の中へ隠すんですか？」

「沽券状を隠すとしたら、簞笥に入れてある帯の中です。なるだけ高そうで堅い帯の、布の隙間に挟んでおくんです」

それから帯を、きっちり畳んでおくのだという。

「上等な着物の、袖の中でもいいですね。こちらも沽券状を隠したら、しっかり畳みます」

上等な着物を簞笥から出し、畳紙《たとう》を外して、一枚一枚広げ袖内まで確かめた後、畳み直して戻すのには、結構な手間がかかる。おまけに夏月屋は、料理屋だ。客の前へ出る事もあるおかみのものなら、着物には値が張る品もある筈だ。枚数も、多いと思われた。

「ですから、汚したり皺《しわ》にするのが怖くて、多分着物や帯は今も、全部見てはいないと思うんです。殿御は、おなごの着物の畳み方、きちんとご存じないかもしれませんし。簞笥から出したくないかも」

麻之助は、目を見開いた。

「確かに、その通りです」

麻之助は、自分が紗々女の着物を、元と同じように畳めるかどうか、分からないと思った。多分宗右衛門や西森名主、正兵衛も、心許ないのではなかろうか。日頃、女物の着物を畳む機会などないからだ。

(もし本当に、箪笥の中をあらためる事になったら、大変だな)

お和歌は、麻之助が同意したからか、嬉しげに話を続けていく。

「他にも面白い隠し場所、ありますのよ。貸本のどこかに、糊で貼り付けてしまう手もあると思います」

そうすれば、本を振って沽券状を探しても、落ちたりしないだろう。

「えっ？　借りた本にそんなことをしては、拙いでしょう？」

麻之助は驚いたが、だからこそ見つかりにくいと、お和歌はあっさり言った。一冊くらい後で、買い取ればいいと言うのだ。

「ただ貸本に隠すには、問題がありますね。糊をどこから調達するかが、難しいです。台所でご飯粒を貰えば良いのでしょうけど、そんなことをしたら目立ちますもの」

後で、なぜご飯粒を手にしていたのか、問われてしまいそうだという。麻之助は大きく頷いた後、明るく笑い出した。

「いやお和歌さんは、目の付け所が良いです。話してると、退屈しないなぁ」

正直に言うと、山と出てくるお和歌の考えに、宗右衛門がついて行けるか心配な気もしたが、それは言わずにおいた。母のおさんは結構のんびり屋だから、お和歌とは上手くかみ合いそうに思う。

　麻之助はここで、お和歌を見た。

「夏月屋へ行ったら、まずは女物の帯や着物から、改めてみます。後でその子細を、お父上へ伝えに行きますよ」

「あの、おなごの着物から調べるのは、何故ですか？」

「男物の帯は、幅が狭いですから。おなごの物の方が、沽券状を隠しやすいでしょう」

　お和歌が頷き、麻之助は出かけることを伝える為、親達の下へと向かう。

（お和歌さん、話しやすいですね。そして、お寿ずともお雪さんとも、違う）

　だが感じたその違いを、今、口にしてはいけない気がして、麻之助は口を閉じることにした。それから夏月屋で着物と帯、どちらから探し始めるべきか、麻之助は考え始めた。

3

　夏月屋へ向かった麻之助が、高橋家へ戻ったのは夕刻であった。そこで麻之助は、夕《ゆう》餉《げ》の膳を前にして、夏月屋で早々に、沽券状を見つけたと親へ告げた。

「おや、皆で探しても、見つけられずにいたようなのに。今日見つけたとは大したもんだ」

二親が驚いたので、高橋家から出かける前に、お和歌が場所を考えついていたと告げる。夏月屋の奥の間に簞笥があり、その上から二段目、二つに折った帯の間に、沽券状は挟んであったのだ。

「おお、お和歌さんが察しを付けたのか。麻之助、お礼を言わなきゃね」

「はい。実は夏月屋からの帰りに、西森家へ寄り、お礼の茶饅頭を届けてきました」

本当は、見栄えの良い羊羹《ようかん》にしたかったが、麻之助の懐は寂しかったのだ。

「茶饅頭がお礼かい。麻之助らしいというか」

宗右衛門が笑っている。

夏月屋で簞笥の中に、帯に挟まれたままの沽券状を見つけた時、立ち会った紗々女は驚き、正兵衛は今回も口を開かなかった。夏月屋には、お雪の他にお浜が来ており、沽券状をあらためると、麻之助達へきちんと感謝を告げてきた。

「両家は後日、礼に来られるとのことでした」

頼まれた沽券状の騒ぎが、あっという間に片付いたのだ。宗右衛門は、心底嬉しそうな顔で、何度も頷いた。

「ああ、さっぱりしたね。お雪さんが急にうちへ来られた時は、どうなるかと思ったが」

　これで夏月屋も花梅屋も、高橋家も、安心して祝言に臨めると、宗右衛門は満足げに口にする。

　ところが、麻之助はここで少し、眉尻を下げた。

「ですが沽券状を見つけた後も、何故かお浜さんは、怖い顔をしていたように思います」

「お、おや、何でだい？」

「さあ」

　だが気になったので、麻之助は礼を届けに、西森家へ足を向けた時、既に高橋家から戻っていた西森名主に、お浜の件を話してみた。すると名主は何やら妙な笑いを、うっすらと浮かべたのだ。

「麻之助さん、とにかく沽券状の在処《ありか》が分かって、良かったよ」

　西森名主は、義理の息子になる男が、きちんと役に立ったことを、誇らしいと言ってくれた。だが話に出た、お浜の厳しい顔つきは、自分も気になると、言葉を続けたのだ。

　麻之助は味噌汁の椀を片手に、一つ息を吐いてから、親へ訳を口にする。

「おとっつぁん、西森名主はお浜さんが、沽券状を誰が盗ったのか、気にしているのだろうと考えてました」

そこをいい加減に残しておくと、お雪が嫁いだ後、また沽券状が狙われかねないからだ。今回は直ぐに取り戻せたが、次は知らぬ間に売り払われ、大騒ぎに化けることもあり得る。

宗右衛門は頷き、飯のお代わりを貰ってから、眉尻を下げた。

「しかし沽券状が出てきたんだ。盗人が誰だかはっきりしなくても、お雪さん達の祝言が、日延べされる事はないだろうね」

特に夏月屋は病の主の為、息子の縁談を急いでいる。

「やれ、妙なことに巻き込まれて、お雪さんも大変だ。お浜さんだって、今度こそ孫に無事、幸せになって欲しいと思ってるだろうに」

宗右衛門は膳に茶碗を置くと、麻之助とお和歌は大丈夫だろうねと、心配顔を向けてくる。

「麻之助は、人の縁談ばかり、気にしている時じゃないんだよ」

麻之助は頷いたものの、そういえば西森家へ行った時、問われた事があると、漬物を見つつ言った。

「金吾さんが、他にも何か言ったのかい？　麻之助、馬鹿をしたんじゃないだろうね？」

「お和歌さんの持参金は、家一軒とはいかないとか。で、もしその持参金が、今回のように消えたらどうするのかと、西森名主は問うてきたんです」

麻之助は、もちろん探しますと答えた。

「お和歌さんが安心できるように、きっちり探します」

西森名主はその答えで、満足したのだ。

「おお、良かった。そうでなきゃね」

宗右衛門が頷くと、ただ、この話には先があると、麻之助は続ける。

「お和歌さんも横で、嬉しげに笑いました。で、お和歌さんはこの後、お雪さんの沽券状のこと、どうするのかと聞いてきたんです」

「こ、この後って……沽券状はもう、見つかったんだよね？」

だがまだ、沽券状を盗った者は見つかっていない。つまりお雪は安心できていないと、お和歌は心配に思ったようだ。宗右衛門の両の眉尻が、ぐぐっと下がった。

「いやいや、麻之助がここで沽券状の件から手を引いても、小十郎様は何も言うまい。何しろお前も、婚礼を控えてるんだからね」

しかし後で、どうして盗人を捕まえておかなかったのか、怠《なま》けるなと麻之助へ言いそうな顔ぶれは、宗右衛門も思い浮かぶのだろう。例えば、麻之助達若い面々を鍛え始めている、札差《ふださし》の大倉屋《おおくらや》とか、両国《りょうごく》の顔役大貞《おおさだ》とかだ。

その上、高利貸しの友丸三《まるさん》などは、盗人捜しに手が足りないのなら、一言声を掛けてくれと、わざわざ高橋家へ言いに来るかもしれない。

しかしだ。宗右衛門はここで、きっぱり首を横に振った。

「いや、これ以上、沽券状騒ぎに関わってはいけないよ。頼まれたことは、もう済ませたんだ」

後は、夏月屋がある町の町名主か、それこそお浜の縁者である、相馬家の吉五郎が片付けるべきだと、宗右衛門は言い切った。

すると珍しくおさんも、口を出してくる。

「麻之助には婚礼前に、着物を仕立てるつもりですよ。呉服屋さんを呼ぶから、早めに反物を合わせてみてちょうだいね」

畳の表替えもするとかで、麻之助の部屋にあるものを、早々に片付けて欲しいとも言われる。仲人の俊之助も、まだお役御免ではなく、話しておくべきことは幾つもあると、伝えてきているらしい。宗右衛門は、更に言葉を重ねた。

「祝言の日だけじゃなく、その前や、後の日にも、里方への挨拶など、やることは続くんだ。そうなると、いつもの町名主の仕事が滞《とどこお》りそうなんだよ」

一日分だけなら、手代などが何とかしてくれるだろうが、今回はそうはいかない。

「前に、お寿ずさんが嫁に来た時より、麻之助のやっている仕事は増えてるんだよ。支配町も多くなったしね」

他から手伝いに、来てもらうべきか。手代の巳之助と、婚礼前後の仕事をどうするか、きちんと決めておかないと、宗右衛門も麻之助も、きっと困ることになる。そう言われて、麻之助は早々に降参した。

「やれやれ。おとっつぁん、面倒を見る町が増えたことだし、もう一人手代を雇ってくれませんか？」

「誰が給金を払うんだい？　それに、この先もし雇ったとしても、新入りの人に、急に町名主の仕事を任せるのは無理だよ。今回の婚礼前には、とにかく無理だ」

「ありゃあ」

麻之助はいよいよ観念して、明日は一番に反物を見ると、おさんに約束した。その後、部屋から物を出すと言ったので、宗右衛門は漬物を食べつつ、大きく頷く。

高橋家は否応なく、祝言に向け走り出す時を迎えたのだ。

ところが。翌日麻之助は、呉服屋が持ってきた反物を見もせず、部屋の荷は、見事に出せなかった。


翌日、朝餉が終わった後、麻之助は呉服屋を待ちながら、まず文机《ふづくえ》を片付けていた。するとつい、本など読んでしまうものだから、なかなか机が片付かない。

しかし己の部屋のことは、当人でなければ分からない事も多く、人に任せられなかった。麻之助は困って、本をそっと置いた。

「うーむ、これじゃ夫婦になったら、お和歌さんに叱られるかしらん」

以前、町名主屋敷で顔を合わせた時、お和歌はさらりと麻之助を支えてくれた。優しい上に、気の利く人だと思う。

だが、しかし。お和歌はあのとき、頑張ってくれていたのかもと、麻之助はつぶやく。

「四町の面倒を仮に見ていた時は、短い間の事と思ってた。私だっていつもより、真面目にやってたよねえ」

お和歌とて、名前くらいしか知らない麻之助を前にして、緊張していたに違いない。

「つまりお和歌さんにずっと、こっちの都合良く動いてくれと言うのも、良くないよね」

お和歌が嫁に来たら、自分が勤勉に変わる方が、確かで早いと思う。だが困ったことに麻之助は、それは随分難しいなぁと思ってしまうのだ。溜息が出たが、その間に手を動かしていたら、何とか文机の片付けが終わった。

「よしよし。真っ当な一日が、始まりそうじゃないか」

この分なら呉服屋とのやりとりも、思いのほかあっさり終わるかもと、麻之助は期待を抱いた。次に行李の中を整えようとして、これは文机と一緒に、丸ごと納戸へ運んでしまえばいいと思いつく。それで二つを重ねて持ち上げ、外廊下を見た途端、机を下ろした。

「おや巳之助。何か用かい？」

まだ早い刻限なのに、手代が文を差し出してきたので、驚きながら受け取ると、差出人の名を見て目を見開いた。相手は何と、西森名主であったからだ。

「何事かな」

文へ目を落としたところ、屋敷へお雪が訪ねてきたと書いてあり、寸の間立ちすくんでしまった。

「お、お雪さんが、こんな早くに、西森家を訪ねた？」

突然現れた客に、西森家の皆も狼狽《うろた》えたに違いない。

「お雪さんが、西森名主やお和歌さんと会ったのは、昨日だけだよね？」

そして、花梅屋と西森家の縁を繋いだのは、高橋家、いや麻之助であった。

「こりゃ、放っておくわけにはいかないぞ。呉服屋には悪いけど、直ぐに西森家へ行かなきゃ」

なぜお雪が、よく知らない町名主の下へ向かったのかが分からない。何か、騒ぎが起きかけている気がして、麻之助は落ち着かなくなっていく。

文を宗右衛門へ見せたところ、親も驚き、麻之助の他出を止めるどころか、早く何とかしなさいと言ってきた。

麻之助は急ぎ、屋敷から飛び出すことになった。

4

西森家へ着くと、まずはお和歌が、玄関で出迎えてくれた。西森家の主金吾は、奥の間でお雪の相手をしているという。

「お和歌さん、お雪さんはどういう用件で来たのか、話をされましたか?」

お和歌は頷き、沽券状の件で、お浜が悩んでいるからだと言ったらしい。お雪も、困っているというのだ。

「少なくとも一葉《いちは》さんは、そうおっしゃいました」

麻之助は玄関脇の一間で、目を見開く。

「えっ……一葉さんも、こちらへ来ているのですか? その、町奉行所与力、相馬小十郎様の娘御、一葉さんですよね?」

「ええ、お雪さんが、そう紹介して下さいました」

お雪だけでなく、与力の娘である一葉が一緒だったから、西森名主は大急ぎで、麻之助へ文を寄越したのかもしれない。麻之助は眉根を寄せた。

「こりゃ、相馬家へ一言知らせておかないと、拙いか。お和歌さん、町奉行所へ文を頼みたいのですが、使いをお願い出来る人、お屋敷にいるでしょうか？」

「台所で、誰か探してきます」

吉五郎へ素早く一筆したため、使いを頼んだ後、麻之助は、お雪達と西森名主のいる、奥の座敷へ向かった。

一葉は今、与力の家を支える一翼となっているからか、久しぶりに会うと、随分しっかりした様子で麻之助を見てきた。麻之助は金吾の傍らに、思わずきちんと座る。そして、そういえば一葉とお雪は仲が良かったと、今更ながら思い出すことになった。

（さて一葉さん、何を話すのかな）

すると、一葉は麻之助が思ってもいないことをした。突然畳へ手を突き、深く頭を下げてきたのだ。

「麻之助さん、お雪さんから、今回の次第は聞いております。高橋家が町名主として、花梅屋の困りごとを、何とかする立場にないことも承知しております」

その上麻之助は、この西森家のお和歌との、婚礼を控えている身だ。つまり、とても忙しいに違いなかった。

「なのに麻之助さんは、お雪さんの持参金、沽券状をちゃんと見つけて下さったとか。お雪さんの友として、とてもありがたいと思いました」

だが。身を起こした一葉は、事がそれで、終わらなかったと続けたのだ。沽券状を暫くの間失った件は、お雪の祖母であるお浜にとって、大事だったらしい。

ここで一葉が、お雪へ目を向けると、今度はお雪が語り出した。

「今回のあたしの縁談ですが、探してきたのは祖母のお浜でした」

お雪には今まで、結構な数の縁談が来ていた。早々に断った話もあったし、麻之助との話のように、長く引きずったものの、まとまらなかったものもあった。

「そして祖母は次こそ、あたしが幸せになれる話を、探すと言っておりました。そして同じ料理屋、夏月屋の跡取り息子、正兵衛さんとのご縁が来たんです」

相手の店は、繁盛しているという。正兵衛の父は体を壊していたが、料理屋は滞りなく続いている。だからお雪の縁談相手は、しっかりした跡取りに違いないと、お浜は言っていた。

夏月屋に借金はなく、正兵衛は男前で優しい性分らしい。正兵衛には姉がいるが、既に嫁いでおり、家に小姑《こじゅうと》はいない。しかも正兵衛は子供の頃から、丈夫だったという。

「これ以上の話は、そうはない。祖母は納得し、両親も乗り気で。あっという間に話はまとまりましたの」

これでお雪は幸せになる。お浜は何度もそう言っていたらしい。

「最近、嫁ぐというのは、縁を得るものなのだと、思えてきました。いつまでも、もっと良いお話を探し続けるものでもないとも、思えておりました」

ところが。

「祖母が選んだ素晴らしいお相手、夏月屋さんに持参金を持ち込んだ途端、それを盗られてしまったんです。おばあさまは、顔を強ばらせておりました」

もしや、何か障りのある縁談だったのではないか。祝言を急ぎすぎたかと、お浜は言い出した。

「祝言を日延べにするべきだと、祖母が言ったんです。それどころか今回の縁が流れたら、あたしは一旦、武家奉公に行った方がいいかもしれないと、先のことを話し出して」

沽券状はちゃんと、花梅屋の手元に戻ってきた。なのに、一度失われたことにこだわるお浜が、お雪には分からない。

お雪が、麻之助を見てきた。

「あたし、今回こそ、ご縁を大切にしようと、思っておりました」

花梅屋も料理屋だから、嫁ぎ先での暮らしは、察しを付けることが出来た。夏月屋が裕福な店だというのは、確かだろう。ただ。

「料理屋では、おかみの役割も大事です」

他の商家とは違い、奥で、家の用だけしていればいいというわけにはいかないのだ。

お雪は母のように、多分一生、毎日店を手伝って過ごすことになる。

「それもご縁です。旦那様になるお人と、一所懸命やっていこうと、思えるようになりました」

自分には嫁ぐ時が来たのだと、納得していた。ところが、今度は縁を持ってきたお浜が、迷い始めてしまったのだ。

ここでお雪も、深く頭を下げた。

「麻之助さん、沽券状の件、何とか、すっきり出来ませんでしょうか」

こんな話を持ち込める相手を、お雪も一葉も、他に知らないと言うのだ。小十郎が否《いな》と言ったので、今回は吉五郎に頼めないという。

「わ、私でも無理だと思いますが」

麻之助が言ってみると、一葉は懐から文を取り出し、麻之助へ渡してくる。見れば表に吉五郎の名があった。

「おんや。あいつったら、私からの一筆を見る前に、一葉さんへこれを預けていたのか」

すると一葉は、にこりと笑った。

「相馬家も与力になりましたので、本当に忙しくて。吉五郎さんは、毎日お客方と会っておりますわたしを、大変だと気遣って下さってます」

よって一葉が時を見つけ、お雪と会っても、気晴らしになると喜んでくれる。麻之助へ頼み事をする気だと、小十郎と吉五郎の前で言っても……二人は、きっと麻之助が力になってくれるだろうと、頷いてくれたのだ。

「おや、今回高橋家へ話が来たのは、小十郎様でなく、一葉さんのお考えでしたか」

麻之助が急ぎ文を開けてみると、そこには短い言葉が書かれてあった。借りと思う。故に、よろしくとのことだ。

（これじゃ私が、吉五郎へ送った文に、返事は来ないな）

するとここで、横に座っていた西森名主が、麻之助へとどめをさしてきた。

「お雪さん達が、わざわざ西森家へおいでになったのは、だな。縁談相手のうちへ、許しを得に来られたとのことだ」

高橋家との縁談で、西森家も忙しいに違いない。そんな時、婿《むこ》になる麻之助に用を押しつけるので、先に西森家へ挨拶に来たわけだ。

ちなみに、一葉やお雪が西森家へ来れば、麻之助も飛んでくるだろうから、事が早く済んで助かるに違いないと、西森名主がにっと笑った。

「麻之助さんは、断りづらかろう。ならば引き受け、さっさと用を済ませて下さい」

舅《しゅうと》になる男は、自分が用を引き受けるわけではないからか、あっさり言ってくる。それで麻之助は、腹に力を込めた後、町名主へ笑みを向けた。

「西森名主からも言われては、逃げる訳にはいきませんね。分かりました。働きます」

しかしだ。ここで麻之助は、気になっていることを一つ告げる。

「今回の沽券状騒ぎですが。無くなった時、紗々女さんが直ぐに、家への、人の出入りを止めました。その後、沽券状が出てきた場所は、奥にある部屋の、簞笥の中です」

そして帯の中へ、己で飛んでいく沽券状などない。つまりだ。

「沽券状に手を出した者が、あの日、夏月屋さんにいた。店ではなく、奥の家にいたんです。それはお雪さんとお浜さん、花梅屋のご両親、夏月屋のおかみと正兵衛さん、そして、奥へ出入りしていた使用人の内の、誰かという話になります」

手を出した者を、見つけていいのか。麻之助は軽い調子で、座にいた皆へ、重い問いを向けることになった。

(さて、何と返事が来るかな)

すると、まだかわいい声で返してきたのは、一葉であった。

「盗った人を見つけて頂ければ、助かります。表へその名を出すかどうかは、後で紗々女さんやお浜さんが、お決めになると思います」

麻之助は一葉へ、にこりと笑いかける。

「良きお答えです。あの、吉五郎が屋敷で、尻に敷かれてませんか?」

「えっ……そ、そんなことはございません」

今日、初めて一葉がうろたえ、赤くなったので、西森名主が柔らかく笑い出す。麻之助は、では頑張ってみますと言ってから、西森家で確かめておきたいことがあると、町名主へ頼んだ。

5

麻之助は、夏月屋で沽券状が無くなった時、奥の家にいた者達がどこにいたのかを、知りたかった。

それで騒ぎの日、夏月屋にいたお雪に、その時、皆が居た場所を、西森家の部屋で示してもらいたいと言ったのだ。出来たら部屋の広さや間取りなど、その場の様子も知りたかった。

「沽券状が失せた日、夏月屋で、縁談の話をしていたのは、六人ですね。ああそれと、茶菓子を運んで来た女中さんがいたはずです」

お雪は続いて、集ったのは十畳ほどの角部屋で、外廊下に囲まれていたと告げた。自身が座っていたのは庭に近い、襖の前だったという。麻之助は間取りを、紙に書いた。

「隣にも部屋があったんですね。ではお雪さん、そこの襖の前へ座って下さい」

お雪の隣にいた両親の代わりに、一葉に並んでもらい、足りない一人分、紙を置いた。次に、正面にいたという夏月屋親子の代わりに、西森家の親子が向き合った。

お浜は、双方の親子を横から見る形で、奥の間との間を仕切る、襖の前にいたという。お浜がいた場には麻之助が座った。お雪が右側に見え、向かいに外廊下と庭がある場所だ。

「暖かい日だったので、角部屋の障子戸は庭が見えるよう、開けられていたんですね」

外廊下から夏月屋の使用人が、お茶や菓子を持ってきてくれたという。

「何人来たか、覚えていますか？」

お雪は二人か、三人と言った後、少しの間黙った。

「そう、最初、六人分の茶菓子を運んで来たのは、三人でした。ただその後、紗々女おかみに、料理屋からの知らせを持ってきたり、お茶を換えに来てくれたのは、決まった一人だったと思います」

紗々女が確か、お梶《かじ》と名を呼んでいた。

「夏月屋の女中達を仕切っている、束ねの役目の人だと思います。歳は紗々女さんより、少し若い位だったかと」

話が長くなったので、夏月屋にいた者達は、厠《かわや》へ行った。奥の部屋の並びにある台所の先、裏庭に厠はあったらしい。麻之助が頷く。

「おや。ということは、皆さん部屋から、出たことがあったんですね」

すると一葉が、まるで吉五郎が小十郎から、白州《しらす》での詮議の仕方を、習っている時のようだと言う。西森名主が笑って、町名主の屋敷では日々、小さな揉め事の詮議が、繰り返されていると口にした。

「そこで片の付かないものが、出入筋の揉め事、公事《くじ》として、訴訟になっていきます。だが、額も大きくない金のことなんかだと、一々取り上げて貰えない。町名主が何とかするのが、役目なんですよ」

お和歌も頷いている。その時、西森家の奥から茶が運ばれてきたので、お和歌がさりげなく、茶を出す順を示した。お雪が湯飲みを褒め、西森名主は、夏月屋で使っていた器について軽く問うた。

そして……お和歌が気がついた。

「あら、麻之助さんが、おられませんわ」

麻之助の分の茶だけがぽつんと置かれて、当人がいない。狼狽えたような声が聞こえたので、麻之助は襖を開け奥の間から戻った。

「あら、いつの間に」

「出入りを、皆さんが覚えているものかどうか、部屋から出てみたんです。厠へ行ったかと思うだろうし、人の出入りはさほど目立ちませんね」

麻之助は頷いている。ただ、考えねばならないことは他にもあった。

「沽券状ですが、大きさは小ぶりの本くらいのもの。大きくはありませんが、手のひらに隠れるような代物でもないんです」

となると沽券状を部屋から、どうやって持ち出したのか、麻之助は思いつかないのだ。お和歌は、西森名主の傍らで言った。

「麻之助さん、着物の袂《たもと》にでも隠せば、なんとかなるのでは」

「沽券状は持参金です。大事な財なんです。そして夏月屋で、縁組みをする両家がそれを確かめていました」

だからあの日、部屋に置かれていた沽券状は、目立っていた筈だ。

「拾って袖に入れようとしたら、皆が魂消ます。一発で目に付くと思うんですが」

「それは……その通りですね」

お和歌と一葉達が、困った顔になって見合う。

すると西森名主が片眉を引き上げ、懐から懐紙を取り出すと、何枚か重ねて畳へ置き、沽券状に見立てた。そして、袖を紙の上へ置き、後ろから手で引き寄せ、袂に入れようとする。

だが直ぐにお和歌が、西森名主の動きは、奇妙に見えると言い出した。

「おとっつぁん、目立ってましたわ」

「うーん、駄目か」

ならばと、今度は麻之助が側に紙を置き、別のやり方を試してみる。風呂敷を沽券状に被せ、それを沽券状ごと持ち上げたのだ。

だが直ぐに、お雪に言われてしまった。

「沽券状の形、見えてます」

後で沽券状が無くなったと分かったら、麻之助は直ぐ、疑われてしまうだろうと言う。

麻之助は頭を掻き、風呂敷から紙を取り出すと、茶を運んで来たお盆の傍らへ置き、溜息を漏らした。

「いや、難しいねぇ」

その時だ。麻之助が顔を、ぐぐっと畳へ近づけた。そして、ぱっと顔を明るくすると、確信を持った声で皆へ告げる。

「分かった、これだ。お盆だよ」

「はい？」

おなご三人が戸惑う中、麻之助はお盆を、さっと紙の上に置いた。そしてお盆を持ち上げると、畳には何も残されていなかった。

「お盆の裏に手で押しつけて、沽券状を拾えます。後は……そうですね、人の居ないところで、袖の内に沽券状を落とし込めばいい」

これで、沽券状を奪うことが出来る。麻之助は己の考えに頷き、完璧な謎解きをしたと、皆も明るい眼差しを向けてきた。

ところが、だ。直ぐに、何かが引っかかったようで、それぞれが首を傾げ始める。まずはお雪が、困ったように言った。

「麻之助さん、沽券状は、麻之助さんが座っている場所の、奥にある部屋の、簞笥の中から見つかったんですよね？　誰かがお盆で隠して盗んだとして、その後どうやって簞笥の中へ入ったんでしょう？」

さすがにお盆を持ち、奥の間へ行った人が居たら分かると、お雪は言う。麻之助は、厠へ行った時、台所などから回り込んだのではと言ってみたが、一葉が困った顔になった。

「厠のある裏庭から奥の部屋へ行った人がいたら、夏月屋の台所にいたお人が、不審に思いませんか？」

お和歌も戸惑っている。

「あのぉ、沽券状をお盆に隠して、盗ったんですよね。なら、お茶を運んできた夏月屋の人が、怪しいのでは？」

だが奉公している身なら、おかみの簞笥でなくても、沽券状の隠し場所を、色々思いついたのではないかと言うのだ。

「料理屋ならば日持ちのする食べ物や、お酒、沢山の什器《じゅうき》など、まとめて置いてあると思います。そういう所は、隠しやすいです」

　お和歌は、後で沽券状を取り出せる場所を、幾つも思いつくという。すると西森名主まで、首を横に振ってきた。

「麻之助さん、お盆の事はよく思いついた。けどさ、簞笥の中の帯へ誰が沽券状を隠したかを考えなきゃ、話が進まない気がするよ」

　盗み出すより、沽券状を、紗々女の簞笥へ入れる方が難しそうなのだ。奥の間へ勝手に行った者は、盗人と疑われかねなかった。

「よその家で簞笥を開けて、言い訳出来る人は……そうそういないですよねえ」

　麻之助は肩を落とし、じっくり考え込むことになった。

「沽券状を盗ったとする。簞笥の中にあったんだから、その者は奥の間へ行ったんだ。どうして、見とがめられなかったんだろう」

　すると、そう話して直ぐ、麻之助は突然黙った。夏月屋で集った者達の内、一番、奥の間に行っても大丈夫な者が誰なのか、ぽかりと浮かんできたのだ。

「あっ……」

　声を出したので、皆が目を向けてくるのが見えた。本当に、答えが分かったのだろうかと自問して、麻之助はゆっくりと頷く。

　その人が隠したとなると、まだ分からない話がある。だが落ち着いて考えれば、事情は繫がっていく気がした。

(一番考えなきゃならなかったのは、奥の間へ、妙に思われずに行くことだったのか)

顔を上げると、黙ってしまった麻之助の言葉を、皆が待っている気がした。それで麻之助は西森名主へ、関わった皆へ話す場を、持ちたいと言ってみる。どうやら、沽券状を簞笥に入れた者が、分かった気がするのだ。

「ですが、ここで話す訳にはいきません。花梅屋の方達にも、聞いて頂かねばなりませんので」

聞くべきと思う者は、集って欲しいと、麻之助は言ってみた。正直、何度も話すのは勘弁願いたかった。

「知った人の名を、語ることになるので」

「その集いで、事を終わりに出来そうかな?」

問われたので、頷いてみる。娘達と西森名主が、直ぐに集まる日を話し合い始めた。

6

二日後、夏月屋のおかみと正兵衛、花梅屋夫婦、お浜とお雪、西森家の親子に麻之助が、夏月屋の、前に沽券状が無くなった部屋へ集った。一葉は用で、来ることが出来なかった。

「お忙しい中、沽券状の件で集って頂き、ありがとうございます」

麻之助は、今日、事を終わらせると、目の前に並んでいる八人へ言う。しかし言いづらかった。一つ咳払いをしてから、まずは、沽券状を持ち去った者の名を告げた。

「考えてみたら、この名を私が口にするのは初めてですね。沽券状を部屋から持ち出したのは、夏月屋のお梶さんです」

「お、お梶が盗ったのですか」

「お梶さん？」

夏月屋のおかみ、紗々女は顔色を変えていたが、花梅屋の夫婦などは、名を聞いても首を傾げている。麻之助は夫婦へ、前に夏月屋へ来た時、顔を見ている筈と言った。

「お梶さんは、お二人へお茶を出してる筈です。夏月屋の奉公人として」

「あ、何度か部屋へ来ていた人ですね」

お雪の方は、名と顔が繋がったようで、麻之助へ頷いてくる。

「やはり、お盆を使っていた人ということで、疑ったのですか？」

麻之助は頷き、花梅屋の皆へ、まずはどうやってお盆を使い、沽券状を盗ったか、紙を使ってやって見せた。

「あの日、お盆を手にしていたのは三人。その内、お梶さんだと思ったのは、沽券状が部屋から消えた刻限を考えたからです」

お梶以外は、最初に顔を出したのみであった。しかし沽券状は茶が出た後、両家であらためている。つまり他の二人には、盗る機会が無かったわけだ。

「残ったのは、お梶さんのみです」

「……そうでしたか」

おかみの紗々女が、畳へ目を落とした。

だが、麻之助はここで、話を止めなかった。

「ただお梶さんが、箪笥へ沽券状を入れたのではありません。お梶さんは部屋から出ると、直ぐに沽券状を廊下へでも落とし、そのまま放っておいたと思われます」

驚いた声が、部屋内から出る。

「無くなったのに気がついたおかみが、直ぐに出入りを止めた後、女中の束ねであるお梶さんは、店の方へ行ってます。もちろん調べられてますが、沽券状はもってなかった」

お梶は調べられるまでの間に、再び奥へは行っていない。なのに沽券状が無かったので、麻之助は、廊下にでも落としておいたと判じたのだ。

「そもそも奉公人が、持参金の土地を、簡単に売り買いできるはずもなし。沽券状を持ち出したが、盗る気は無かったのでしょう」

「えっ？」

驚いた顔が、幾つも並ぶ。ならばどうして、沽券状を部屋から持って出たのか。皆の疑問が良く分かって、麻之助は眉尻を下げた。

「お梶さんのやった、無茶の訳ですが。多分……羨ましかったからだと思います」

「沽券状が？」

「親から持参金に、沽券状を付けてもらえる、お嬢さん達が、です」

歳を重ねても料理屋で働いているのだから、お梶は悠々と暮らしを楽しむ立場ではないのだ。もちろん、沽券状を親から貰った事などなかろう。

いや持参金だけでなく、もっともっと、積み重なって重いほど、日々の暮らしに思うところがあったに違いない。沽券状を見ただけで、我慢出来なくなってしまう程の鬱憤《うっぷん》が、腹の底のどこかに溜まっていたのだ。

「あっさり財を貰い、この後も困らず暮らしていきそうな、お雪さんが妬《ねた》ましかった。だから突然奪い、部屋から出た頃には後悔して、沽券状を手から振り払ったんでしょう」

お梶はその場から逃げ去った。当然というかその内、沽券状が消えたことが分かり、部屋内で騒ぎになる。

「ですが沽券状は、部屋の側に落ちている。お梶さんは誰かが見つけて、早々に事は収まると考えたのかもしれません」

ところがこの後、事は思わぬ方へと転がったのだ。

「無くなった沽券状を、皆で探しました」

ただ部屋の中を探していた為か、沽券状は暫く見つからず、騒ぎが大きくなってしまった。そして。

「私は、最初の騒ぎが、次の騒ぎを引き起こしたと思ってます」

何故なら沽券状は後に、簞笥の中にある帯に、挟まれた形で見つかったからだ。

「つまり誰かがわざわざ、拾った沽券状を、簞笥へ入れたことになります」

そして簞笥は両家が集っていた部屋の、奥の部屋に置いてあった。そこへ行って変でないのは、おかみ位だが、おかみは息子の婚礼を望んでおり、騒ぎを起こすのはおかしい。

麻之助の目が、ここでちらりと正兵衛を見てから、少し話を変えた。

「縁談相手との顔合わせの席で、持参金の沽券状が失せるなど、夏月屋にとって大きな騒ぎで、失態です。主が病なら当然、嫁取りも決まっている跡取り息子の出番でした」

病んだ父親に代わり、跡取りが店を預かっている筈だ。だから失せた沽券状は、正兵衛が見つけ出すに違いないと、多くが期待を向けていただろう。

「花梅屋の方々も、当然そうでしょう」

正兵衛が直ぐに事を片付ければ、お雪は、出会って間もない亭主に惚れたはずだ。

「ですが先日、正兵衛さんは今回の件で、ご自分の考えすら出していません。沽券状が失せた後、夏月屋さんは家を素早く閉じ、立派だと思いましたが……」

その指示をしたのは、当主でも跡取りでもなかったと、麻之助は続ける。

「おかみの紗々女さん、ですね」

部屋内の目が一斉に集まり、おかみが頬を赤くしている。確かに今回、皆と話し合っていたのはおかみであった。

「騒ぎが起きた為、見えてきたことがありました。今、夏月屋を支えているのは、若い跡取り息子ではなく、おかみだったんですよ」

そして、それを不安に思った人が出てきた。

「その不安が、沽券状が失せた件を、ややこしいものに変えてしまった。私は、そう考えてます」

厠へでも行ったのか、部屋から出たとき、廊下の端に落ちていた沽券状を、たまたま見つけた人がいたのだ。ただその人は、不安に包まれていたので、沽券状を部屋へ持ち帰らなかった。

代わりに、簞笥へ入れてしまった。もちろん、端《はな》から盗るつもりではない。きっとただ、不安に駆られていたためだ。

「そんなお人は、誰なのか」

麻之助の目が奥の襖の前を見ると、皆の目もそちらへ向けられた。そして、暫く黙って座っていた人を、見つめることになる。お雪が唇を震わせ、西森名主が、魂消た顔でつぶやいた。

「お、お浜さん、ですか。沽券状を差し出した側、花梅屋のお浜さんが、沽券状を隠したんですか」

お浜が、ここで正兵衛を見てから、ゆっくりと息を漏らした。

そして、事情が語られた。

7

麻之助とお和歌の婚礼は、その後、一月もしないうちに行われた。

町名主の婚礼は、形式を大切にする武家ほど、堅苦しいものではない。しかし仲人が持ってきたするめを、嫁いだ嫁御が焼くような、長屋の婚礼より賑やかなものであった。

婚礼の日、仲人の俊之助が高橋家を朝方から訪れ、色々打ち合わせを済ませた。そして昼前、俊之助は麻之助を伴い、西森家へ向かった。

「何というか、緊張しますね」

麻之助が馴染みの町を歩みつつ、珍しくもしおらしく言うと、俊之助が笑って、自分にも覚えがあると言った。

「この後、西森家へ行ったら、親御へ挨拶をして、酒を酌み交わすことになる。いわゆる、〝親子の契《ちぎ》りを交わす〟ってやつだな」

麻之助の場合、嫁御のお和歌より、親の金吾と馴染んでいるくらいだから、楽だろうと言われ、麻之助は首を傾げた。

「西森名主とは、親しくさせてもらってます。けど、お和歌さんの親御だと思うと、どうにも勝手が違うんですよね」

「はは、そりゃそうか」

高橋家では、麻之助達が出かけた後、宴席に出すご馳走を作る為、料理人が来ることになっていた。今日は母おさんも、挨拶など忙しい。その上、宴席に顔を出す者も多く、とてもではないが、手が足りないからだ。

そもそも、町名主である宗右衛門の知り合いは多かった。そして今日は、その跡取りの婚礼なのだ。その上麻之助も、顔が広い。

まず、親戚達とご近所に、清十郎《せいじゅうろう》などの親しい同業が顔を見せる。丸三や貞《さだ》、その仲間など、長年の友らも来る。それに町年寄樽屋、大倉屋や大貞といった、気を遣う面々に、吉五郎と、馴染みになった小者達までやってくる筈なのだ。宗右衛門は腹をくくって、酒の樽を沢山揃えていた。

賑やかな宴会になるなと、俊之助は笑みを浮かべた。

「まあ婚礼の日だから、麻之助さん達夫婦は、真夜中過ぎには座敷から出ても、許してもらえるだろうさ」

その他の客達は明け六つ、日が昇るまで騒いでいるだろうと、俊之助は言う。

「そりゃ、大変だ」

次の日仕事がある者は、帰った後、二日酔いの中、夜を待つことになるのだろう。

(お寿ずとの婚礼も、そうだったっけ？)

ふと思い返してみたが、前妻は武家の出であったから、色々違ったと思いつく。

「明日は疲れもあるだろうから、皆、ゆっくり出来るよ」

俊之助は続けた。だがその翌日は〝里開き〟といって、俊之助が高橋家の両親や若夫婦と、西森家を訪ね、あちらの親戚と、宴会を行うことになるという。その前に進物などを、あちらへ届けておくものだそうだ。

(うむ、なかなか大変だ。おとっつぁん、いい歳なのに大丈夫かしらん)

婚礼は、当人も周りも巻き込んだ、それは大きな節目なのだと身にしみる。そんな一日は、まだ始まったばかりであった。

訪ねた西森家から高橋家へ帰った後、夕刻、仲人の俊之助が、今度は花嫁と西森名主らを連れてきた。そしていよいよ祝言となり、麻之助は、妻を持つことになったのだ。

宴席では酒が注がれ、麻之助は皆へ挨拶に回る。最初の頃は真面目な話も出たし、二度目の妻を持つ心得を拝聴することにもなった。

だが酒が回ってくると、友との話は、いつもの調子に戻ってくる。

「麻之助、綺麗な嫁御をもらえて、良かったな。しかもお和歌さんは、優しいという話じゃないか」

清十郎が言えば、吉五郎も頷く。

「義父上《ちちうえ》から祝いを預かってきた。花梅屋のお浜さんからも、祝いが届いているはずだ」

その言葉を聞くと、清十郎は吉五郎を引っ張り、さりげなく部屋の隅に三人で座る。するとそこへ、丸三が素早く加わってから、清十郎が小声で問うてくる。

「麻之助、夏月屋で、沽券状の騒ぎがあったと聞いたぞ。町名主の高橋家と西森家まで関わって、揉め事が起きたというのに、詳しい話が聞こえてこない。話せ」

清十郎は友が話にどう関わったのか、気にしているのだ。すると返事をしたのは、屋敷で一葉から事情を聞いていたのか、吉五郎であった。

「花梅屋からの持参金、沽券状が一時、夏月屋で失せた。麻之助が間に入って探し、沽券状は見つかった。障りも無く、お雪さんと正兵衛さんの婚礼も済んだ」

誠に正しい話をしたのだが、清十郎は眉間《みけん》に皺を寄せ、それじゃよく分からんと吉五郎へ文句を言う。すると驚いたことに丸三が、酒の杯片手に話し出した。

「あたしはその話、こう聞いてます。与力小十郎様の縁続き、花梅屋のお雪さんの持参金を、夏月屋の女中がくすねたと」

ただ一旦店内に隠されたものは、早々に見つかった。

「よって縁談の障りになるからと、盗みは無かったことになった筈です」

「は？　丸三さん、どこからその事情、聞いたんですか。怖いな。誰も、夏月屋の奥でのことは、話さない筈だったのに」

丸三が、自分は口外しないと調子よく言ったが、麻之助は友の言葉を疑った。それで丸三へ、本当に起きたことを話すから、他言してくれるなと言ったのだ。

「私と吉五郎、清十郎の三人だけ、承知している話があったら嫌でしょう？　友達なんだもの」

丸三が直ぐに、何度も頷く。

「勿論、それは嫌です。絶対に嫌です。麻之助さん、誰にも話しません。夏月屋で起こった本当の話、して下さいな」

「お安《やす》が、お雪さんの縁談の件、知りたがってる。麻之助、言ってくれ」

吉五郎と目を見合わせてから、頷いた。

「事は、花梅屋のお雪さんが、突然高橋家へ来た事から始まったんだ。丁度、お和歌さんとの縁組みの話で西森家が来ていて、話に関わることになった」

それからの話は、時々丸三の言葉を挟みつつ、語った。お和歌の推測に助けられ、帯の中から沽券状を見つけた。次に沽券状は、夏月屋奉公人のお梶が、お盆に隠して部屋から持ち出したと分かった。

「だが持ち出された後、廊下にうち捨ててあった沽券状が、どうしてその後、帯の間から見つかったのか。そこが謎になった」

沽券状の件が長引くと、見えてきたものがあった。

「縁組み間近になって、分かった事があったんだ。病の主に代わり夏月屋を切り回してたのは、跡取りの正兵衛さんじゃなく、おかみだと」

「おやま」

丸三が、目を大きく見開く。

「お雪さんは、立派な婿殿《むこ》と出会った筈だったのに。目算が外れたんですね？」

だが祖母のお浜は、そう思いたくなかったのだろう。それで、だ。

「お浜さんは不安になったんで……拾った沽券状で、試したんだよ。うん、正兵衛さんのことをだ」

お浜が沽券状を簞笥の帯へ隠したら、それを正兵衛が見つけ、後始末も見事につける。

お浜は、そんな話を願ったのだ。沽券状の隠し場所として、簞笥内の帯はお和歌も考えついた場所だった。

「そして、だ。夏月屋に慣れていないお浜さんは、奥の部屋にいるところを見つかっても、迷ったという一言で済む立場だった」

年配な分、たとえ興味から簞笥をのぞき込んでいても、許されたに違いない。

「だがその隠し場所も、お浜さんの思いも、正兵衛さんは見抜けないままだった」

あげく、周りから何とかしろと言われた麻之助が、先に始末をつけてしまったのだ。

「そのまま両家の縁談、破談になるかと思った。どうしようかと焦った」

花梅屋の沽券状へ手を出したのは、使用人のお梶だから、夏月屋は立場が悪い。一方お浜は、落ちていた沽券状を見つけたのに、紗々女の帯へ入れてしまった。おまけにその理由が、正兵衛の器量を疑ってのことだから、花梅屋も困った立場になったのだ。

丸三は頷くと、麻之助へ問うてくる。

「それでよく両家は、そのまま縁組みするという話になりましたね」

実際、お浜が沽券状を隠した事が分かると、部屋は重苦しいような気配に包まれたのだ。それればかりは麻之助が、取り払う訳にもいかなかった。

ところが。

「その場を何とかしたのは、お雪さんだった」

お雪は畳に手をつくと、お浜へ、そして紗々女へも、深く頭を垂れた。

「嫁ぐ歳になっても、自分が余りに頼りなかったので、祖母が心配をしすぎ、それで事が大きくなった。申し訳ないと、頭を下げたんですよ」

すると、更に謝る者が出た。驚いたことに、お雪の婿になる、正兵衛だ。

「正兵衛さんは、それこそ自分が母に頼りすぎていたから、花梅屋に心配をかけた。自分こそ申し訳ないと言ったんだ。お雪さんと添ったあとは、誓って頑張ると話したんだよ」

更に更に、ここで何と、紗々女までがお浜へ頭を下げた。そして是非、お雪を息子の嫁にしたいと願ったのだ。

「あそこで謝れるお雪さんが、しっかり者に思えたんだろうな。自分の後、夏月屋を支えられる器量だと、見込んだんじゃないかな」

「そいつは……お雪さん、先が大変ですね」

丸三が言う。麻之助はお雪が、縁談を決める前に細かく悩むことを、もう止めたように思えた。破談を免れたので、お浜のやったことも水に流され、お雪はその後、正兵衛の下へ嫁いだのだ。

「あちらの夫婦も、これから互いを知っていくんでしょう」

お江戸には見合いというものがあるが、ちらりと相手を見るくらいで、本当に簡単なものだ。だから夫婦になってから、相手のことを少しずつ承知していく。そんな夫婦が、山といるに違いなかった。

「麻之助は、どうなんだ？　今回お和歌さんと、大分話したんだろ？」

清十郎から問われ、正直なところを口にした。

「うん、まだ、相手の事を知らないと思った」

吉五郎は目を丸くしていたが、他の二人は笑っただけだ。

（私とお和歌さんも、今日からお互いのことを分かっていけたらいい。うん、そうだよね）

そうしている内に、他の客達が酒を片手にやってきて、麻之助へ祝いを言ってくる。

（連れ添うお人ができたんだ。明日は、今日とは違うんだろうな。何がとは言えないけど、きっと）

そんな日を、ゆっくりと行けたらいいなと、ふと思った、親や、ふにや、そしてお和歌と一緒にだ。笑ってこちらを見ている友も、きっと長く、近くにいてくれるに違いない。

賑やかな座で酒がどんどん注がれ、酔いが回っていく。今日はまだ、酔い潰れてはいけないのだが、麻之助は体が浮くような感じに、早々に包まれていった。

解　説

大矢博子

これは、誰の上にも等しく流れる〈時〉の物語だ。

畠中恵「まんまこと」シリーズも本書で第八作となる。ずっと引っ張ってきたあることに決着がつくという意味では、ひとつの区切りの巻と言っていいかもしれない。だが〈決着〉というのは決してそこで終わりという意味ではない。ひとつのことが決着すれば次の段階へ進む。その連続こそが人の歩む道のりなのだということを、このシリーズは思い出させてくれる。

ではこれまで物語にどのような決着があり、その後どうなって今があるのか。シリーズを振り返ってみよう。過去の展開を明かすことになるので、既刊を未読でいきなり本書を手に取られた方はご注意を。

舞台は江戸の神田。主人公は町名主の嫡男である高橋麻之助だ。

町名主というのは町政を司る役人のこと。町を統括するのは町奉行とその配下の与力らだが、武士である彼らの下に、三名の町年寄が町人から任命され、さらにその下に町ごとに実務を行う名主がおり、町の自治システムを支えていた。

町名主はそれぞれいくつかの町を担当（支配町）し、幕府からの御触れを伝達したり、行き倒れや捨て子の面倒をみたり、祭りの時には金子《きんす》を集めたり、町民の公事（裁判）に付き添ったり、人別（戸籍）を管理したり――と、町内のあらゆることの世話役である。いわば事務職の公務員のようなもので、他業に就くことは許されない代わりに町から給料をもらっていた（吉原健一郎『江戸の町役人』吉川弘文館）。

そんな町名主の重要な仕事に、奉行所という幕府の警察組織が扱うほどではない内輪の揉め事の裁定がある。だから町名主の高橋家には、夫婦喧嘩から相続問題、迷子の犬探しに至るまで、常に厄介ごとが持ち込まれる。町名主である父の高橋宗右衛門から命じられ、麻之助がさまざまな難問珍問・厄介ごとに立ち向かう――というのがシリーズの骨子だ。

第一巻『まんまこと』で初登場したときの麻之助は二十二歳。評判のお気楽者だが、もちまえの洞察力で謎を解く様子が小気味いい。同じく町名主の跡取りであるモテ男の八木清十郎、謹厳実直で石頭の同心見習い・相馬吉五郎との幼馴染三人組で事に当たるのがいつものパターンだ。お気楽者の陰には叶わなかった過去の恋がちらりと匂わせられる。

この第一巻は、まだたいした責任もない跡取りたちがわちゃわちゃと活躍する捕物帳風味の連作だった。しかし二巻、三巻と進むにつれ、彼ら自身にいろいろな変化が訪れるのである。

二巻『こいしり』で麻之助は野崎寿ずと祝言をあげる。一巻でほのめかされた初恋を忘れたわけではないけれど、お寿ずを愛おしみ、似合いの夫婦になっていく様子が微笑ましい。だがこの巻では清十郎の父が亡くなり、清十郎は幼馴染三人組の中でいち早く「跡取り」から「町名主」への変化を余儀なくされる。

そして三巻。できれば未読の方はここからは読まないでいただきたいのだが、三巻『こいわすれ』では妊《みごも》っていたお寿ずが死産の末に亡くなるのだ。主人公がお気楽者なことと、ほんわかほのぼのした作風のせいでうっかり見落としがちだが、主要人物が二巻・三巻で相次いで亡くなるというのはシリーズものにしてはかなりシビアな展開なのである。

それを受けての四巻『ときぐすり』は、親友たちの助けを得て、麻之助がお寿ずの死から少しずつ心を回復させる様子を描いている。元気そうに見えて、つい無意識にお寿ずに話しかけてしまう麻之助が痛々しい。

第五巻『まったなし』のメインイベントは清十郎の嫁取り。そして第六巻『ひとめぼれ』は許嫁《いいなずけ》のいる吉五郎に問題が持ち上がる。とくればもちろん麻之助にも再婚の話がやってくるわけで。多くの読者は第五巻で登場した料理屋の娘・お雪と結ばれるのだろうなと予想したはずだ。ところが第七巻『かわたれどき』で災禍がお雪を襲う。彼女は深川で台風の出水に巻き込まれ、命は助かったものの、ここ二〜三年の記憶を失うのである。だから好意を抱いていた麻之助のことも忘れてしまう。だが麻之助は、そんなお雪に結婚を申し込むのだ。

そして本書『いわいごと』である。タイトルがこれで表紙が白無垢の女性（単行本）とくれば、ええ、そりゃもう、そういうことだと思うよね。思うよね？　――いや、まあ、これについては後述しよう。

毎回さまざまな事件に相対する麻之助・清十郎・吉五郎の三人だが、こうしてみると、それぞれ年齢を重ねる中で、いくつもの人生の区切りを経験しているのがおわかりだろう。妻を持つ。妻に先立たれる。清十郎は親を看取り町名主になり、妻を娶《めと》って子も生まれた。吉五郎は本書で「同心見習い」ではなくなり（では何になったのかは本編でどうぞ）、仕事の内容のみならず屋敷も変わる。彼らの性格は一巻から変わらないが、それでも事件に向き合うとき、過去の経験から学んださまざまなことが生きているのがわかる。これは三人の成長物語なのだ。

だが、私が冒頭で本書を「誰の上にも等しく流れる〈時〉の物語」と書いた理由はそれだけではない。

私が全編の中で最も好きなのは『ひとめぼれ』所収の「わかれみち」である。これはある事件を解決するため、三人組ではなく「大人たち」が動く話だ。札差の大倉屋、盛り場を統括する大親分の大貞、吉五郎の義父である同心の相馬小十郎、海千山千の高利貸し・丸三。他の話では、彼らは三人組のサポート役だ。時には麻之助がうまいこと大人たちを利用しているかのように描かれることすらある。

しかしこの「わかれみち」では大人四人が、まだ若い三人組と、大貞の息子の貞に「大人ならこう動く」というのを見せるのだ。覚えておけ、というかのごとく。いつかはこれをおまえたちがやるのだ、というかのごとく。その余裕。その経験値。そして格の違いを見せつけられた若者たちの背筋が伸びる。

この話を読んだとき、私はこのシリーズは時が巡るとはどういうことかを描いているのだと確信した。清十郎はすでに町名主であり子もいる。吉五郎のお役目も本書で変わった。そして麻之助は本書で無事に祝言をあげ、次巻『おやごころ』ではついに親となる。時の中で積み重なっていくものがあり、それが本人を成長させ、同時に人の助けになる。そしてそれは次代へと受け継がれる。

三人組と貞がいずれも二代目に設定されていた意味。歳の離れた丸三が三人組の「友」である意味。武士、札差、高利貸し、盛り場の親分、そしてもちろん町名主、さらには料理屋や大工や小間物屋、絵師、裕福な大店から長屋暮らしの棒手振《ぼてふ》りに至るまで、多くの人が登場する意味がここにある。

もうひとつ、「誰の上にも等しく流れる〈時〉の物語」と書いた理由がある。それは決して本書が麻之助のためだけにある物語ではない、ということだ。麻之助には忘れられない初恋の人がいたが、その人物は麻之助に思いを寄せながらもよんどころない事情で他の人に嫁いでいる。ところが二巻と三巻で、ふたりとも連れ合いをなくすのである。

これが麻之助の物語であれば、初恋の人と結ばれる運命だったとなってもおかしくない。しかし畠中恵はそうしなかった。なぜならそうしてしまえば、亡くなったお寿ずと、初恋の人の夫は、当て馬になってしまうからだ。初恋を貫く物語はそれはそれで感動的だが、一度切れた縁は戻らないという現実の上に新たな将来を築いていく、そして気づけば過去の恋は思い出になっているという描き方の、なんと誠実なことか。

いつしかお寿ずも思い出の箱に入るのかもしれない。それは初恋の人が入っている箱とは別の場所にあるはずだ。そんな箱を心の中に積み重ねて麻之助の今がある。いや、すべての登場人物の今がある。三人組だけでなく、この八巻までに畠中恵は多くの登場人物が心の中に抱えている箱を丁寧に紡いできたのだ。

麻之助の祝言の相手は誰なのか、どうか本編でお確かめいただきたい。江戸時代と現代の結婚に関する考え方の違いが最も色濃く出た展開と言っていい。本書はどの話も縁談や嫁取りをテーマにしているが、さまざまな身分の、さまざまな環境の人が、どのように連れ合いを見つけるか、じっくり味わっていただきたい。今では考えられないような結婚のシステムだが、「ここから始まる未来」を共に歩いていくふたり（たち）の幸せを願わずにはいられない一冊である。

（書評家）

初出一覧

オール讀物

こたえなし　二〇一九年六月号

吉五郎の縁談　二〇一九年九・十月合併号

八丁堀の引っ越し　二〇二〇年三・四月合併号

名指し　二〇二〇年六月号

えんむすび　二〇二〇年九・十月合併号

いわいごと　二〇二〇年十二月号

単行本　二〇二一年二月　文藝春秋刊

文春文庫

定価はカバーに
表示してあります

いわいごと

2024年3月10日　第1刷

著　者　畠《はたけ》中《なか》恵《めぐみ》

発行者　大沼貴之

発行所　株式会社 文藝春秋

東京都千代田区紀尾井町 3-23　〒102-8008
TEL 03・3265・1211㈹
文藝春秋ホームページ　http://www.bunshun.co.jp

落丁、乱丁本は、お手数ですが小社製作部宛お送り下さい。送料小社負担でお取替致します。

印刷・TOPPAN　製本・加藤製本

Printed in Japan
ISBN978-4-16-792181-1

（　）内は解説者。品切の節はご容赦下さい。

こいしり
畠中　恵

町名主名代ぶりは板についてきたものの、淡い想いの行方は皆目見当がつかない麻之助。両国の危ないお二イさんたちも活躍する、大好評「まんまこと」シリーズ第二弾。（細谷正充）

は-37-2

こいわすれ
畠中　恵

麻之助もついに人の親に?! 江戸町名主の跡取り息子高橋麻之助が、幼なじみの色男・清十郎、堅物・吉五郎とともに様々な謎と揉め事に立ち向かう好評シリーズ第三弾。（小谷真理）

は-37-3

ときぐすり
畠中　恵

恋女房のお寿ずを亡くし放心と傷心の日々に沈む麻之助。幼馴染の清十郎と吉五郎の助けで少しずつ心身を回復させていく。NHKでドラマ化もされた好評シリーズ第四弾。（吉田紀子）

は-37-4

まったなし
畠中　恵

妻を亡くした悲しみが癒えぬ麻之助。年の離れた許婚のいる堅物の吉五郎とともに、色男・清十郎に運命の人が現れることを願うが——「まんまこと」シリーズ第五弾！（福士誠治）

は-37-5

ひとめぼれ
畠中　恵

盟友・吉五郎の様子が最近ヘンなのは、許嫁の一葉のせい？ 町名主の跡取り息子・麻之助が様々な謎ともめ事に挑む大人気シリーズ。そんな彼にも新たな出会いが——。（紗久楽さわ）

は-37-6

かわたれどき
畠中　恵

清十郎が親になり周囲に祝い事が続くが、麻之助に来るのはもめ事ばかり。そんななか持ち込まれた縁談に「そろそろ時が来ているのかねぇ」。大人気シリーズ、必読の第七弾。（南　伸坊）

は-37-7

わが殿（上下）
畠中　恵

「殿、また借金をしたのですか!?」大野藩主・土井利忠にほれ込んだ内山七郎右衛門は、財政を立て直すべく無理難題を引き受ける。新時代を生き抜くヒント満載の痛快歴史小説！（細谷正充）

は-37-30

（　）内は解説者。品切の節はご容赦下さい。

田牧大和
甘いもんでもおひとつ
藍千堂菓子噺
菓子職人の兄・晴太郎と商才に長けた弟・幸次郎。次々と降りかかる難問奇問に、知恵と工夫と駆け引きで和菓子屋を切り盛りする。和菓子を通じて、江戸の四季と人情を描く。（大矢博子）
た-98-1

田牧大和
晴れの日には
藍千堂菓子噺
菓子バカの晴太郎が恋をした!?　ところが惚れた相手の元夫は、奉行所を牛耳る大悪党。前途多難な恋の行方に不穏な影が忍び寄る。著者オリジナルの和菓子にもほっこり。（姜　尚美）
た-98-2

千野隆司
出世商人《しゅっせあきんど》（一）
急逝した父が遺したのは、借財まみれの小さな艾屋《もぐさや》だった。跡を継ぎ、再建を志した文吉だったが、そこには商人としての大きな壁が待ち受けていた!?　書き下ろし新シリーズ第一弾。
ち-10-1

千野隆司
出世商人（二）
借財を遺し急逝した父の店を守る為、新薬の販売に奔走する文吉。しかし、その薬の効能の良さを知る商売敵から、悪辣な妨害が……。文吉は立派な商人になれるのか。シリーズ第二弾。
ち-10-2

千野隆司
朝比奈凜之助捕物暦
南町奉行所定町廻り同心・朝比奈凜之助。剣の腕は立つが、どこか頼りない若者に与えられた殺しの探索。幼い子を残し賊に殺された男の無念を晴らせ！　新シリーズ、第一弾。
ち-10-6

千葉ともこ
震雷の人
「言葉で世を動かしたい」。その一心で文官を目指す名家の青年と、理不尽な理由で世間から除け者にされてきた兄妹が〈安史の乱〉と対峙する。第27回松本清張賞受賞作。（三田主水）
ち-12-1

恒川光太郎
金色機械
時は江戸。謎の存在「金色様」をめぐって禍事が連鎖する――。人間の善悪を問うた前代未聞のネオ江戸ファンタジー。第67回日本推理作家協会賞受賞作。（東　えりか）
つ-23-1